D1932327

Diane Howells · Das grüne Glas

Diane Howells

Das grüne Glas

Aus dem Englischen übersetzt
von Bernhard Regen

AUSSORTIERT
EV. KIRCHENGEMEINDE
EVANG. Gemeinde
BÜCHEREI
2873

Loewe

Die Deutsche Bibliothek – CIP-Einheitsaufnahme

Howells, Diane:
Das grüne Glas / Diane Howells.
Aus dem Engl. übers. von Bernhard Regen.
– 1. Aufl. – Bindlach : Loewe, 1996
ISBN 3-7855-2913-9

Dieses Buch ist auf chlorfrei gebleichtem Papier gedruckt.

ISBN 3-7855-2913-9 – 1. Auflage 1996
Titel der Originalausgabe: The haunted glass by Diane Howells
© Diane Howells 1993
© für die deutsche Ausgabe bei Loewe Verlag GmbH, Bindlach 1996
Aus dem Englischen übersetzt von Bernhard Regen
Umschlagillustration und Gestaltung: Arifé Aksoy
Satz: DTP im Verlag
Gesamtherstellung: Wiener Verlag, Himberg
Printed in Austria

Erster Teil

Cam

Eins

Cam betrachtete sich selbst unsicher in ihrem Schlafzimmerspiegel und fragte sich nicht zum ersten Mal, ob sie ein Spätentwickler, ein Fehlzünder oder einfach nur eine Mißgeburt war.

Irgendwie hatten die anderen Mädchen aus ihrer Klasse während der letzten Sommerferien auf geheimnisvolle Weise eine Wandlung durchgemacht und waren im Herbst mit aufgeplusterten Haaren und glänzenden Augen in der Schule erschienen. Sie redeten über Popstars und Make-up und diskutierten, welche Jungen aus der sechsten Klasse sie am liebsten anmachen würden. Cam, deren kurze, schwarze Haare wie bei Johanna von Orleans zu einem Bubikopf geschnitten waren, und die mit Make-up im Gesicht aussah wie ein kleines Mädchen, das den Schminktisch seiner Mutter geplündert hatte, war völlig verwirrt gewesen. Man hatte sie sitzenlassen. Ausgeschlossen. Sogar ihre beste Freundin seit der Grundschule, Kyla Kilbert, trug jetzt plötzlich jeden Tag goldene Ohrringe und ging mit einem Jungen von der Kunstschule. Sein Name war Darran, er hatte eine dauergewellte Mähne wie ein Seegrasbüschel und eine Tätowierung auf der linken Schulter. Das alles hatte im letzten September angefangen. Jetzt war es schon Mitte Februar, und Cam hatte noch immer keinen Freund.

„Soll ich mir vielleicht auch eine Dauerwelle machen lassen?“ überlegte sie besorgt, wobei sie ihr blasses, ernstes Gesicht im Spiegel finster anblickte. Aber das würde ihr größtes Problem auch nicht lösen, denn das größte Problem bestand eben darin, daß sie überhaupt keine Jungen kannte – nur die aus ihrer Klasse der Holmeport-Gesamtschule, und die schienen auch allesamt Spätentwickler zu sein.

Das einzige, was sich bei denen während der Sommerferien entwickelt hatte, waren ihre Füße und die dünnen Bärtchen auf ihren Oberlippen, die sie ein bißchen komisch aussehen ließen, so, als hätten sie an Kohle geknabbert. Und außerdem hatten sie Segelohren und Pickel und fettige Haare, die müffelten. Als Freunde kamen sie jedenfalls absolut nicht in Frage.

Wenigstens ihr Busen schien nun doch ein wenig Fortschritte zu machen. Cam drehte sich, um sich von der Seite zu sehen. Sie war jetzt bei BH-Größe 75B angekommen, auch wenn die Körbchenspitzen noch immer ein wenig knitterten, wie die Kreppapierziehharmonikas, die ihre Mutter an Weihnachten immer zur Dekoration quer durchs Wohnzimmer aufspannte. Vielleicht konnte sie die anderen ja noch einholen. Wenn es nur eine Sache des Abwartens war, nun ja, das war kein Problem; Geduld hatte sie im Überfluß. Aber woher sollte sie wissen, ob es so war? Was, wenn sie für immer und ewig ein kleines Mädchen blieb? Und selbst für die Zwischenzeit schien es kein Kästchen zu geben, in das sie passen konnte. Sie gehörte zwar nicht zu diesen Unglücklichen mit den Quadratlatschen und den limonengrünen, von ihren Omas handgestrickten Wolljacken. Andererseits glaubte sie auch nicht daran, jemals so *entwickelt* zu sein (oder es auch nur wirklich sein zu wollen) wie Tracey Dixon, die Bacardi-Cola trank, eine schwarze Lederjacke trug und *es* mit einem Jungen in einem Lieferwagen hinter den Paradise-Alley-Spielhallen *gemacht* hatte.

Sie wandte den Blick vom Spiegel ab und sah durch das Fenster hinaus auf die glitzernden Wirbel eines verzauberten Märchenlichts, die in der Dunkelheit des Februarhimmels aufstiegen. Das waren zwar nur die Leuchten des Stahlwerks, bei dem ihr Dad in Schicht arbeitete, aber nachts, wenn man die Kühltürme und die rauchspuckenden Schornsteine nicht sehen konnte, sahen sie aus wie die Lichter einer weit entfernten, verwunschenen Stadt.

Holmeport war eine grimmige, graue Stadt an der Nordostküste, die berühmt war für ihre Chemiefabriken, das Kraftwerk und die Stahlwerke. Und außerdem konnte sie von allen Küstenstädten Großbritanniens den höchsten Grad an Meeresverschmutzung vorweisen. Aber die Firths besaßen die Hälfte eines hübschen neuen Doppelhauses in einem Neubaugebiet am Rande der Stadt. Weil dieses Wohngebiet auf einem weiten, flachen Stück Land lag, nannte man es ‚The Fens', die Niederung. Mrs. Firth, Cams Mutter, war schrecklich stolz auf das Haus. In seine Vordertür hatte man eine Scheibe aus farbigem, mit Luftblasen durchsetztem Glas eingesetzt, und durch dieses Glas zog sich eine Verzierung aus Schmiedeeisen, die eine gewundene Weinrebe darstellte. Die Straße, in der die Firths wohnten, hieß Lemonfield Drive.

Die meisten Nachbarn waren auf ihre Häuser ebenso stolz wie Mrs. Firth auf das ihre. Das konnte man an den mit hängenden Blumenkästen verzierten Fassaden sehen, an den „antiken" Kutscherlampen und den lackierten Holzbrettern, auf die die Namen der Häuser gemalt waren. Und man erkannte es auch an der Art, wie in den Fenstern gleißend weiße Nylongardinen drapiert waren, je rüschiger, desto besser.

Wenn ich mal ein Haus habe, dachte Cam, als sie sich ein Kissen holte und hinter ihren Rücken stopfte, um bequemer lesen zu können, dann soll es ganz schlicht sein. Keine Nylonvorhänge, keine Plastikzwerge im Garten. Und wahrscheinlich noch nicht mal Blumenbeete. Ich werde einen wilden Garten haben, mit einer Steinbank und einer ungemähten Wiese, so was wie eine Bergwiese mit Butterblumen und Glockenblumen und Sachen, die einfach so im Gras wachsen. Und dahinter, da soll dann eine Koppel für die Pferde sein.

Pferde waren derzeit die ganz große Sache. Man konnte sie sich leicht mieten, was mit Jungs nicht so einfach ging. Cam war eigentlich gar nicht so scharf auf Pferde, aber alle Mädchen in den Büchern ritten. Und so hatte Cam angefangen, samstags Reitstunden zu nehmen, weil sie sich dadurch interessanter und romantischer vorkam. „Cam ist so gefühlvoll", sagten alle Freundinnen ihrer Mutter und auch alle Lehrer. „Gefühlvoll und *langweilig*", sagte Cam zu sich selbst und fühlte sich deprimiert.

Aber ihr Schlafzimmer lieferte den Beweis, daß sich hier langsam doch eine interessante Persönlichkeit entwickelte. Natürlich fühlte sich sich genötigt, Bilder von Popstars zu haben – alle hatten sie, und es war abartig, keine zu haben –, und so hatte sie ein paar davon pflichtschuldig mit Klebestreifen an die Wand gehängt. Aber es gab da auch noch andere Dinge, in denen die echte Cam zum Vorschein kam. Ein Gedicht mit dem Titel ‚Der Mond und die Tigerlilie', das sie geschrieben hatte und das in der Schulzeitung gedruckt worden war. Überbleibsel aus ihrer frühen Kindheit, wie etwa Nelson, der einäugige Bär, der auf seinem Feldherrnhügel, der Frisierkommode, unermüdlich und in tiefem Ernst Wache hielt. Kostbare Schätze, wie der Bonsaibaum, den ihr Großvater Trotter geschenkt hatte. Opa Trotter hatte mit ihnen in ihrem letzten Haus in der Campion Street zusammengelebt, bis er vor zwei Jahren gestorben war; das war Cams erste wirkliche Erfahrung mit echter, ganz erwachsener Trauer gewesen. Zu ihrem dreizehnten Geburtstag hatte sie als Geschenk von ihrer Mutter bei Boots ein Bild aussuchen dürfen. Mrs. Firth war über die Wahl, die sie getroffen hatte, nicht gerade entzückt gewesen – es handelte sich um van Goghs Bildnis eines Stuhls.

„Find' ich aber doch ein bißchen komisch, daß du so ein merkwürdiges Bild willst, ich meine, für die Wand – ein Bild von einem Stuhl. Warum willst du denn nicht das andere, das wir an Neujahr auf dem Kalender hatten – das hübsche, du weißt schon, meine gute Cam, diese Wassermühle von Constable?"

Aber Cam war unerbittlich geblieben. „Das ist das Bild, das ich haben will, den van Gogh. Ich kann's nicht erklären, Mam, ich will es einfach haben. Ich weiß nicht, wieso."

Dann kauften sie das Bild. Dieser einfache, unscheinbare hölzerne Stuhl mit seinem aus Korb geflochtenen Sitz gab Cam ein Gefühl von Sicherheit, wann immer sie ihn ansah. Er ließ sie an die Landhäuser denken, die sie in Devon und Cornwall gesehen hatte. Und dann war da noch irgendwas mit den Farben – etwas Trauriges und irgendwie Friedliches ...

Aber sie hatte noch immer ihre Barbie-Puppen, und

manchmal vergaß sie, daß sie vierzehn war, und spielte mit ihnen.

Sie war mit dem Kapitel im Buch fertig (die Gerichtsszene aus „Wer die Nachtigall stört“) und holte gerade ihre Hausaufgaben für Geschichte heraus, als es an der Haustür klingelte.

Es war Sonntag abend. Cams Mutter war unten im Erdgeschoß, ein Auge auf das Bügelbrett gerichtet und das andere auf *EastEnders* im Fernsehen. Ihr Vater war in der Küche, wo er den elektrischen Toaster reparierte, der schon zum dritten Mal in diesem Monat den Geist aufgegeben hatte.

Wahrscheinlich ist das Tante Marion mit ihrem Avon-Zeugs, sagte sich Cam. Mam wird schon aufmachen.

Sie fing an, den Titel der Aufgabenstellung so schön wie möglich in ihrer sauberen, runden Handschrift aufs Papier zu bringen. *Stelle dir vor, du seist ein Arbeiter in einer Baumwollmühle in Lancashire im Jahre 1830,* schrieb sie. *Beschreibe die Strapazen und Leiden, die du an einem typischen Arbeitstag erlebst, und bringe deine Gedanken und Gefühle zum Ausdruck.* Recht zufrieden stellte sie fest, daß das wohl eher ein Aufsatz war und kaum etwas mit Geschichte zu tun hatte. Sie schätzte, daß sie damit ganz gut zurechtkommen würde. Zumindest würde sie besser sein als Tracey Dixon, die immer ‚pazifisch‘ sagte, wenn sie ‚spezifisch‘ meinte, und die glaubte, die EU sei eine neue Art von Prüfung.

Es klingelte erneut an der Tür; durch den Krach des Fernsehers hatten sie unten wohl nichts gehört. Die Dudelmusik, die das Ende von *EastEnders* ankündigte, wehte die Treppe herauf.

„Mam!“ rief Cam lautstark, „es hat geklingelt!“

Sie knotete ihre Beine auseinander und wollte schon aufspringen und nach unten rennen, als sie hörte, daß die Tür geöffnet wurde und daß ihr Vater mit jemandem sprach. Wer auch immer es war, es konnte nicht Tante Marion sein. Diese Person da unten hörte sich zu sehr nach BBC an.

Ach du lieber Himmel! dachte Cam. Wer konnte das sein? Neugierig lief sie hinüber zur Tür und öffnete sie ein paar Zentimeter weit.

„May!“ sagte ihr Vater gerade, „hier ist jemand, der dich sprechen möchte.“

Cams Wangen liefen plötzlich tiefrot an. Mrs. Hunnisett! Nicht in ihren wildesten Träumen hatte sie sich vorstellen können, daß Mrs. Hunnisett jemals zu ihnen ins Haus kommen würde! Nicht etwa, daß an ihrem Haus irgend etwas war, dessen man sich schämen mußte, tadelte sich Cam sofort selbst. Aber es lag nun einmal in der Nähe der Stahlwerke – und dann, verglichen mit Franceys Haus ...

Frances Hunnisett war ein Mädchen, mit dem sich Cam während der samstäglichen Reitstunden angefreundet hatte. Eigentlich war es gar nicht Franceys Haus, das Cam gesehen hatte, sondern das ihrer Großmutter. Die Hunnisetts selbst lebten nämlich in London. In den Ferien kamen sie meistens in den Norden, um Mrs. Hunnisetts Eltern zu besuchen, die eine große Baufirma in Holmeport besaßen. Die beiden Mädchen hatte sich in den Weihnachtsferien getroffen, und Cam hatte mit Francey die Adressen ausgetauscht, wobei sie insgeheim nicht wirklich damit gerechnet hatte, daß Francey ihr schreiben würde. Denn Francey und ihre Familie verbreiteten eine wunderbare Atmosphäre von Unerreichbarkeit und Glamour um sich, die Cam faszinierend fand, aber gleichzeitig auch über alle Maßen einschüchternd. Francey besuchte eine private Internatsschule für Mädchen in Hertfordshire. Sie hatte ihr eigenes Pferd, ihr Vater war Börsenmakler, in den Winterferien fuhr die Familie zum Skifahren in die Schweiz, und die langen Sommerferien verbrachten sie auf den Seychellen. Cam wußte nicht ganz sicher, was die Seychellen eigentlich waren, ob es sich dabei nun um Inseln oder eine Gebirgskette handelte, aber allein die Vorstellung von den Seychellen und der geheimnisvolle Klang des Wortes selbst verstärkten noch die exotische Aura, die die Hunnisetts umgab. Sie schienen täglich neue Abenteuer und größeren Reichtum anzuziehen, allein durch die Luft, die sie atmeten, und all das nahmen sie mit einer gewissen beiläufigen Selbstverständlichkeit hin, die vielleicht genau das war, was Cam am meisten beeindruckte. Francey war mit einer ganzen Wagenladung von Selbstvertrauen gesegnet und machte sich nie Sorgen, ob sie abartig war oder nicht; sie war viel zu sehr damit beschäftigt, ihren Spaß zu haben.

Francey hatte tatsächlich geschrieben. Und jetzt war sie für ein verlängertes Wochenende in Holmeport – morgen wollten die Hunnisetts wieder nach London zurückfahren, so daß sich die Mädchen vor Ostern nicht wiedersehen konnten. Aber hier war nun Mrs. Hunnisett unten im Haus, um acht Uhr an einem Sonntagabend, und die Wäsche hing kreuz und quer im Wohnzimmer, und was in aller Welt wollte sie eigentlich hier?

Was, wenn sie nur gekommen war, um mitzuteilen, daß

Francey nicht länger Cams Freundin sein durfte, weil die Firths nicht fein genug für sie waren? Cam wurde wieder rot – sie lief sehr schnell rot an, manchmal sogar, wenn sie mit sich allein war und an irgend etwas Peinliches denken mußte –, und sie ermahnte sich scharf, daß Mrs. Hunnisett ganz und gar nicht so war; Mrs. Hunnisett war nämlich sehr nett. Und dann schob Cam die Tür noch ein winziges Stückchen weiter auf, damit sie hören konnte, was da unten wirklich geredet wurde.

„Ich bin sicher, das würde ihr sehr gefallen", sagte ihre Mam gerade in dem speziellen Tonfall, den sie, wie Cam schon bemerkt hatte, immer dann benutzte, wenn sie mit Lehrern und dem Pfarrer sprach. „Sie und Francey scheinen ja wirklich sehr gute Freundinnen geworden zu sein. Ich bin mir sicher, daß sie liebend gerne kommen würde. Meinst du nicht auch, Andrew?"

„Ja, o ja, da bin ich mir auch ganz sicher", hörte Cam ihren Vater zustimmen; sie stellte sich vor, wie er gerade dastand – etwas verlegen, noch immer mit einem Schraubenzieher in der einen und einem Stück Kabel von dem Toaster in der anderen Hand.

„Ich befürchte aber, daß sie mit dem Zug kommen müßte", meinte Mrs. Hunnisett nun. „Michael muß nämlich aus geschäftlichen Gründen in der Woche vor Ostern verreisen und wird wohl nicht vor Karfreitag zurück sein. Aber wir könnten sie natürlich an der King's Cross Station abholen. Und am Ende der Ferien würden wir sie mit dem Wagen zurückbringen."

Nun trat eine kurze Gespächspause ein. Den Fernseher hatten sie fast auf Null-Lautstärke heruntergedreht, aber Cam konnte ganz schwach die Anfangsmusik von *Horizon* hören. Ihr Schlafzimmer lag genau über dem Wohnzimmer, und die Wände waren dünn. Dann sagte Mrs. Hunnisett: „Ich hoffe, Sie lassen sie zu uns kommen. Francey hat mich deswegen schon fast zu Tode gepiesackt. Ich wollte nur nicht, daß sie selbst Cam fragt, weil es ja immerhin um zwei Wochen geht; das ist ja nicht, als käme sie nur mal zum Tee rüber. Und außerdem kennen Sie uns doch gar nicht ... aber wir würden uns wirklich sehr freuen, sie bei uns zu haben. Francey scheint sich übrigens tatsächlich fürs Lesen zu interessieren, seit sie Cam kennengelernt hat. Ich meine richtige Bücher, nicht nur Pop-Magazine."

Und dann wurde auf einmal alles klar. Mrs. Hunnisett fragte allen Ernstes, ob Cam die Osterferien bei ihnen in London verbringen durfte! Sie raste zu dem Kalender, der an der Wand über dem kleinen Schreibtisch mit dem Bücherregal hing, an dem sie immer ihre Hausaufgaben machte, und stellte rasch einige Berechnungen an. Karfreitag fiel auf den dritten April. Üblicherweise fingen die Ferien zwei Tage davor an. Das bedeutete sechs Wochen – na ja, ein bißchen mehr als sechs Wochen – bis zum Anfang der Osterferien. Und dann London! Allein in ihrem eigenen Schlafzimmer, lief Cam vor Aufregung krebsrot an.

In einer Art Halbtrance hörte Cam von unten den Rest der Unterhaltung. Mam versprach, Mrs. Hunnisett morgen früh als erstes anzurufen, um ihr mitzuteilen, ob Cam kommen wollte. (Und wie sie kommen wollte! dachte Cam.) Mrs. Hunnisett lehnte dankend eine angebotene Tasse Kaffee ab, da sie den letzten Abend in Holmeport mit einigen alten Freunden verbringen wollte. Dann noch einige höfliche Bemerkungen über das kalte Wetter und die Hoffnung, daß es bis Ostern schön werden würde. Mam und Dad, die sich bei Mrs. Hunnisett für die Einladung bedankten, und dann Mrs. Hunnisett, die sich wieder völlig ungekünstelt anhörte, und nett, und so aufrichtig – sie bestand darauf, daß es Cam sei, die, wenn sie überhaupt kommen wollte, den Hunnisetts eine große Gunst erweisen würde. Und schließlich wurde Mrs. Hunnisett zur Tür gebracht.

Cam schlich hinaus auf den Treppenabsatz, um noch einen Blick auf Mrs. Hunnisett werfen zu können, eine schlanke Gestalt in Lederstiefeln und einem gewaltigen Wintermantel. Dann rannte sie in Mams Schlafzimmer, um sie in den grauen BMW steigen und wegfahren zu sehen. Noch immer rot im Gesicht, rannte Cam, drei Stufen auf einmal nehmend, die Treppe hinunter und direkt in die Arme ihrer Mutter.

„Mam!“

Mr. und Mrs. Firth lachten.

„Ist wohl nicht mehr nötig, sie zu fragen, ob sie fahren will“, sagte ihr Vater.

„Darf ich?“ verlangte Cam zu wissen, puterrot und atemlos.

„Tja, natürlich darfst du, mein Schatz“, meinte ihre Mutter. „Wenn du dir sicher bist, daß du das auch verkraftest. London ist weit, weißt du, und du bist noch nie von zu Hause weg gewesen. Aber das ist wirklich eine sehr nette Einladung.“

„Natürlich verkraftet sie das“, kommentierte ihr Vater verständnisvoll. „Sie ist ja auch mal bei Jean länger geblieben, und auch damals in diesem Ferienlager.“

„Das wäre damit also dann entschieden", sagte Mrs. Firth zufrieden und ging zu ihrem Bügelbrett zurück.

Cam und ihr Vater beschlossen, zur Feier der Einladung erst mal Kaffee zu machen. Auf einem hohen Küchenhocker sitzend und Schokoladenkekse kauend, erzählte ihm Cam von den Hunnisetts.

„Ihre Familie, das sind vier Leute. Mrs. Hunnisett, na, die hast du ja gesehen, also die ist einfach nur Hausfrau, aber ich glaube, sie arbeitet nicht viel. Nicht so wie Mam. Ich glaube, sie hat eine Frau, die zum Saubermachen kommt. Das ist übrigens nicht ihre echte Haarfarbe, sie färbt sie; in echt ist es mehr so rotbraun, wie bei Francey. Sie heißt Sarah. Mr. Hunnisett, na ja, mit dem habe ich nur vielleicht zweimal gesprochen, er sieht aus wie ein Arzt oder so was, wie was Wichtiges, du weißt schon. Also eigentlich macht er mir ein bißchen angst. Und dann ist da Franceys Bruder, Robert" – an dieser Stelle wurde Cam feuerrot –, „der geht nicht mehr zur Schule; er studiert Medizin, er ist jetzt im ersten Jahr an der Uni in Edinburgh." Sie machte eine Pause und wartete auf einen Kommentar ihres Vaters. Während sie wartete, kam ihr der Gedanke, daß sie doch immerhin einen Jungen kannte, gewissermaßen wenigstens. Nun, vielleicht nicht gerade im Sinne von *kennen*, aber sie hatte ihn gesehen – Franceys Bruder Robert –, wie er letzte Weihnachten dagesessen und sich Trickfilme im Fernsehen angeschaut hatte, als Cam gerade zu Franceys Oma zum Tee gekommen war. Allerdings war er schon eher ein richtiger Mann und kein Junge mehr. Und dann hatte sie ihn auch nur ganz kurz gesehen, aber immerhin hatte er keine Pickel und keine Segelohren. Er sah eigentlich eher wie ein Popstar aus.

„Na“, meinte Dad endlich, als er seinen Kaffeebecher absetzte, „das hört sich aber nach einer wirklich netten Familie an.“

„Ja“, stimmte ihm Cam zu, wobei sie doch ein klein wenig enttäuscht war – wenn auch völlig zu Unrecht; man konnte schließlich nicht von Dad erwarten, daß er die ganze Pracht der Hunnisetts erfaßte, ohne daß er sie alle persönlich kennengelernt hatte und ohne mit Francey gesprochen zu haben über – über all die geheimnisvollen Dinge, über die sie und Cam sich unterhielten – und überhaupt, Dad lebte die meiste Zeit ohnehin bloß in seiner eigenen kleinen Welt – man konnte einfach nicht erwarten, daß er allzu beeindruckt sein würde ...

„Dann bist du also schon ganz wild auf ein paar aufregende Wochen Ferien, stimmt's, mein Schatz? Und wir werden ihnen natürlich auch ein bißchen Geld für deine Verpflegung schicken.“

Er stand auf, um den frisch reparierten Toaster auszuprobieren.

„Was? O nein, Dad!“ Cam schluckte – sie wußte es natürlich nicht mit Bestimmtheit, aber sie war sich sicher, daß Leute wie die Hunnisetts kein Geld von ihren Gästen für Verpflegung erwarteten. „Ich – ich meine, ich glaube nicht, daß sie wollen, daß ...“

Genau in dem Moment, in dem die Brotscheiben aus dem Toaster hüpften, kam Mrs. Firth in die Küche, mit einem schwankenden Stapel perfekt glattgebügelter Wäsche kämpfend.

„Sehr gut, Andrew, bin froh, daß er wieder funktioniert. Kommt ihr jetzt wieder rein, ihr beiden? Da fängt gleich ein guter Film an.“

„Ich muß noch hoch, meine Hausaufgaben machen." Cam flüchtete die Treppe hinauf. „Ach ja, und Mam, vergiß nicht, Mrs. Hunnisett morgen früh gleich anzurufen, ja?"

Wie sich aber herausstellte, war das gar nicht mehr nötig, denn um Viertel nach neun an diesem Abend rief Francey Cam an. Kaum hatte Mrs. Firth Cam ans Telefon gerufen, da kam Francey auch schon direkt zur Sache.

„Hör mal, ich bin's. Francey. Kommst du?"

„Francey! Oh, ja, ja – das wird alles geregelt – deine Mutter war hier, um mit meiner Mam zu reden – ich komme am Tag vor Karfreitag, mit dem Zug. Francey, du gemeines Biest, du hast mir kein Wort davon gesagt, daß du mich einladen ..."

„Ja, ja, ich weiß, Mammi hat gesagt, ich soll nicht." Eilig wischte sie Cams Anschuldigungen vom Tisch. „Donnerstag. Hm-hm. Hab' ich mir schon fast gedacht. Das macht es dann ein bißchen schwierig. Ich meine, also Karfreitag ist ein Feiertag, das heißt, wir müssen mit Du-weißt-schon-was bis nach Ostern warten."

„Ja?"

Cam wartete. Ein paar Sekunden Stille. Francey hatte sich ein bißchen verärgert angehört.

„Ja dann, hör zu, Cam. Bist du noch da?"

„Ja", sagte Cam.

„Also, bis Dienstag oder Mittwoch nach Ostermontag werden wir wahrscheinlich keine ruhige Minute für uns alleine haben. Dann werden wir's also bis dann verschieben."

„Klar doch", sagte Cam. „Francey?"

„Was denn?"

„Hast du *Sie* schon ausgelesen?"

„Na klar", antwortete Francey selbstzufrieden. „Klasse. Ganz entschieden das beste. Mein Herz ist richtig gerast, als sie in das Feuer gegangen sind. Ich bin jetzt an *Rebecca.* Das ist nicht ganz so gut. Das Mädchen da drin ist ein Jammerlappen."

„Jaah", meinte Cam, die nicht zustimmte, aber trotzdem spürte, wie ein Triumphgefühl in ihr aufstieg, weil Francey wenigstens *Sie* gefallen hatte, das Cam ihr empfohlen hatte.

„Hör mal, Cam, ich muß jetzt los. Omi ist im Anmarsch. Mum und Dad sind nicht da. Ich soll eigentlich schon im Bett sein, weil wir morgen ziemlich früh losfahren. Ich schreib' dir, sobald ich wieder in der Schule bin, o. k.?"

„O. k.", sagte Cam, „bis dann also."

Nachdem sie den Hörer aufgelegt hatte, setzte sich Cam auf die unterste Stufe der Treppe und starrte gedankenverloren den gläsernen Telefontisch mit den schmiedeeisernene Beinen an, den ihre Mutter gekauft hatte. Sie dachte an das, was Francey mit Du-weißt-schon-was umschrieben hatte. Du-weißt-schon-was war eine ganz besondere Attraktion, eine Art Extraprämie, die noch zu dem eigentlichen Nervenkitzel der Bekanntschaft mit den Hunnisetts hinzukam. Manchmal, eigentlich sogar meistens, sagte sich Cam, daß das Ganze nur Quatsch war. Aber manchmal machte es ihr dann auch wieder Spaß, einfach mitzumachen, oder jedenfalls so zu tun, als ob. Du-weißt-schon-was war Folgendes: Francey Hunnisett kannte nämlich – oder behauptete zumindest, daß sie ihn kannte – einen Geist.

Zwei

Lebte sie noch, oder war sie schon tot? Was machte sie hier allein in dieser Hütte in den Bergen, ein Mädchen von adeliger Herkunft, in kostbaren Kleidern, ihres Vaters ganzer Stolz, zusammengekauert auf dem gefrorenen Boden wie ein verletzter Vogel und von Fieber geschüttelt?

Doch nein, das Fieber hatte sie wieder verlassen. Sie erwachte in grabähnlicher Finsternis und tastete wie eine Blinde verzweifelt nach Ramóns warmem Körper neben ihr, begierig, sein Wams aus weichem, dickem Samt zu spüren, der so schwarz war wie die Versuchung selbst und mit einem gewundenen Muster aus kleinen Perlen verziert, das wie die Eisblumen an einem nächtlichen Fenster aussah. Sie verzehrte sich danach, seine schmalen Hände mit den zahlreichen, juwelenbesetzten Ringen zu ergreifen; sie erinnerte sich daran, wie er diese, bevor er zu malen begann, immer abstreifte und zu einem glitzernden Haufen auf dem Tisch aufschichtete, so daß sie im Feuerschein wie Argusaugen funkelten. Ihre Hand in seiner, diese keusche Berührung war alles, was sie von seinem Körper kannte; sie wagte kaum zu träumen, daß es da noch mehr geben könnte. Aber jetzt krallten sich nur ihre eigenen Finger ineinander. Der Platz, an dem er gelegen hatte, war leer und kälter als der Lehm.

Angst durchstieß sie wie ein Dolch. Wie lange hatte sie im Fieberwahn gelegen? Drei Tage? Vier? Sie hatten sie doch nicht etwa hier allein zurückgelassen? Denn beide waren verschwunden, Ramón und der kleine Diener, und die Pferde hatten sie auch mitgenommen. Die Pferde hatten sie wegen ihrer Körperwärme ebenfalls in die Hütte gebracht, um zu verhindern, daß sie alle hier erfroren. Das war vor Tagen gewesen, an Weihnachten, als sie vor den schrecklichen Schneestürmen hatten Unterschlupf suchen müssen. Daran konnte sie sich noch erinnern, und dann an das Fieber, das wie ein Anfall von Wahnsinn über sie gekommen war. Sie waren auf dem Weg nach Córdoba, in den Süden, wo Ramóns Fürst einen riesigen, sonnendurchfluteten Palast besaß, mit Orangenbäumen davor und Springbrunnen und einer Terrasse, auf der Pfaue stolzierten. Es war wie ein Traum vom Paradies. Doch jetzt war da nur diese fensterlose Hütte, düster wie ein Grab, und ohne ein lebendes Wesen darin.

Verzweifelt durchsuchte sie die schwarze Hülle, die sie umschloß, wild fuchtelnd mit den Armen wie in einem alptraumhaften Tanz, immer in der Hoffnung, auf andere warme, schlafende Körper zu stoßen. Doch sie fand nur weggeworfene Dinge, die von eiliger Flucht zeugten, von Verlassenheit: einen steinharten Brotlaib, eine leere Weinflasche, eine einzige kandierte Kirsche, die zu einem harten Kiesel gefroren war. Sie hatte wohl Ramón gehört. Er liebte kandierte Kirschen. Süßen Wein und kandierte Kirschen – und Gotteslästerung. Sie umklammerte die harte, saftlose Frucht mit ihrer eiskalten Hand. Des Sommers süße Fülle, zusammengeschrumpft zu einem kleinen, harten Stückchen Eis. War auch seine Liebe nur eine üppige Frucht des Sommers gewesen, die nicht für die Schärfe des Dezemberwetters gedacht war? Reife Kirschen, berstend vor Zuckersirup, getaucht in Wein; hemmungslos hatte er sie gegessen, und die ganze Zeit hatte er dabei Gotteslästerungen ausgestoßen. Das war wirklich eine seltsame Mischung gewesen.

Die liegengelassenen Dinge verwirrten sie anfangs völlig. Sie in der pechschwarzen Finsternis zu erkennen war wie ein merkwürdiges, tödliches Spiel. Doch schon bald gab sie es auf und hockte sich leicht schaukelnd auf ihre Fersen, halb erstickt vor Schock und Elend.

Schneidende Kälte schlug ihr von der eisigen Erde unter ihren Füßen entgegen. Verwirrt und blind wie sie war, hätte sie ebensogut tot sein können. Und wenn er sie verlassen hatte, dann sehnte sie sich danach zu sterben – nur daß sie dann der Verdammnis entgegensehen mußte, und davor fürchtete sie sich, jetzt, da sie allein war. Sie war verdammt wegen ihrer Liebe zu ihm; sie, die ihr Leben der heiligen Agnes versprochen hatte, sie, die nur Gottes schönes Antlitz aus dem Himmel herableuchten und die Ewigkeit ausfüllen gesehen hatte, sie war in Versuchung geführt worden und hatte gesündigt. Und sie liebte ihre Sünde.

Ach, sie hatte nicht erwartet, daß die Sünde so süß sein konnte! Seine Schönheit hatte die Schönheit Gottes für sie ersetzt. Sein feingeschnittenes Gesicht, dessen Knochen wie zarte Muschelschalen waren, seine leidenden, dunklen Augen, satanisch und dennoch engelsgleich, mit einem feinen Schatten, als sei Kohlenstaub um sie geblasen, und der seltsame, verzaubernde Duft getrockneter Rosenblüten, der seinen Kleidern entstieg. Wann immer sie daran dachte, war dies für sie der Geruch der Verdammnis.

Und er war verschwunden.

Er hatte sie verlassen.

Schluchzend tastete sie sich durch die erstickende Flut der Dunkelheit und zerrte an dem hölzernen Riegel der

Tür. Vielleicht waren die beiden Männer nur nach draußen gegangen oder waren zu irgendeinem Dorf geritten, um Hilfe zu holen? Vielleicht würden sie ja zurückkommen, zurück zu ihr? Unter herabhängenden Eisdolchen trat sie hinaus in eine sonnenlose, mondlose, schneebedeckte Wüste. Es war die gottverlassene Zeit des grauen Zwielichts, Morgendämmerung oder schon Einbruch der Nacht, das Ende der Welt oder ihr Anfang. Eine gewaltige, graue Unermeßlichkeit erstreckte sich vor ihr, alles war verschwommen, als betrachtete man es durch einen milchigen Wasserfall. Die einzigen klaren Formen waren die schwarzen Äste laubloser Bäume, die einander überkreuzten und durchwoben wie ein verzerrtes Eisengitter, das ihr den Weg zur Erlösung versperrte. Die Rundheit der Erde war glattgezurrt wie die Bespannung einer Trommel. Die Nichtigkeit erschütterte sie. Immer hatte sie jenseits des ärmlichen grauen Saumes der Welt die reichen Gewänder des Himmels gesehen, golden, blau und scharlachrot, die wie ein seidener Baldachin über allem wehten und für jeden ein Versprechen waren. Aber jetzt war da nichts mehr; in einer Verschwörung der Blässe stieß ein aschfahler Himmel an eine aschfahle Welt. Sie las darin ihren Untergang. Niemand, niemand kam.

Gott vielleicht? Seine Gnade war unendlich. Wenn sie nur hätte beten können ... Sie öffnete ihre starren Lippen und formte ein einziges Wort.

„Ramón."

Es klang wie ein Zauberspruch.

Das Mädchen wickelte seinen Umhang um sich wie eine Hülle aus Verzweiflung, kroch zurück in die eisige Hütte und versuchte zu sterben.

Stunden später erwachte sie wieder durch das Geräusch heulender Wölfe. Oder war sie nun endlich doch tot und in der Hölle, und dies waren die Teufel, die die Verdammnis ihrer Seele hinausheulten? Dann erst erkannte sie, was da draußen wirklich war: Hunde. Gutierrez' Hunde, diese wilden Jagdhunde mit den riesigen Zähnen, die er selbst züchtete und auf Grausamkeit abrichtete, so daß sie das gejagte Geschöpf in Stücke rissen, wenn es Gutierrez nicht gelang, schneller als sie zu sein und vor ihnen bei dem Opfer anzukommen. Ihr Heulen, das das Blut gefrieren ließ, erklang so klar und deutlich wie Glockengeläut in der eisigen galicischen Luft. Sie jagten sie. Gutierrez hatte sich mit einem Rudel seiner Hunde aufgemacht, um sie zu suchen, um sie zur Strecke zu bringen, um sie zerfetzen zu lassen, um ein blutiges Körperteil vom anderen zu reißen, dort draußen in dem scharfen, gnadenlosen Schnee, sie, die sie schon vor Trostlosigkeit und ihrem eigenen Verrat zerrissen war ... Zitternd vor Entsetzen preßte sie den Schnappriegel der Tür nach unten und klammerte sich mit ihren von der Kälte zerschnittenen Fingern daran fest. Sie hatte sich danach gesehnt zu sterben, aber nicht auf diese Weise. Sie hatte gesehen, wie die Hunde, als Gutierrez sie abrichtete, riesige Tiere mit festen Gliedmaßen einfach in Stücke rissen – einmal sogar einen Bären –, und bei dem Anblick war ihr schlecht geworden. Nun befühlte sie ihre Handgelenke, ihre weißen Arme, und sie spürte die zarten Sehnen und versuchte, sie sich vorzustellen, zerfetzt und blutend, zermahlen zwischen den granitharten Zähnen der Hunde.

Und dann erinnerte sie sich an die zwei Gläser. Sein Geschenk. Weinbecher. Einander vollkommen gleich. Jedes spiegelte das andere in makellosen Arabesken kristallener Anmut wider. Oh, aber sie waren das Werk des Teufels, diese Gläser; so wie das bizarre, unheilige Ritual, an welches das Mädchen durch sie gebunden wurde. Kalte, unmenschliche, edle Dinge, zu schön, um gut zu sein, so lagen sie Seite an Seite in den samtausgeschlagenen Höhlungen eines Sandelholzkästchens. Die Kelche waren so grün wie die tiefe See und so klar wie Smaragde; ihre Stiele überkrustet mit Spitzengewebe aus weißem Glas, das wie eine feine Süßigkeit aus Zucker wirkte. Zwischen ihnen lag eine Phiole mit honigsüßem, klebrigem Gift, ein rascher, ein blitzschneller Tod, nach dem sie sich sehnte. Wenn sie das Kästchen finden, wenn sie ihre Lippen an die kristallene, kalte Härte des Glases pressen konnte, das sie für sich erwählt hatte, dann würde sie mit ihrem Geliebten in der Ewigkeit den Bund der Ehe eingehen, kraft des unheiligen Schwurs, den sie beide einander geleistet hatten. Noch einmal führte sie angstgequält den torkelnden, irren Tanz des Suchens auf, während die Finsternis über ihre Augen kroch wie ein modrig dumpfes Tier, das ihr die Sicht raubte. An der Tür der Hütte sabberten und tobten bereits die Hunde vor Gier, sie endlich zerfetzen zu können.

Ein fürchterlicher Schrei der Verzweiflung und des Entsetzens entrang sich ihren Lippen, als die ersten Splitter krachend aus der Tür brachen. Sie sah das Flackern von Fackeln, das Blitzen der Hundezähne, und die dunkle Gestalt eines Mannes.

„Mein Glas!“ schrie sie. „Begrabt mein Glas!“

Und ein scharfer, heulender Wind jagte über den Paß des Berges und nahm ihren Schrei mit sich, trug ihn über die in Eis erstarrten Gebirgszüge, über die winterlichen Meere und über vier Jahrhunderte weit, dorthin, wo in einer anderen Zeit und an einem anderen Ort ein zweites Mädchen wartete.

Drei

Francey ist in mein stilles, ruhiges Leben wie ein Knallfrosch hineinexplodiert.

Cam schrieb in ihrem Tagebuch, das sie regelmäßig unter ihre Matratze stopfte, um es ABSOLUT GEHEIM zu halten.

Ich bin jetzt seit einer Woche bei ihr im Haus und habe sie schon viel besser kennengelernt. Sie ist wirklich eine sehr aufregende Person. Die ganze Zeit scheint sie wie ein Wirbelwind überall herumzurauschen, macht viel Krach und saugt mich einfach in ihren Sturm ein, als sei ich ein totes Blatt oder ein Fetzen Papier. Ich wirbele hinterher, ich kann einfach nicht anders, auch wenn ich genau weiß, daß ich mich ihr gegenüber viel öfter durchsetzen müßte. Irgendwie scheint sie jedes bißchen Persönlichkeit aus mir herauszudrängen.

Zum Beispiel letzte Nacht. Da sind wir zu einer Party im Haus einer ihrer Freundinnen gegangen. Francey trug einen roten Strumpf und einen limonengrünen. Sie sah absolut umwerfend aus mit ihren dicken grünen Lidschatten und ihrem flammendroten Haar, das ziemlich struppig ist und ihr fast bis auf die Hüfte reicht. Alle Lampen waren aus, die Musik war ziemlich laut, und zu trinken gab es literweise Wein und Apfelwein. Ich habe da natürlich niemanden gekannt, und Francey hat mich einfach in einer Ecke abgestellt. Die Mädchen hatten alle Namen aus der

Bibel wie Abigail und Rachel und Sarah, und wenn sie sich trafen, dann schrien und quietschten sie, als hätten sie sich irgendwie weh getan, aber das war nur ihre spezielle Art, sich zu begrüßen. Ich dachte, daß sie alle ziemlich bescheuert sind. Francey war auch verändert – sie trank viel und rauchte Silk Cut und redete ultralaut. Allerdings nicht mit mir. Ich saß nur auf einem kleinen Sofa und habe mir die Plattenhüllen angesehen, bis es Zeit war, nach Hause zu gehen. Es war einfach schrecklich. Ich weiß, ich hätte mich danach bei ihr beschweren sollen, aber dann habe ich doch zuviel Schiß gehabt. Ich muß immer denken, was wohl wäre, wenn sie sich plötzlich gegen mich stellte. Das wäre doch irgendwie peinlich, besonders hier in ihrem Haus, wo ich mich sowieso nicht so ganz wohl fühle.

Meistens verhält sie sich mir gegenüber eigentlich ganz o. k. Wir haben viel zusammen gelacht und waren im Tower, im Theater, im Wachsfigurenkabinett usw. Aber ich bin ja nur froh, daß ich hier mein eigenes Zimmer habe. Manchmal brauche ich einfach ein bißchen Ruhe vor Francey, und außerdem kann ich hier mein Tagebuch schreiben, ohne daß sie es sieht, meistens früh am Morgen, so wie jetzt.

Das Haus ist sehr schick, wie im Fernsehen. Mr. Hunnisett ist nicht oft hier, er arbeitet ‚in der Stadt', wie es immer heißt. (Ich möchte bloß wissen, warum sie nicht einfach ‚London' sagen.) Mrs. Hunnisett ist sehr nett, obwohl sie die ganze Zeit ein bißchen verwirrt aussieht, so als sei sie überrascht darüber, eine Tochter wie Francey zu haben. Und Robert, Robert, Robert ist hier!!!!!!!

Eine Tür knallte. Schritte kamen über den Treppenabsatz entlang. Schuldbewußt stopfte Cam das Tagebuch und den Stift unter die Matratze. Francey kam ins Zimmer, und die Luft schien zu knistern, als bildeten sich plötzlich elektrische Ladungen. „Mach dich fertig!" kommandierte sie in ihrer knappen, drängenden Art. „Wir gehen aus. Wir besuchen Gayelord."

„Aber das Besondere an diesen beiden Gläsern ist, daß sie mit einem Fluch beladen sind."

Gayelord machte eine effektvolle Pause.

Die vier Leute, die um einen riesigen Mahagoni-Eßtisch saßen, starrten die Gläser an. Cam dachte, daß alle hier – außer ihr selbst natürlich – wie Figuren aus einer Geschichte oder einem Theaterstück aussahen.

Mrs. Hunnisett sah viel zu toll aus, um eine echte Mutter zu sein, so wie sie dasaß in einer romantischen Bluse, einem wallenden Zigeunerrock und hochhackigen Stiefeln. Gleich neben ihr saß Francey, sie trug einen kurzen, engen Jeansrock, auf dessen Taschen SWAMP THING eingestickt stand, und ein seltsames Oberteil, das wie ein elisabethanisches Wams geschnitten war und aus irgendeinem dicken, gesteppten Baumwollstoff bestand. „Oh, Liebling, bitte keine Hosen!" hatte Mrs. Hunnisett ausgerufen, als Francey kurz vor dem Abmarsch in alten, abgetragenen Jeans mit ausgefransten Nähten die Treppe heruntergekommen war.

„Liebling", hatte Cam verwundert gedacht. Immer hieß es „Liebling", sogar wenn sie sich stritten. Zu Hause wurde sie selbst „Schatz" oder „unsere gute Cam" genannt. Und geschimpft wurde mit ihr auch fast nie. Weil ich so langweilig und normal bin, dachte Cam, während sie ihren geblümten „Braves-Mädchen“-Rock von Laura Ashley glattstrich und sich dabei fad und geschmacklos vorkam. Der Rock hatte so erwachsen gewirkt, als sie und Mam ihn in Holmeport gekauft hatten – extra für den Aufenthalt bei Francey über Ostern. Aber die Lebhaftigkeit der Hunnisetts, und besonders Franceys, schien die ganze Farbe und den Zauber aus ihm herausgewaschen zu haben. Francey hätte ohnehin aus allem die Farbe herausgewaschen. Ihr struppiges, widerborstiges, rotbraunes Haar war heute zu einem Zopf geflochten, um den Anschein von Ordnung zu erwecken, aber es glühte nur so vor dem Hintergrund der dunklen Mahagonimöbel.

Die vierte Person am Tisch war Gayelord, in dessen riesigem, hohem Eßzimmer in Blackheath sie nun saßen. Der Fußboden war aus poliertem Holz, das glänzte wie karamelisierter Zucker, und ein gewaltiges Fenster gab den Blick frei auf einen geheimnisvollen Garten mit überhängenden Weiden und weichen, weit ausgebreiteten Farnbüschen. Cam war entzückt.

„Gayelord ist mein Onkel“, hatte Francey beiläufig angemerkt, „nur daß wir ihn nicht Onkel nennen, sondern einfach Gayelord. Er ist Daddys Bruder. Er ist ein – ach, wie heißt das noch mal? Ein Connaisseur. Er sammelt Antiquitäten und solches Zeug. Und er weiß alles über schöne Dinge, besonders über Essen, wunderbares Essen. Er schreibt die Essen-und-Trinken-Kolumne für eines von diesen schicken Magazinen. Und manchmal gibt's ihn auch im Fernsehen, auf Kanal Vier. Hast du ihn schon mal gesehen, Cam?“

Aber Cam hatte ihn noch nie gesehen. Zu Hause sah man

sich nur Seifenopern an, zumindest ihre Mam. Kanal Vier wurde nur eingeschaltet, wenn es *Brookside* gab.

„Na ja, er will mir jedenfalls ein Geschenk überreichen. Zum Geburtstag. Weißt du eigentlich, daß ich im Juni fünfzehn werde? Tja, und da wird er dann im Ausland sein, und deshalb will er es mir jetzt schon geben. Ich kann's gar nicht mehr abwarten! Ganz bestimmt hat es irgendwas mit paranormalen Phänomenen zu tun. Gayelord ist nämlich genauso verrückt nach Geistern wie ich. Er hat einen ganzen Haufen Bücher darüber. Er hat uns alle zu sich zum Lunch eingeladen, damit er mir mein Geschenk geben kann."

Lunch, hatte Cam gedacht. Das war auch so eine Sache. In Holmeport gab es so eine Mahlzeit überhaupt nicht. Die Hauptmahlzeit gab es mittags, und sie hieß schlicht und einfach Mittagessen. Aber die Hunnisetts hatten ihr Mittagessen am Abend. Und dann aßen sie auch so seltsame Sachen mit exotischen, fremden Namen: Avocados und Baclavas und italienische Salate, über die sie dann eine Vinaigrette gossen. Das war alles so ganz anders und aufregend, und es erhöhte den Zauber der Bekanntschaft mit Francey nur noch.

Auch Franceys Geschenk hatte sich als zauberhaft herausgestellt. Es war ein Paar wunderschöner Weingläser von genau gleicher Form, die Gayelord ganz behutsam aus einem fremdartig aussehenden Seidenpapier gewickelt und vorsichtig in die Mitte des Tisches gestellt hatte, direkt zwischen die Petitfours, die winzigen Wedgewood-Kaffeetäßchen und die dicken weißen Servietten und all die anderen eleganten Überbleibsel ihres Connaisseur-Lunches. Sein blasses, fleischiges Gesicht blieb völlig unbewegt, als er diese ungeheuerliche Bemerkung über den Fluch der Gläser machte.

„Ein Fluch!“ wiederholte Francey in ehrfürchtigem Ton. „Wie wundervoll! Was für eine Art von Fluch? Was passiert, wenn man aus ihnen trinkt? Stirbt man dann?“

Mrs. Hunnisett, deren Wangen durch das Gläschen Wein zum Essen leicht gerötet waren, warf ihm einen skeptischen Blick zu und stieß ihn in die Rippen.

„Na komm schon, Gayelord! Gib zu, daß du Unsinn redest. Du bist doch nichts als ein alter Schauspieler. Du willst uns alle bloß auf den Arm nehmen, oder nicht?“

Gayelord, der in seinem alten grünen Samtjackett riesig und sehr theatralisch wirkte (das Jackett hatte wattierte und abgesteppte Ärmel und Manschetten wie bei einem Morgenmantel – und Cam fragte sich, ob das vielleicht eine dieser legendären Hausjacken war. Sie hatte irgendwo in einem Buch davon gelesen, aber noch nie einen Menschen gesehen, der so etwas im wirklichen Leben tatsächlich trug), Gayelord erhob sich, um ihnen allen noch etwas Madeira einzugießen. Er wirkte noch immer ziemlich ungerührt.

„Ganz ehrlich, Liebes, ich nehme euch überhaupt nicht auf den Arm. Ich habe sie in Spanien erworben, in einem kleinen Geschäft ganz hinten in einer Seitenstraße in Muignol, nahe bei Barcelona. Das sind echte Antiquitäten. Italienische Renaissance. Ich hab's nachgeschlagen. Diese Art von Glas wurde im späten 16. Jahrhundert in Venedig hergestellt. Das weiße Glasgewebe, aus dem die Stiele gearbeitet sind, nennt man ‚latticino‘. Um so etwas anzufertigen, hat man in jede Masche des Gewebes kleine Luftbläschen eingeschlossen, so daß es aussieht wie Spitzenklöppelei. Die Kelche sind aus gewöhnlichem, grünem Glas. Sind sie nicht wunderschön?"

„Ja, ja sicher!" rief Francey ungeduldig, „aber was ist nun mit dem Fluch? Erzähl uns endlich von dem Fluch, Gayelord!"

Gayelord seufzte.

„Unglücklicherweise ist es mir nicht gelungen, die ganze Geschichte zu erfahren. Der Bursche in dem Laden konnte kaum Englisch, so daß ich nicht alle Einzelheiten verstehen konnte", sagte er schließlich. „Sie stammen jedenfalls aus einer dieser spanischen Burgen, die hoch oben in den Bergen liegen – an der Costa Brava, ihr wißt schon. Das ganze Gebiet ist natürlich derzeit absolut vollgestopft mit Touristen und Hamburger-Buden, aber ich war dort, um einen Bericht über die authentischen einheimischen Weine und Meeresspezialitäten zu schreiben – also nicht über Hamburger –, tja, und da bin ich auf diesen kleinen Laden gestoßen. Und da, in einem Hinterzimmer, praktisch so gut wie versteckt, standen diese beiden Gläser. Um ganz ehrlich zu sein, ich war mir ganz und gar nicht sicher, ob dieser Bursche überhaupt wußte, was er da verkaufte. Das andere Zeug in dem Laden war einfach nur Müll – Esel aus Ton und Aschenbecher mit aufgemalten Stierkampfszenen –, ihr kennt diesen Kram ja. Es kam mir auch etwas verdächtig vor, daß ausgerechnet er an solche Gläser gekommen war. Schließlich konnte ich genau sehen, daß sie wertvoll waren. Wie auch immer, ich wollte mir dieses Schnäppchen nicht entgehen lassen, und mein Flieger war schon so gut wie weg, also hab' ich ihm 350 Peseten in die Hand gedrückt – das sind ein paar Pfund –, und schon war ich weg. Aber mittlerweile wünsche ich mir, daß ich noch mal zurückgegangen wäre, um mir die ganze Geschichte erzählen zu lassen. Ich weiß nicht genau, wieviel sie wirklich wert sind. Ich habe sie bis jetzt noch nicht schätzen lassen."

„Eine ganze Menge, könnte ich mir vorstellen", bemerkte Mrs. Hunnisett, die sehr interessiert eines der Gläser untersuchte. „Sie sind sehr kunstvoll gemacht und sicher sehr alt."

„Jaaah, aber nun erzähl doch von dem Fluch!" Francey bekam vor Ungeduld schon fast Krämpfe. „Du hast gesagt, daß du nicht alle Einzelheiten rausgebracht hast. Aber welche Einzelheiten hast du denn nun erfahren? Was hat er denn genau gesagt? Nun drück dich doch nicht so unklar aus, Gayelord. Wie sind sie denn zu ihrem Fluch gekommen?"

Gayelord füllte sein Glas erneut mit Madeira. „Das ist es ja gerade, du alte Bohne. Ich weiß es nicht genau. Aber es hat irgendwas zu tun mit einer unglücklichen Liebesgeschichte. Das hab' ich immerhin mitbekommen. Die Entführung einer Geliebten, die irgendwie danebenging, oder irgend so was in der Art. Mein Spanisch ist auch nicht so gut, ich hatte es eilig, da habe ich eben nur die Hälfte verstanden von dem, was er mir erzählte."

Wieder bot er Mrs. Hunnisett die Weinflasche an. „Du willst wirklich nichts mehr, meine Liebe? Na, dann nicht. – Tja, also, es scheint jedenfalls so zu sein, daß eines der Gläser mit einem Fluch beladen ist – wenn man daraus trinkt, bedeutet das den sicheren Tod –, aber ich weiß nicht, welches der beiden es ist. Eines der Gläser werde ich Francey geben – sie kann es sich selbst aussuchen –, und das andere werde ich selbst behalten. Und derjenige, der die ganze Geschichte, die hinter diesen Gläsern steckt, als erster herausfindet, bekommt dann auch das zweite und darf beide behalten!“

„Das ist nicht fair, Gayelord!“ schrie Francey empört. „Du weißt jetzt schon, daß du der Sieger sein wirst! Du brauchst doch bloß an den Mann aus dem Laden zu schreiben, wo du sie bekommen hast, und ihn zu bitten, dir die ganze Geschichte zu schicken. Dann läßt du dir deinen Brief von jemandem ins Spanische übersetzen und die Antwort ins Englische, damit du es auch lesen kannst. Und schon hast du im Handumdrehen gewonnen!“

„Ich habe ihm schon geschrieben“, erklärte Gayelord und setzte sein Madeiraglas mit finsterem Gesichtsausdruck ab. „Er ist tot.“

Die Mädchen schnappten nach Luft. Francey leckte sich vor grausiger Faszination geradezu die Lippen.

„Tot? O Gayelord, wie schrecklich! Hat er aus einem der Gläser getrunken? Woran ist er gestorben? Vergiftung? War es irgendeine mysteriöse Verdauungsstörung?“

Mrs. Hunnisett warf ihr einen mißbilligenden Blick zu.

„Ich wünschte, du würdest die Köpfe der Mädchen nicht mit solchem Unsinn vollstopfen, Gayelord. Du kennst doch Franceys lebhafte Fantasie. Und heute soll auch noch Hilary Brotherton bei uns übernachten! Alle werden Alpträume bekommen.“

„O nein, das werden wir nicht; und jetzt sei still, Mammi!“ schnappte Francey barsch. „Und überhaupt, ich weiß gar nicht, was Hilary Brotherton damit zu tun hat. Es ist sowieso nicht fair, daß sie über Nacht bei uns bleiben soll, bloß weil ihre Eltern mit dir und Daddy zu diesem blöden Empfang gehen. Die ist doch ein richtiges Trampeltier. Sie hat ein Gesicht wie ein Edamer Käse. Rot und fettig – echt zum Kotzen."

Einen Moment lang herrschte Stille.

Mit einigen Unterbrechungen hatte sich der Streit über Hilary Brothertons Übernachtung schon den ganzen Tag hingezogen. Gayelord und Cam blickten unter sich auf den Tisch, und Mrs. Hunnisett sah Francey an. Francey, aus deren Augen grüne Blitze zuckten, riß sich wieder am Riemen.

„Tut mir leid, ich wollte nicht so grob sein, aber ganz ehrlich, das, was Gayelord erzählt, macht uns gar nichts aus, stimmt doch, Cam, oder? Es ist alles in Ordnung. Wir haben nie Alpträume. Ich jedenfalls nicht. Und du doch auch nicht, Cam?"

„Nein", flüsterte Cam, nicht ganz der Wahrheit entsprechend.

„Also weiter, Gayelord", bohrte Francey störrisch nach, „wie ist er denn nun gestorben?"

„Er hatte eine Koronarthrombose", verkündete ihnen Gayelord mit ernstem Blick. „Und falls er nicht gerade beabsichtigte, Selbstmord zu begehen, hat er auch nicht aus den Gläsern getrunken, denn er selbst glaubte fest an diesen Fluch. Sein Name war Jaime Valdes, und er wohnte in der Calle de Fucar, Muignol. Als Antwort auf meinen Brief, mit dem ich mich wegen der Gläser erkundigen wollte, hat mir seine jüngere Schwester geschrieben und mir mitgeteilt, daß er plötzlich gestorben ist. Schaut mal, hier ist eine Karte mit der Anschrift und einem Bild von seinem Laden."

Neugierig sahen sich die Mädchen die Fotografie an, die das Innere eines typischen, mit Souvenirs von sehr zweifelhafter Qualität vollgestopften, spanischen Touristenlädchens zeigte.

„Und das nächstliegende historische Monument in dieser Gegend ist eine Burg namens El Castillo de Llonch. Aber ich hatte keine Zeit, dorthin zu fahren. Später, nachdem ich erfahren hatte, daß Señor Valdes gestorben war, schrieb ich erneut nach Spanien, diesmal an das Tourismusbüro von Muignol, und bat darum, Informationen über durchgebrannte Liebespaare, tragische Liebesabenteuer oder irgendwas in dieser Art, das sich in alten Zeiten dort vielleicht zugetragen hat, zu erhalten. Aber sie konnten mir nichts sagen, das mir auch nur den geringsten Hinweis auf die beiden Gläser geliefert hätte. Seitdem habe ich in ein paar spanischen und englischen Zeitungen und auch im *Spectator* Suchanzeigen zu Informationen darüber aufgegeben und habe auch etliche Antwortbriefe bekommen, aber keiner davon enthielt etwas Passendes zu diesen speziellen Gläsern."

„Er hat die Sache bestimmt nur erfunden", schlug Mrs. Hunnisett vor, „er hat die ganze Geschichte garantiert damals schnell zusammengeschustert, um dich dazu zu bringen, diese Gläser zu kaufen."

„Diesen Verdacht hatte ich zuerst auch", gestand Gayelord ein, „aber warum sollte er sich soviel Mühe machen, wenn er dann doch nur 350 Peseten dafür verlangte? Er hätte viel mehr verlangen können, wenn er es darauf abgesehen gehabt hätte, mich übers Ohr zu hauen. Ich hatte eher das Gefühl, daß er sie loswerden wollte – deshalb hat er sie so billig verscherbelt."

„Und wie steht's mit Geschichtsbüchern?" schlug Mrs. Hunnisett vor, die nun fast gegen ihren Willen doch in den

Bann der Unterhaltung hineingezogen wurde. „Seit dem sechzehnten Jahrhundert hat es doch in Spanien eine ganze Menge unglücklicher Liebesgeschichten gegeben. Sind die Ehen in Adelsfamilien nicht allesamt von den jeweiligen Eltern arrangiert worden? Da muß es doch ziemlich viele geheime Liebschaften gegeben haben. Wie wär's, wenn du mal in einem Geschichtsbuch über diese Gegend nachliest – wo war das doch noch gleich? An der Costa Brava, stimmt's?"

„Daran habe ich auch schon gedacht", stimmte ihr Gayelord zu, „aber das ist gar nicht so einfach, wenn man nicht einmal die Namen der Leute kennt, um die es geht. Und außerdem gibt es in den Geschichtsbüchern nichts über das Castillo de Llonch – es ist übrigens keine besonders bedeutsame Burg – und auch nichts über irgendeine andere Burg dieser Gegend. Ich bin völlig ratlos. Das ist auch der Grund, weshalb ich Francey und ihre Freundin um Hilfe bitte. Und wenn die Mädchen dieses Problem lösen, bevor es mir gelingt, dann kann Francey beide Gläser behalten. Ich dachte mir, die Mädchen würden ihren Spaß daran haben."

„Und ob wir das haben!" erklärte Francey auf der Stelle. „Würdest du uns bitte morgen in die Bibliothek nach London bringen, Mammi, damit wir ein paar Nachforschungen anstellen können?"

„Was passiert eigentlich, wenn keiner etwas herausfindet?" fragte Mrs. Hunnisett neugierig.

Gayelord zuckte die Achseln und nippte an seinem Madeira. „Dann behält Francey ihr Glas, und ich behalte meines, wobei wir natürlich sehr darauf achten sollten, daß wir niemals daraus trinken. Aber du und Cam, ihr habt einigen Vorsprung, Francey. Ich muß morgen nach Burgund fahren, um fürs Fernsehen mit einer Serie namens ‚Bonjour, Beaujolais' zu beginnen, falls man so einen Titel überhaupt verkraften kann. Während der nächsten drei Wochen werde ich keine Gelegenheit haben, nachzuforschen – das Schlachtfeld gehört euch."

Cam lächelte ihr zu. Sie konnte gar nicht anders. Francey war unwiderstehlich. Es war schon wahr, Francey hatte einige schreckliche Seiten. Zum Beispiel ihre Grobheit. Und sie konnte auch ziemlich egoistisch sein. Aber dieser erste wilde Rausch, dieses Gefühl, daß sie für Cam Türen zu glitzernden, fast unsichtbaren, magischen Welten öffnen konnte, das war trotz allem geblieben.

Und jetzt hatte sich auch noch herausgestellt, daß Francey einen ganz besonderen Onkel hatte, der an Geister glaubte und der ihr ein verhextes Glas schenkte, durch das die Leute starben, wenn sie daraus tranken. In Franceys Welt, so schien es, war einfach alles möglich.

Sobald sie die Haustür der Hunnisetts geöffnet hatten, wußte Cam, daß Robert zu Hause war. Sie konnte ihn riechen. „Gott, was für ein Gestank!" rief Francey und knallte die Tür zu. „Das ist Robert. Er hat sich wieder mit diesem stinkigen Zeug eingeschmiert. Das ist ja ekelhaft."

„Ich habe ihn gebeten, gegen zwölf wieder hier zu sein, damit jemand im Haus ist, der auf euch aufpaßt", sagte Mrs. Hunnisett eilig, als sie schon die Treppe hinauflief, um sich umzuziehen. „Und sei nicht so frech, Francey, Liebling", fügte sie noch automatisch auf halbem Wege hinzu.

Francey lachte bösartig.

„Auf uns aufpassen. Das ist ja zum Kichern. Er könnte nicht mal auf eine tote Katze aufpassen. Die Leichen, die er in Edinburgh aufschneiden soll, springen doch schon vor Schreck vom Seziertisch, wenn sie ihn nur kommen sehen. Das wird ja eine tolle Nacht, ich kann's mir schon vorstellen. Hilary Brotherton kommt zum Übernachten, und Robert soll später auch noch aufpassen. – Und dabei soll das eigentlich eine Du-weißt-schon-was-Nacht werden", fügte sie ärgerlich mit leiserer Stimme hinzu, so daß nur Cam es hören konnte.

Cam sagte nichts, aber ihre hochroten Wangen erzählten Francey eine ganze Geschichte.

Robert gefällt ihr, dachte sie grimmig. Das hab' ich mir doch seit ein paar Tagen gedacht – jedesmal wenn sein Name fällt, läuft sie an wie rote Bete.

Laut sagte sie dann altklug, halb tolerant, halb verzweifelt: „Oh, Cam! Das geht doch nicht! Das meinst du doch nicht ernst! Er hat rote Haare!"

Cam, die eigentlich gerade in Tränen ausbrechen wollte, kicherte statt dessen. „Das ist ja wohl totaler Schwachsinn, Francey, ausgerechnet von dir. Guck doch mal deine eigenen Haare an! Außerdem sind sie gar nicht richtig rot, sondern eher braun."

„Na ja, und überhaupt, er hat ein Idiotengesicht", knurrte Francey und warf ihren Mantel beiseite. „Ich weiß wirklich nicht, was du an ihm findest."

Robert schien ein geheimes, mysteriöses Leben zu führen. Er kam und ging zu den seltsamsten Tages- und Nachtzeiten und beteiligte sich nie an den Mahlzeiten oder anderen Familienaktivitäten. Cam hatte ihn einige Male die Treppe hinauf- oder hinunterhuschen sehen, immer hatte er dann die Kopfhörer seines Walkman in den Ohren, nur mit sich selbst beschäftigt. Aber einmal hatte er sie ein bißchen angelächelt. Wenn er zu Hause war, dröhnte Heavy-Metal-Musik unharmonisch hinter seiner Schlafzimmertür hervor. Sogar von seiner eigenen Familie wurde er wie eine Art Legende behandelt.

„Hat schon jemand Robert gesagt, daß wir noch weggehen?“ hieß es dann, oder: „Ach, ich seh’ schon, Robert hat alle Cornflakes gegessen.“ Oft redete man von ihm, selten bekam man ihn zu Gesicht. Cam hatte langsam das Gefühl, als lebte sie mit dem Fliegenden Holländer oder dem Phantom der Oper unter einem Dach.

Allerdings wußte sie mittlerweile eines mit absoluter Gewißheit, und zwar, daß sie sich unsterblich in Robert Hunnisett verliebt hatte.

Für die Zeit des Aufenthalts bei den Hunnisetts hatte man Cam das Kajütenzimmer zum Schlafen überlassen, und das Kajütenzimmer war Roberts Zimmer gewesen, als dieser noch jünger war. Darin befanden sich Schränke aus poliertem Eichenholz, die Wände waren in seltsamen blaugrünen Farbtönen gehalten, so als sei man unter Wasser, und das Bett war eine Schiffskoje, die man von der Wand hinunterklappen konnte. Das Beste von allem war allerdings eine gerahmte Fotografie von Robert, die Cam immer mit ins Bett nahm und auf deren Rückseite sie zwischen Rahmen und hinterem Deckblatt ICH LIEBE DICH, ROBERT geschrieben hatte, ganz versteckt und so, daß es niemand sehen konnte. Sie saß im Bett, blickte verträumt das Foto an, und manchmal zerbrach sie sich den Kopf darüber, an wen er sie erinnerte. Denn es konnte natürlich nicht sein, daß sie ihn schon mal gesehen hatte, obwohl es ihr immer wieder so vorkam. Die Aufnahme war leicht verschwommen; sogar die Kamera, dachte Cam, schien nicht in der Lage zu sein, Robert festzuhalten. Aber dennoch konnte man seinen engelhaft zart wirkenden Knochenbau und seinen gedankenschweren, irgendwie gequälten Blick erkennen.

Das Kajütenzimmer hatte sein eigenes Bad, und als Cam nach oben ging, um sich nach dem Besuch bei Gayelord wieder etwas in Ordnung zu bringen, war sie ziemlich überrascht, als sie Robert traf, der gerade aus diesem Bad herauskam. Er hatte verwaschene Jeans an und streifte sich sein T-Shirt über. Sie schnappte nach Luft und machte entsetzt einen Schritt rückwärts, so, als hätte sie etwas Obszönes gesehen und nicht das Objekt ihrer gesammelten Leidenschaft.

„'tschuldigung", murmelte Robert. „Dad ist gerade im anderen Bad ... ich hab' gedacht, es macht dir sicher nichts aus ..."

Er schob sich an ihr vorbei. Ihre Hände berührten sich tatsächlich, eine ganze Sekunde lang. Cam tappte hinüber zum Waschbecken und versuchte, den Wasserhahn aufzudrehen, um sich mit möglichst kaltem Wasser das Gesicht zu waschen. Aber sie schaffte es nicht. Sie war zu überhaupt nichts mehr fähig. Das Bad war tropisch warm und voller Dampf von Roberts Badewasser, oder vielmehr von seinem eigenen, lebendigen Dampf, in dem er selbst vor nur ganz wenigen, winzigen Minuten gesessen hatte ... Schwer hing der Duft seines Rasierwassers in der Luft. Zitternd sog Cam tief und prüfend den Duft ein, wie ein Sicherheitsinspektor, der nach einem Leck in einer Gasleitung suchte. Und wieder, so wie jedesmal, bemerkte sie dabei außer den männlich-herben, üblichen Duftnoten mit Namen wie *Brut* oder *He-Man* aus der Parfümerie auch einen anhaltenden, merkwürdig staubigen Potpourri-Duft von Rosenblättern.

Vier

„Verdammt noch mal!“ schnaubte Francey, wobei sie mit dem Finger schnippte, so daß das Zahnputzglas vom Toilettentisch des Kajütenzimmers im hohen Bogen in eine Ecke segelte. „So hat das einfach keinen Sinn!“

Über den kleinen Tisch hinweg sahen sich die drei Mädchen an. Vor ihnen auf dem Tischchen lagen die sechsundzwanzig Buchstaben des Alphabets nebeneinander zu einem großen Kreis geordnet, und außerdem zwei Blatt Papier. Auf dem einen stand „Ja“, auf dem anderen „Nein“. Franceys Gesicht wirkte verärgert, Cams gelangweilt und Hilarys einfach dümmlich. Hilary war zum Kotzen; man konnte es nicht anders sagen. Die ganze Zeit sagte sie „Also echt!“ und gab andauernd damit an, wieviel ihre Kleider gekostet hatten. Und ihre Kleider waren schrecklich; sie hatte eine Figur wie Paddington der Bär, und diese war nun in einen engen, seidig glänzenden, grünen Hosenanzug mit rotem Plastikgürtel hineingezwängt. Und ihre Finger, die sie noch immer über den Tisch an der Stelle hielt, wo sie auf dem Zahnputzglas gelegen hatten, bevor Francey es weggeschnippt hatte, endeten in Spitzen aus scharlachrotem Nagellack. Allerdings war der Nagellack brüchig und abgeblättert, und darunter konnte man den Dreck unter ihren Nägeln sehen.

Die Mädchen versuchten gerade Kontakt mit Franceys Privatgeist aufzunehmen, und zwar mittels der Ouija-Brett- oder Alphabettafel-Methode. Dazu legte man einen Finger auf ein umgedrehtes Glas, das inmitten von Buchstabenkärtchen stand, und der Geist sollte dann das Glas über den Tisch bewegen und die Antworten auf gestellte Fragen buchstabieren. Sie hielten ihre Séance nun seit Mitternacht ab, insgesamt zwanzig Minuten, aber die einzigen Wörter, die dabei buchstabiert worden waren, waren solche, auf deren Buchstaben Francey selbst ein Glas geschubst hatte. Für Cam war das geradezu schmerzhaft offensichtlich, und normalerweise hätte sie dabei auch ein bißchen mitgeholfen, um die Sache etwas in Schwung zu bringen, nur mußte sie im Moment dauernd an Robert denken und an die Frage, mit wem er wohl ausgegangen war. Es mußte sich schon um jemand Interessanten handeln, wenn er sich so verspätete. Und jetzt war es Francey zu langweilig geworden, die ganze Arbeit für den Geist allein machen zu müssen, und sie sah sich nach jemandem um, dem sie dafür die Schuld geben konnte.

„Ich glaube, es liegt an dir, Hilary“, sagte sie giftig. „Du blockierst sämtliche Schwingungen. Du bist absolut überhaupt nicht sensitiv. Ein Geist spürt das, wenn ein Ungläubiger im Raum ist. Besonders, wenn es sich dabei auch noch um einen solchen Klotz wie dich handelt.“

Hilary fing an zu weinen.

Mit finsterem Blick nahm Francey einen riesigen Schluck aus der Flasche mit dem Aprikosenlikör, die sie aus dem Wohnzimmerschrank mit nach oben gebracht hatte, und zündete sich eine Zigarette an einer der Kerzen an, die auf Flaschenhälse gesteckt überall im Schiffszimmer verteilt standen. Der Raum war schon ganz stickig vor Rauch und dem Geruch von Kerzenwachs, und da das elektrische Licht ausgeschaltet war, erzeugten die blaugrünen Farben eine vielversprechende geisterhafte Atmosphäre. Lediglich der Geist weigerte sich standhaft, seinen gewünschten Auftritt hinzulegen.

Cam seufzte und hob das Glas auf, nur für den Fall, daß Mrs. Hunnisett es am nächsten Tag dort in der Ecke gefunden und gedacht hätte, Cam selbst habe es dorthin geworfen. Francey stand wieder einmal kurz vor einem ihrer Ausbrüche. Früher am Tag, als sie Cams Frühstück hereingebracht hatte, hatte es schon ganz danach ausgesehen, aber der Besuch bei Gayelord und die Aufregung, als sie das grüne spanische Glas geschenkt bekam, hatten den Anfall noch einmal abgewendet.

Plötzlich knallte Francey die Likörflasche auf den Tisch und stieß einen Schrei aus.

„Jetzt hab' ich's! Wir machen es mit dem spanischen Glas, Cam, dem verhexten Glas, das Gayelord mir geschenkt hat!“

Cam zögerte.

„Das würde ich lieber nicht tun, Francey“, sagte sie langsam. „Das ist nicht bloß ein altes Glas. Gayelord hätte es dir nie gegeben, wenn er gewußt hätte, daß du es für so was nimmst. Er hat dir extra gesagt, daß du dir genau überlegen sollst, was du damit machst.“

„Er hat mir gesagt, daß ich niemanden daraus trinken lassen soll“, berichtigte Francey sie. „Er hat nicht gesagt, daß wir es nicht für das Ouija-Brett nehmen dürfen! Jetzt sei nicht so ein Spielverderber, Cam. Was ist los? Hast du Angst?“

„Nein“, antwortete Cam, was gerade in diesem Moment nicht so ganz der Wahrheit entsprach, „nein, ich hab' nicht direkt Angst – ich finde es nur nicht ganz richtig. Mir kommt das irgendwie unverschämt vor, oder so. Ich meine, wahrscheinlich ist es ziemlich wertvoll, eine Antiquität – das ist doch einfach falsch, ein kostbares Ding wie das da für ..."

„Für irgendwelchen Quatsch" hatte sie eigentlich sagen wollen, aber sie wußte, daß sie damit Francey vor den Kopf stoßen würde, die Du-weißt-schon-was für eine todernste Sache hielt.

„Na, ich hole es mal", sagte Francey schnippisch und machte die Tür auf. „Ein altes Glas wie dieses, und besonders eines, das schon einen Fluch auf sich sitzen hat – das muß ja besser funktionieren."

Sie stampfte in ihr eigenes Zimmer und kam kurz darauf mit dem Schuhkarton zurück, in dem sich das Glas in seinem Kokon aus diesem fremdartig aussehenden Seidenpapier befand. Sie packte es aus und stellte es mitten auf den Tisch.

Das Glas mit seinem tiefgrünen Kelch leuchtete ruhig im Licht der Kerzen. Es sah geheimnisvoll aus, als ob es irgendwie magische Kraft besäße, die es dazu befähigte, die Geister herbeizurufen. Es wirkte irgendwie selbstsicher, fast böse. Mit ernsten Mienen starrten die Mädchen es an.

„Sieht seltsam aus", flüsterte Francey ehrfurchtsvoll, „es sieht aus, als ob es Dinge weiß – es sieht wirklich verflucht aus!"

Einen Moment lang sah auch sie, was Cam gemeint hatte, und nun schien sie ebenfalls zu zögern, das Glas zu benutzen. Dann jedoch fügte sie mit ihrer üblichen prahlerischen Stimme hinzu: „Na ja, damit werden wir schon irgendwas in Bewegung bringen. Also los, fangen wir an. Legt eure Finger darauf, ihr beiden."

Hilary streckte einen Finger aus und berührte damit das umgedrehte Glas, ganz ängstlich, so, als würde es jeden Moment zubeißen.

Francey tat dasselbe.

„Nun mach schon, Cam, leg deinen Finger drauf."

Cam zog die Hand zurück. Tief in ihrem Inneren spürte sie einen starken Widerstand. Es war so, als hätte jemand ganz beiläufig zu ihr gesagt: „Würdest du bitte mal gerade deine Hand in diesen Topf mit kochendem Wasser stecken und die Eier rausholen, sei doch so gut." Sie ballte ihre rechte Hand zur Faust und zog sie an ihren Körper. Francey wurde ungeduldig.

„Nun mach schon, Cam!"

Cam schüttelte den Kopf.

„Ich – ich trau' mich nicht!"

Francey fluchte.

„Du traust dich nicht? Was soll das denn heißen? Jetzt stell dich nicht so an, das ist bloß ein Glas – das kann dir nichts tun! Also ehrlich, du bist zu nichts zu gebrauchen. Du hättest genausogut diesem Idioten von Robert hinterherlaufen können, statt hierzubleiben – aber der ist ja weggegangen, um ein bißchen mit diesem Au-pair-Mädchen von den Chesneys zu plaudern."

Cam sank in sich zusammen. Sie war blaß geworden, und die Handflächen im Inneren ihrer Fäuste wurden schweißnaß. Sie spürte eine schreckliche Abscheu, als sollte sie dazu gezwungen werden, etwas Scheußliches anzusehen, eine Leiche etwa, oder noch viel schrecklicher, etwas Namenloses. In ihren Ohren dröhnte ein rauschender Ton, und ihr Herz machte übelkeiterregende Sprünge, als wollte es durch ihren Hals herausdringen. Nur verschwommen drang Franceys Stimme durch das Rauschen und Tosen zu ihr durch.

„Mach schon! Cam! Was zum Teufel ist denn los?"

„Ich will nicht!" flüsterte Cam so leise, daß die anderen es kaum hören konnten. Rücksichtslos ergriff Francey Cams Hand, bog ihr die Finger auseinander und legte den Zeigefinger an den Rand des Glasstiels. Dort hielt sie ihn einige Zeit fest, weil sie befürchtete, daß Cam versuchen könnte, die Hand zurückzureißen, und damit das Glas zerbrechen würde. Aber das tat Cam nicht. Francey starrte sie verwundert an. Cams leerer Blick blieb auf den Tisch geheftet, ihre Augen sahen glasig aus. Aber sie schien sich jetzt beruhigt zu haben. Francey vermutete, daß Cam die ganze Sache nur gespielt hatte, um einen dramatischen Effekt zu erzeugen, und so stellte sie ihre erste Frage.

„Ist irgend jemand da?" rief sie unerschrocken.

Das Glas fing an sich zu bewegen.

„I", verkündete Francey mit derselben unerschrockenen Stimme.

„N – war das ein N oder ein M, Hilary? N, glaub' ich – N E S D E F I G U E R O A Y H E R N A N D E Z. Kann ich mir nichts drunter vorstellen, das ist bloß Unsinn!"

Mißtrauisch beäugte sie Cam, um zu sehen, ob Cam das Glas bewegt hatte. Cam jedoch starrte noch immer den Tisch mit demselben glasigen Blick an. Ihre Wangen sahen unnatürlich blaß aus.

„Schreib das auf", schlug Hilary vor, „mal sehen, ob es dann irgendwas bedeutet."

„Kann ich nicht!" schnappte Francey zurück, „ich weiß nicht mehr, was es war."

Das bißchen, an das sie sich von der Geisterbotschaft

noch erinnern konnte, notierte sie auf einem Stückchen Papier.

„Wer – bist – du?“ wollte sie als nächstes wissen. Irgendwie hatte sie die Nase voll, aber wenn sie nun doch angefangen hatten, konnten sie auch noch ein bißchen weitermachen. Was für ein Reinfall dieses Du-weißt-schon-was trotz des verfluchten Glases geworden war!

Die Antwort auf die zweite Frage war genau dieselbe wie auf die erste gewesen, „I N E S D E F I G U E R O A Y H E R N A N D E Z“, aber wenigstens war es ihr diesmal gelungen, alles richtig mitzuschreiben. Ihre Schrift war etwas kritzelig, denn sie mußte mit der linken Hand schreiben, während ihre rechte Hand an dem Glas lag.

Francey stellte ihre dritte Frage.

„Wie – lautet – deine – Botschaft?“

Die Botschaft erschien ihr wieder als ein Haufen sinnloses Gebrabbel.

„E N T I E R R A E L V A S O M I O“, notierte Francey leicht gereizt.

„Vielleicht ist die Nachricht verschlüsselt“, meinte Hilary. „Oder es ist eines von diesen Buchstabenrätseln, so was wie bei Scrabble, und wir müssen die Buchstaben nur richtig sortieren.“

Francey sah nicht überzeugt aus. Wieder sah sie hinüber zu Cam. Sie konnte noch immer nicht erkennen, wer das Glas herumschubste; sie wußte jedenfalls, daß sie selbst es nicht war, also mußten es Hilary oder Cam sein. Aber Hilary besaß nicht genug Eigeninitiative, und Cam wirkte überhaupt nicht, als wollte sie jemanden insgeheim auf den Arm nehmen – sie wirkte viel eher todernst. Und irgendwie betrunken oder wie unter Drogen, sagte sich Francey.

„Na schön“, meinte sie dann laut, „ich werde jetzt noch eine Frage stellen. Ich nehme an, das wird gestattet sein. Woher kommst du?“

Das Glas wanderte zu den Buchstaben.

„M O N T A N E R A.“ Francey schrieb auch das auf.

„Montañera. Hört sich nach einem Ort im Ausland an. Das könnte überall auf der Welt sein.“

„Nein, kann's nicht!“ rief Hilary plötzlich. „Wahrscheinlich ist das in Spanien! Hast du nicht gesagt, daß das ein spanisches Glas ist, Francey? Dann ist die Nachricht ganz bestimmt auch in Spanisch.“

Francey sah aus, als sei sie vom Blitz getroffen worden. Natürlich, das war ein spanisches Glas, also mußte auch seine Botschaft in spanischer Sprache sein! Es war so offensichtlich. Und ausgerechnet von Hilary mußte sie sich das sagen lassen! Ausgerechnet von Hilary!

„So wird's wohl sein“, gestand sie mit knirschenden Zähnen ein. „Hab' ich mir übrigens auch gerade gedacht. Es könnte sogar sein, daß das die Geschichte ist, die hinter dem Glas steckt, die es uns da gerade erzählt. Na ja, ich habe jedenfalls alle Mitteilungen aufgeschrieben. Jetzt müssen wir uns morgen nur noch ein Spanischwörterbuch aus der Bibliothek holen und die Worte nachschlagen. Es sei denn, du kannst Spanisch, Cam, kannst du?“

Erneut sah sie Cam mißtrauisch von der Seite an. Was, wenn Cam ein bißchen Spanisch konnte – mit Sprachen kam sie ganz gut zurecht – und diese Botschaften erfunden hatte, um sie an der Nase herumzuführen?

„Cam!“ sagte sie mürrisch und schubste sie an. „Warum benimmst du dich denn so komisch? Warum sagst du denn gar nichts?“

Plötzlich überstürzten sich die Dinge. Zuerst krümmte sich Cam zusammen und hielt sich ihren Bauch, als hätte sie Leibschmerzen. Dann erhob sie sich halb mit weit aufgerissenen Augen und redete mit einer fremden, sehr fremden Stimme. Franceys Haut überliefen eisige Schauer wegen der schrecklichen Fremdartigkeit dieser Stimme: Sie hatte nicht die geringste Ähnlichkeit mit Cams eigener, und das war mit Sicherheit auch keine Stimme, die sie sich aus eigener Kraft zugelegt hatte. Was sie sagte, hörte sich irgendwie nach „Gutterreß“ an.

„Was?“ bellte Francey überrascht.

Cam sah sie nicht an. Als nächstes sagte sie sehr schnell, so, als ob Cam selbst spräche:

„Encherevasomio“, und dann: „Kay – me – tormiz – lamarno“, in flehendem, klagendem Ton. Danach wurde aus der Stimme (nicht Cams Stimme, obwohl sich Cams Lippen zu den Worten bewegten) ein Kreischen des Entsetzens.

„Lamarno!“ schrie sie. „Lamarno! Gutterreß!“

Danach setzte sich Cam wieder und starrte den Tisch an, genauso wie zuvor.

„Cam, jetzt hör aber auf!“ bat Francey, die es nun langsam mit der Angst zu tun bekam. „Mach keinen Quatsch! Ich mag das nicht!“

Hilary sagte kein Wort, aber ihre Augen waren so groß wie Suppenteller. Diese fürchterlichen Schreie schienen noch immer wie ein sich ständig wiederholendes Echo im Raum zu schweben.

Cam, deren Kopf nun vornübergebeugt über der Tischplatte hing, fing an etwas zu murmeln.

„Cam!“ schrie Francey scharf, wobei der hysterische

Ton in ihrer Stimme so gar nicht zu Francey passen wollte. „Setz dich richtig hin, Cam! Jetzt hör endlich mit diesem Blödsinn auf!“

Sie versetzte Cam einen heftigen Stoß. Cam kippte nach der Seite vom Stuhl und krümmte sich auf dem Boden zusammen.

„Ooh!“ schrie Hilary, die ihr Gehirn nach einem passenden Satz durchwühlte, mit dem sie ihr Erstaunen zum Ausdruck bringen konnte. „Ooh, na, so was! Also echt!“

Weiter kam sie nicht mehr. In diesem Moment gab es einen Donnerschlag, der dramatischer war als alles, was die Mädchen in den Geistergeschichten gehört hatten, die sie sich vorher am Abend noch vorgelesen hatten. Der Himmel schien förmlich in der Mitte auseinanderzureißen, um diesen Donner herauszulassen, und ein richtiges Trommelfeuer aus Hagelkörnern knallte prasselnd gegen das Fenster. Beim zweiten Donnerschlag zerbarst das Fenster, und Regen, Hagelbrocken und Wind wirbelten herein, wodurch die Kerzen auf dem Tisch ausgeblasen wurden. Hilary sprang ungeschickt auf und stieß eine weitere Kerze um, die in einer Flasche am Boden stand. Noch brennend rollte diese Kerze in etwas Weißes, Zartes, das über das Bettende herabhing. Francey kreischte laut auf, als Cams Nylonnachthemd in einer Flammensäule aufging, die wiederum das Federbett in Brand steckte. Die Vorhänge flatterten im Sturm, und die Buchstabenkärtchen wirbelten wie ein Schneesturm durchs Zimmer. Einige von ihnen flogen ins Feuer, wo sie sich entzündeten und als kleine Fackeln davondrifteten, bis sie schließlich zu schwarzen Flocken zusammenschrumpften und zu Boden sanken.

Francey mochte ihre Fehler haben, aber an Geistesgegenwart mangelte es ihr nicht. In der nächsten Sekunde hatte sie sich schon den kleinen Papierkorb geschnappt, ihn im Bad mit Wasser gefüllt und über den Flammen ausgeleert. Das Nachthemd hatte nur einem Moment lang gebrannt und sich dann in eine zähe Masse verwandelt, die nun auf dem Bett klebte. Eigentlich war es nur das Federbett, das wirklich brannte, und der Eimer voller Wasser löschte es sofort. Die Federn kohlten noch vor sich hin und verbreiteten einen übelkeiterregenden, stechenden Geruch. Über dem Zimmer lag nun völlige Dunkelheit. Plötzlich wurde das elektrische Licht angeschaltet, und eine Stimme wollte wissen:

„Was zum Teufel macht ihr Spinner hier eigentlich?“

Hilary und Francey starrten Robert mit offenen Mündern an, einen fürchterlichen, wütend aussehenden Robert, der ihnen im Türrahmen gegenüberstand.

Robert hatte die Eingangstür des Hauses geöffnet, und sofort hatte ihn wilder Schrecken ergriffen. Denn er war kaum bis in die Mitte der Eingangshalle gekommen, da war ihm auch schon der Gestank brennender Federn aufgefallen, der aus dem oberen Stockwerk zu kommen schien. Außerdem waren im ganzen Haus sämtliche Lichter eingeschaltet, und darüber hinaus plärrte ihm aus dem Fernseher eine Pop-Show entgegen.

Er war durch die Halle geschlittert und dem scheußlichen Geruch bis zum Kajütenzimmer gefolgt. Sein Herz dröhnte dabei wie ein Vorschlaghammer. Nun hörte er auch noch Schreie und wildes Kreischen hinter der Tür. In der Erwartung, die Mädchen bei lebendigem Leibe im Bett verbrennen zu sehen, hatte er die Tür aufgerissen und stand nun keuchend da.

Sein Blick fiel auf eine Szene schrecklicher Verwüstung. Das ganze Bettzeug war schwarz, verkohlt und tropfnaß. Auf dem Boden schwappte Wasser, auf dessen Oberfläche Federn und verbrannte Papierfetzchen dahinsegelten. Zersplittertes Glas lag herum, geschmolzenes Wachs, abgebrannte Streichhölzer, und rote Kerzenstümpfe schwammen am Boden im Wasser oder bedeckten das übrige Mobiliar. Und dann war da noch ein Klumpen aus klebrigem Zeug, der wie geschmolzenes Plastik aussah. Die Nachttischlampe – ein maßstabsgetreues Modell einer spanischen Galeone, das die Hunnisetts bei Harrods bestellt hatten – war so zerschlagen, daß man sie nicht mehr reparieren konnte. Die teuren handbedruckten Vorhänge, noch kein Jahr alt, flatterten nun schwer und regendurchtränkt im Wind, der durch das zerbrochene Fenster hereinheulte. Und über allem hing dieser Geruch, dieser starke, bittere Gestank verbrannter Federn, der einem in die Nase stach und Tränen in die Augen trieb. Aber die Mädchen waren nicht tot. Die Mädchen lebten. Allerdings sah Cam aus, als sei sie halb ohnmächtig, und die beiden anderen wirkten, als seien sie nicht mehr ganz bei Verstand vor lauter Angst. Immerhin wies niemand Brandwunden auf. Das war nun wieder einmal Francey mit einem ihrer Tricks gewesen – der Himmel allein wußte, was sie sich diesmal hatte einfallen lassen.

Um all das zu sehen, brauchte Robert nur eine halbe Sekunde, und nachdem er festgestellt hatte, daß keines der Mädchen verletzt war – zumindest nicht körperlich –, konnte er es sich endlich leisten, wütend zu werden. Mit einer Hand an der Wand neben dem Lichtschalter stand er in der Tür und ließ nun seiner Wut freien Lauf.

„Was zum Teufel hast du jetzt schon wieder angestellt?“ brüllte er Francey an. Regen tropfte ihm aus den Haaren und dem durchnäßten Kragen und rieselte ihm den Nacken hinunter.

„Hast du eigentlich – weißt du eigentlich, wie spät es ist?“

Hilary hatte sich am Boden in eine weinende, zitternde Masse aufgelöst. Cam kauerte weiterhin teilnahmslos auf dem Boden und sah so aus, als ginge sie die ganze Sache überhaupt nichts an. Nur Francey blieb aufrecht stehen.

„Ich weiß es nicht“, antwortete sie finster, aber angesichts der Situation wirkte sie immer noch erstaunlich beherrscht. „Wir haben ein bißchen gespielt, die Zeit verging wie im Fluge und ...“

„*Gespielt?* Mich würde mal brennend interessieren, bei welcher Art von Spiel man das hier hinkriegt!“

Er fuchtelte wild mit der Hand herum. „Dieses Spiel heißt wahrscheinlich ‚Häuser anzünden‘! Dein winziger, kindischer Zwergenverstand muß völlig übergeschnappt sein!“

Er sah aus, als würde er sich Francey am liebsten schnappen und so lange durchschütteln, bis ihre Knochen klapperten. Noch einmal wanderte sein Blick durch den verwüsteten Raum; diesmal jedoch zeigte sich fast so etwas wie Bewunderung darin – Francey war auf ihre Art doch wirklich sensationell!

„Weißt du, manchmal frage ich mich, ob du noch ganz richtig im Kopf bist!“ zischte er. „Spielt hier einfach mit Kerzen rum. Eigentlich solltest du über dieses Alter mittlerweile raus sein. Warum zum Teufel wirst du nicht endlich erwachsen?“

Es trat eine kurze Stille ein, die nur von Hilarys geräuschvollem Schniefen unterbrochen wurde.

„Und wieso ist das Fenster zerbrochen?"

Francey, die nun auch blaß geworden und den Tränen nicht mehr fern war, schaffte es tatsächlich, lässig mit den Achseln zu zucken. Den Papierkorb, den sie bis jetzt fest umklammert hatte, als handele es sich dabei um eine Art Talisman, der sie vor dem Zorn eines Menschenfressers schützen sollte, stellte sie mit selbstbewußtem Knallen auf den Boden.

„Es ist bei dem Sturm zerbrochen. Es ist geplatzt, als der Donner losging."

Robert sah aus, als wollte er ihr jeden Moment eine runterhauen.

„Hör auf, diesen Scheiß zu erzählen, Francey. Erwartest du vielleicht, daß ich dir das glaube? Du machst wohl Witze."

„Es war so. Du brauchst mir ja nicht zu glauben, wenn du nicht willst."

„Du hast doch wirklich einen Riesenknall", polterte Robert wütend weiter. „Es ist ein Wunder, daß du nicht gleich das ganze Haus abgefackelt hast. Ganz ehrlich, Francey, so was wie dich sollten sie im Zoo in einem Käfig halten."

„Ach, halt doch dein blödes Maul", gab Francey zurück. „Wir haben das Feuer gelöscht, oder nicht? Keiner ist verletzt worden, oder?"

„Sprich nicht in diesem Ton mit mir!" tobte Robert, am ganzen Körper zitternd. Er war über sich selbst erstaunt. Aus großer Entfernung vernahm er seine eigene Stimme, und sie hörte sich eher wie die eines Lehrers mittleren

Alters an als wie die eines von Natur aus leichtlebigen, verantwortungslosen Studenten.

„Ich rede, wie ich will!“ schrie Francey. „Hau doch ab. Was glaubst du eigentlich? Du bist doch nicht mein Vater oder sonstwas!“

„O nein, und das ist auch dein verdammtes Glück, daß ich das nicht bin, denn sonst würde ich deinen Hintern durchprügeln, bis du nicht mehr sitzen kannst. Schau dich doch mal um! Schau dir diesen Zustand an! Schau dir diese Lampe an!“

In Franceys Augen blitzte es.

„Das ist nicht deine Lampe.“

„Das macht doch überhaupt keinen Unterschied. Es wird Zeit, daß du etwas Respekt vor dem Eigentum anderer Leute beigebracht kriegst.“

„Komm wieder runter, du Moralbolzen!“ kläffte Francey. „So wie du rumsabberst, könnte man denken, du bist zweiundsechzig.“

„Ja, und bei dir könnte man denken, du bist erst zwei!“ schnaubte Robert. „Zum Teufel noch mal, was hast du hier gemacht? Zigaretten, Schnapsflaschen ...“

Plötzlich bemerkte er Cam, die noch immer still und unbeweglich mit geschlossenen Augen und in den Nacken gelegtem Kopf an der Wand hockte. Er kannte kaum ihren Namen; wann immer er an sie dachte, dann nur als ‚die Stille‘.

„Ist alles in Ordnung mit dir?“ fragte Robert, wobei er einen etwas anderen Ton annahm als bei Francey.

„Ja“, meinte Cam und öffnete die Augen. Sie war sehr weiß, und ihr Gesicht zeigte einen merkwürdigen, verschlossenen Ausdruck.

Robert nickte.

„War wohl der Schock, was? Na ja, bleib mal noch einen Moment sitzen, dann wird's schon besser." Er tätschelte sie unsicher, dann wandte er sich wieder Francey zu.

„Mutter kann jede Sekunde nach Hause kommen. Geh runter, hol ein paar Lappen, und dann werden wir das Schlimmste erst mal aufwischen. Danach geht ihr alle besser auf dem schnellsten Weg ins Bett. Ich will mal sehen, ob ich ein Stück Pappe oder irgend so was vors Fenster klemmen kann. Cam sollte besser bei dir schlafen heute nacht. Hier drin kann sie ja offensichtlich nicht bleiben."

Zehn lange Minuten arbeiteten Francey und Robert unter eisigem Schweigen im Kajütenzimmer. Sie wischten das Wasser mit Handtüchern auf, schaufelten die Glasscherben, das Papier und die Kerzenstümpfe in den Mülleimer und befestigten ein großes Stück fester Pappe mit dicken Klebestreifen vor der zerbrochenen Scheibe.

„Besser kriege ich das im Moment nicht hin, das wird heute nacht bestimmt wieder weggeblasen", beschwerte sich Robert, während er sein Werk unzufrieden begutachtete. „Wie zum Teufel können es drei große, vierzehnjährige Mädchen schaffen, ein Zimmer in einen solchen Zustand zu versetzen? Ich kann es mir einfach nicht vorstellen. Man sollte dir einen Orden verleihen, Francey. Na ja, das Gröbste haben wir geschafft. Du solltest jetzt besser ins Bett gehen. Morgen früh wirst du höllisch viel zu erklären haben."

„Du brauchst nicht dauernd so zu fluchen", murmelte Francey, während sie das aufgewischte Wasser ins Waschbecken kippte.

„Ach, halt doch die Klappe", knurrte Robert müde zurück, „du kotzt mich an. Verzieht euch in die Betten! Alle."

Die Mädchen gingen, Cam und Francey in Franceys Zimmer, und Hilary zu ihrem eigenen Zimmer am Ende des Korridors.

„Kann ich nicht bei euch im Zimmer schlafen, Francey?" flüsterte Hilary, als Robert nach unten gegangen war.

Francey fiel über Hilary her, als ob der ganze Ablauf der Ereignisse deren Schuld gewesen sei.

„Oh, sei doch einmal nicht so blöd, Hilary! Wie können wir drei in einem Bett schlafen?"

„Kann ich dann nicht bei dir schlafen statt Cam? Cam kann doch mein Bett haben", bettelte Hilary. „Ich hab' solche Angst, nach allem, was passiert ist!"

„Na schön. Aber ich werde nicht mit dir in einem Bett schlafen, du blöder Schwachkopf!"

Francey spuckte ihr die Worte förmlich ins Gesicht. „Und wenn du jemals *irgendwem* erzählst, was heute nacht passiert ist, dann werde ich dir mit meinen bloßen Händen deine blöden Löckchen einzeln aus dem Skalp reißen und sie dir in deinen fetten Hintern stopfen."

Hilary flüchtete.

Robert ging ins Wohnzimmer, schaltete den Fernseher aus und goß sich einen riesigen Whiskey ein. Er zitterte. Er konnte kaum das Glas ruhig halten.

Es kam nicht nur von dem Schock, nach Hause kommen zu müssen und festzustellen, daß Francey praktisch das Dach über seinem Kopf angezündet, die Fenster zertrümmert und festmeterweise Möbel vernichtet hatte. Obwohl es ihn natürlich einige Nerven gekostet hatte, bis klargestellt war, daß die Mädchen in Ordnung und keine Fälle fürs Krankenhaus waren. Es hatte schon früher auf dem Weg nach Hause angefangen, als er von einer seltsamen – nun ja, Vision heimgesucht worden war. Vision war das einzige passende Wort, das ihm immer wieder in den Sinn kam, sosehr er es auch verdrängen wollte.

Dabei dachte er an den Dichter Coleridge, der, durch Opium oder Laudanum bekifft und high wie ein Gasballon, seine psychedelischen Technicolor-Gedichte geschrieben hatte, oder an die abgerissenen Typen, die in dunklen Toreinfahrten lagen und aus leeren Chipstüten Klebstoff schnüffelten.

„Guter Gott!" sagte er sich. „Und das mir."

Robert sah aus wie das Musterbild der fortgeschrittenen Moderne; er trug absichtlich zerrissene Jeans, einen Ohrring und topmodisch geschnittenes Haar, aber im Grunde seines Herzens war er eher der gesetzesfürchtige Typ. So hatte er auch diesmal den Wagen stehenlassen und war zu Fuß zum Pub gegangen, wo er sich mit einem Freund aus guten alten Schultagen getroffen hatte, mit dem er dann noch auf eine Tasse Kaffee in dessen Wohnung gegangen war. Und als er später allein wieder nach Hause ging, die lange, breite Straße hinunter, an der die Hunnisetts wohnten, da hatte er diese Vision. Oder Halluzination. Oder einen drogenfreien Drogentrip, oder was auch immer das gewesen war ... Die Straße hatte sich in einen Gebirgspfad verwandelt, an dessen Seiten hohe, zerklüftete Gipfel steil aufstiegen, die mit Schnee bedeckt waren, wie eine Weihnachtstorte mit Zuckerguß. Unter seinen Füßen knirschte der Schnee, und an manchen Stellen war er so tief, daß Robert bis an die Ränder seiner Nike-Sportschuhe darin stand. Und dann fiel immer mehr Schnee, ganz echter, in dichten, konfettigroßen Flocken, die aussahen, als seien sie einer Charles-Dickens-Weihnachtskarte aus dem vergangenen Jahrhundert entflogen.

Sensationell. Die gute alte Zeit. Sehr malerisch. Tief und knirschend und gleichmäßig. Und außerdem mitten im April.

„Ich hab' ja schon von einigen komischen Sachen gehört", hatte er zu sich selbst gemurmelt, „aber das ist doch wirklich lächerlich." Nach ein paar Minuten ließ der Nikolaus-Effekt endlich wieder nach, und vor sich sah er die schmiedeeisernen Tore und schicken Hausfassaden der Woodleigh Avenue.

Aber dann fing er an, Dinge zu hören. Hunde. Er hörte ein großes wildes Rudel tobender, knurrender, jaulender, sabbernder Hunde, ganz in seiner Nähe. Sie klangen, als seien sie fast wahnsinnig vor Jagdlust – als seien sie auf Blut aus.

Robert war plötzlich losgerannt. Als er zu Hause angekommen war, hatte er sich erst einmal keuchend an die Tür gelehnt und ungläubig auf die dicke Schneeschicht gestarrt, die seine Jeans, seine Schuhe, seine Jacke bedeckte ... Und dann war er hineingegangen, um Francey von allen guten Geistern verlassen und mit Selbstverbrennungsabsichten beschäftigt vorzufinden, und ein Haus, das nach verbrannten Federn stank ...

In dem Moment, in dem er das Licht im Schlafzimmer der Mädchen angeknipst hatte, hatte ihn die zweite, noch lebhaftere und erschreckendere Vision überfallen. Einen

Sekundenbruchteil lang, nicht länger, als es dauerte, den Lichtschalter zu drücken, hatte er den eiskalten Eindruck, der Raum sei nicht von Francey und ihren Freundinnen besetzt, sondern von einem Haufen Männer. Es waren grobschlächtige, dreckige Typen, eine Gruppe von Totschlägern in braunen und schwarzen Kleidern, die durch ihren Schnitt und Stil irgendwie verblüffend an längst vergangene Zeiten erinnerten. Von Malerei verstand Robert nicht viel, aber die Namen von Velázquez und Caravaggio kamen ihm sofort in den Sinn. Und diese Männer da vor ihm gaben ihm das Gefühl, aus einem vergangenen Zeitalter zu stammen, irgend etwas anderes zu sein, aber dennoch ganz unmittelbar im Hier und Jetzt zu existieren. Ihre Kleider waren aus Materie, der Stoff war am Kragen ausgefranst und knittrig, und selbst in dem winzigen Augenblick, den es dauerte, bis das elektrische Licht den Raum ausgefüllt hatte, hatte Robert Einzelheiten wie kleine Risse und Essensflecken bemerkt.

„Das ist echt zuviel“, flüsterte er sich selbst zu, als er den letzten Schluck Whiskey hinunterkippte. „Und wen ruft man dann? Die Ghostbusters?“

Wurde er langsam verrückt? Vor Jahren hatte er – nun ja – eine gewisse – Unbeständigkeit gezeigt, damals, als er seine mittlere Reife machen sollte. Er hatte sich einfach nicht an die Koedukationsschule anpassen können, auf die ihn seine Eltern geschickt hatten, er hatte schlappgemacht und mußte ein Jahr aussetzen. Man hatte ihn zu Jugendberatern und Kinderpsychologen geschickt, und alle hatten dasselbe über ihn gesagt: es mangele ihm an Selbstsicherheit, aber dieses Selbstvertrauen würde sich im Laufe seines Reifungsprozesses noch einstellen. Und jedermann dachte natürlich, er sei gereift. „Mit Robert ist jetzt alles in Ordnung", stellten seine Eltern zufrieden fest. „Jawohl, sein Abitur hat er gemacht. Und jetzt studiert er Medizin an der Universität von Edinburgh." Das hörte sich an, als sei es ein Erfolg und eine sehr respektable Sache. Nur Robert selbst wußte, wie wenig er in Wirklichkeit studierte und welche Ausreden er sich immer einfallen lassen mußte, um während der Ferien nach Hause kommen zu können, ohne Verdacht zu erregen. Denn niemand fragte ihn, ob er nicht mal mitkommen und durch Europa trampen wollte, oder auf dem Motorrad quer durch Indien fahren, oder ob er auf irgendeine andere verrückte Sache Lust hatte, die man normalerweise von Studenten erwartete. Er kam sich vor, als fehlte ihm irgend etwas, die Gewohnheiten vielleicht oder die greifbaren Marotten, die die meisten Menschen zu haben schienen und über die sie Freundschaften schließen konnten. Er aber konnte nichts von sich anbieten oder offenbaren. Er konnte das Risiko nicht eingehen.

Und jetzt auch noch das. Drogen? Man hatte sie ihm natürlich schon angeboten – wem hatte man sie noch nicht angeboten? Aber er hatte sie nie genommen. Er hatte sich vor sich selbst damit entschuldigt, er sei zu langweilig, zu vorsichtig. Aber jetzt Visionen? Geister? Die meiste Zeit kam er sich selbst wie ein Geist vor. Ein Gespenst. Eine schattenhafte, zwielichtige Gestalt. Nie ganz da. Und er haßte sein blasses, bissiges, unentschlossenes Gesicht. Er haßte eigentlich fast alles an seiner Person.

Fünf

Roberts düsteren Prophezeiungen zum Trotz mußte Francey am nächsten Morgen doch nichts erklären. Sämtliche Bewohner des Hauses, außer Hilary und Robert, waren von der Grippe erwischt worden. Als Mr. und Mrs. Hunnisett viel später als üblich aufwachten, hatten sie Kopfschmerzen, fühlten sich schwach und zittrig, und sie glaubten zuerst, sie hätten einen Kater. Man beschloß, gute Miene zum bösen Spiel zu machen und die Tagesgeschäfte wie üblich anzugehen. Mit schwammigen Knien stieg Mr. Hunnisett in seinen Büroanzug, und Mrs. Hunnisett tappte im Morgenmantel wackelig die Treppe hinunter und versuchte, das Frühstück herzurichten. Dann mußten sie jedoch einsehen, daß sie wirklich krank waren, und gingen wieder zurück ins Bett. Gerade als sie sich wieder auszogen, erschien Francey in der Tür des Schlafzimmers ihrer Eltern. Zitternd stand sie vor ihnen und mußte sich am Türrahmen festhalten. Ihre Stimme war ein einziges Krächzen.

„Mammi, ich fühl' mich scheußlich. Ich hab' mich schon zweimal übergeben, mir bricht der kalte Schweiß aus, meine Knochen fühlen sich an, als würden sie brechen, wenn mich jemand anfaßt. Und Cam hat noch kein Wort gesagt, aber sie sieht auch nicht besonders gut aus."

Mrs. Hunnisett, ganz grau im Gesicht, flüsterte zurück: „Geh wieder ins Bett, Liebling. Daddy und mich hat's auch erwischt. Wir glauben, es ist die Grippe. Wir haben den Doktor schon angerufen."

Da er das einzige gesunde Familienmitglied war, mußte sich Robert um alles kümmern; als erstes fuhr er Hilary nach Hause.

Schließlich kam auch der Doktor und teilte ihnen mit, daß es sich tatsächlich um eine Grippeepidemie handele und daß bereits eine ganze Anzahl Kleinkinder und ältere Leute daran gestorben seien. „Die Oster-Grippe" wurde sie im Fernsehen und in den Zeitungen schon genannt. Der Doktor lächelte grimmig, als er hörte, daß Robert Medizinstudent war, und er meinte, dies sei eine gute Übung für ihn. Für seine vier Patienten schrieb er einige Rezepte aus und gab Anweisung, daß sie viel zu trinken bekommen sollten, aber nichts zu essen. Es handele sich um eine Virusgrippe, die vom Kontinent herübergekommen sei, und es dauere etwa zwei Wochen, um sie völlig auszukurieren.

Für Robert verlief der Morgen ziemlich anstrengend, denn er mußte unentwegt mit Medizin und heißen oder kalten Getränken für seine Patienten die Treppe hinauf- und hinunterrasen.

Cam wurde wie die anderen auch als Grippeopfer behandelt, obwohl nicht die Grippe die Ursache dafür war, daß mit ihr etwas nicht stimmte. Robert hatte sie in das Bett in dem kleinen Handarbeitszimmer gesteckt, in dem Hilary übernachtet hatte. Die beiden kranken Mädchen konnten unmöglich im selben Bett liegen bleiben. Es wäre schon unter normalen Umständen schlimm genug gewesen, neben Francey zu schlafen – nicht etwa, daß Cam auch nur eine Sekunde Schlaf gefunden hätte. Francey hatte die ganze Nacht vor sich hin gemurmelt, sich herumgeworfen und gedreht, wobei abwechselnd die Bettücher zu Boden gingen und wieder hochgezogen wurden. Zu guter Letzt war sie auch noch auf Cam gerollt und hatte sie getreten, als wollte sie sie ermorden. Cam waren nur ungefähr zwanzig Zentimeter am Rande eines zerwühlten, verschwitzten Betts geblieben.

Aber sie hätte ohnehin nicht schlafen können. Seit dem Streit wegen des fluchbeladenen Glases hatte sie nicht mehr mit Francey gesprochen. Francey, von Übelkeit geplagt und schmollend, war sofort eingeschlafen, nachdem sie alle von Robert ins Bett gescheucht worden waren. Also wußte auch niemand, in welchem Zustand sich Cam befand. Sie hatte nicht einmal versucht, mit Francey darüber zu reden, denn sie hatte sich so außergewöhnlich gefühlt, daß sie gar nicht gewußt hätte, wie sie es beschreiben sollte. Francey hätte wahrscheinlich gesagt, sie sei verrückt geworden.

Als Francey ihren Finger mit Gewalt genommen und gegen das spanische Glas gedrückt hatte, da hatte irgend etwas in ihr nachgegeben. Sie hatte noch versucht, Widerstand zu leisten, aber Francey war einfach zuviel für sie gewesen. Ihre beiden Willen hatten gegeneinander gekämpft. Und Franceys hatte gewonnen – obwohl Francey das zu diesem Zeitpunkt wohl kaum gemerkt hatte. Francey war zu mächtig für sie gewesen. Mit körperlicher Gewalt hatte sie Cams Finger auf das umgedrehte Glas gepreßt und sie dazu gebracht, ihn von allein dort zu lassen. Cam hätte so etwas niemals mit irgend jemanden gemacht; sie hätte zweifellos den Widerwillen des anderen Menschen gespürt und ihn respektiert. Francey hatte das nicht getan. Francey hatte einen Verrat an ihr begangen.

Als ihr Finger das Glas zum ersten Mal berührte, war da

ein leichtes Kribbeln, wie bei einem schwachen Stromschlag, das von ihrer Fingerkuppe bis hoch ins Handgelenk wanderte.

Dann wurde ihr plötzlich kalt. Es war eine beklemmende, schleichende Art von Kälte, wie sie in einem aufsteigt, wenn man auf einer feuchten Steinmauer sitzt, etwas, von dem Mam ihr immer sagte, sie solle es nicht tun. Und wirklich, an ihrem Hintern war es am schlimmsten, als ob sie sich draußen auf eine feuchte Oberfläche gesetzt hätte. Irgendwann hatte Cam dann auch mit ihrer linken Hand – die nicht mit dem Glas in Verbindung stand – unter sich gefühlt, und der Stoff ihrer Jeans war kalt und feucht gewesen. Und außerdem wurde der Raum immer enger und enger; es gab kaum noch Luft, sie erstickte. Und dann wurde es dunkel. Und diese Dunkelheit barg eine schreckliche Bedeutung, die sie verstand; mit jeder Faser ihres Körpers, mit jeder Zelle ihres Gehirns verstand sie, wußte sie. Aber sie konnte dieses Wissen nicht in Begriffe fassen.

Furchtbare Ängste überkamen sie in dieser Dunkelheit. Zuerst war da ein Gefühl von verzweifelter Dringlichkeit; sie mußte unbedingt jemanden dazu bringen, irgend etwas Bestimmtes für sie zu tun. Jede Faser ihres Wesens war darauf ausgerichtet, die anderen verstehen zu lassen, wie wichtig das war; aber sie wollten es nicht für sie tun, sie konnte sich einfach nicht verständlich machen. Es zerriß ihr fast das Herz vor Anstrengung, als sie versuchte, ihnen zu erklären, was sie tun sollten; eine schreckliche Angst überfiel sie, als sie befürchten mußte, daß ihr die anderen nicht helfen würden; danach kam ein Gefühl grausamer Enttäuschung.

Dann spürte sie etwas wie ein sanfteres Flehen, eine

Empfindung, die etwas angenehmer war als die vorhergehende. Cam verstand dieses Gefühl nicht völlig, aber es war so, als beziehe es sich auf jemanden, der ihr sehr nahe stand, den sie sehr mochte und der sie niemals verraten würde. Wie eine Bombe explodierte ein scharfer Schock des Entsetzens in dieses Gefühl hinein. Das war so brutal, daß sie kreischte, bis eine Art Ohnmacht eintrat, so, als könnte ihr Nervensystem dem Ansturm nicht mehr standhalten.

Und schließlich kam Trauer. Das war ein Gefühl, das Cam kannte und benennen konnte: Das war echte menschliche Trauer, die Trauer, die sie empfunden hatte, als Opa Trotter gestorben war. Es war genauso wie in den ersten Tagen nach seinem Tod, als sie vor lauter Kummer nicht mehr in die Schule gehen konnte; immer hatte sie den Punkt, an dem ihr Erwachsenwerden begann, an dieser Zeit festgemacht, an dieser Erfahrung. Man konnte nicht eine derartige Trauer empfinden und danach noch ein Kind sein. Cam wußte, daß das nicht möglich war.

Diese Trauer überwältigte Cam nun erneut, im hellen Tageslicht und in Mrs. Hunnisetts hübschem Nähzimmer mit seinen pinkfarbenen, mit Mustern aus Rosenblüten bedruckten Vorhängen. Sie wußte nicht mehr, wie sie diesen Schmerz ertragen sollte. Sie konnte nur noch an ein einziges Gegenmittel denken, das sie schon von früher kannte. Auch wenn es kein wirkliches Heilmittel war, so machte es die Sache doch wenigstens erträglicher. In Cam regte sich der mächtige Instinkt, zu ihrer Mutter zu laufen. Das Haus der Hunnisetts wirkte so fremd. Sogar die Bettücher hatten einen fremdartigen, ungewohnten Geruch, nicht so sicher und vertraut und tröstlich wie die

Tücher im Haus ihrer Mutter. Sie wollte zurück nach Hause in ihr eigenes Schlafzimmer, sie wollte ihr grünes Dralonsofa, sie wollte ihre Barbie-Puppen.

Sie konnte nicht länger in diesem fremden, stillen Haus bleiben, bei diesen fremden, weit entfernten, unbekannten Menschen, denen sie völlig gleichgültig war. Sie mußte zurück nach Hause.

Das seltsame an der Sache war, daß sie keinen wirklichen Grund dafür erkennen konnte, weshalb sie sich in diesem Geisteszustand befand. Es stimmte schon, sie hatte sich mit Francey gestritten; sie hatte durch die Ereignisse, die sich aus Du-weißt-schon-was entwickelt hatten, einen Schock erlitten; da war dieser Riesenschreck wegen des Schadens, den sie im Kajütenzimmer angerichtet hatten; da war Robert, der so wütend auf sie alle war (Robert! dachte Cam, aber ihr Herz machte diesmal keinen aufgeregten Hüpfer); da war die ganze Peinlichkeit, in einem fremden Haus krank zu sein, und noch dazu nicht einmal die Grippe zu haben, wie alle anderen – all diese Dinge waren entnervend, aber selbst wenn man das alles zusammenrechnete, konnte daraus nicht dieser Grad von Trauer und Kummer erwachsen, wie man ihn spürte, wenn ein geliebter Mensch starb. Warum fühlte sie sich dann so todtraurig?

Gegen vier Uhr steckte Robert den Kopf durch die Tür und sagte, er wolle schnell noch etwas Vitaminsaft für alle holen. In einer knappen halben Stunde werde er wieder dasein. Cam nickte. Als sie seinen Wagen wegfahren hörte, stand sie auf und stakte auf schwachen Beinen zum Kajütenzimmer.

Sie sammelte den größten Teil ihrer Habseligkeiten ein

und stopfte sie, wie sie kamen, in ihre Reisetasche. Hastig zog sie den erstbesten Rock und Pulli an, die ihr in die Hände fielen, und wickelte sich in ihren Mantel. Sie machte sich nicht erst die Mühe, sich zu waschen; sie hatte jetzt keine Energie zu vergeuden, und außerdem lagen ihr Waschlappen und die Seife ganz unten in der Tasche, nicht extra verpackt, sondern gerade so, wie sie sie hineingeworfen hatte, so daß Feuchtigkeit und glitschiger Seifenschleim schon in ihr bestes Kleid eindrangen. Danach arrangierte sie im Nähzimmer das Bettzeug so, wie sie es aus alten Internatsgeschichten kannte, und zwar stopfte sie die Kissen und Decken so hin, daß es aussah, als liege ein Mensch im Bett. Das konnte natürlich niemanden sehr lange täuschen, aber falls Robert nur einen kurzen Blick durch die Tür warf (er würde schon nicht allzu nahe herankommen, wenn er glaubte, daß sie schlief, und außerdem gehörte sie ja nicht einmal zur Familie), dann ließ er sich vielleicht lange genug an der Nase herumführen, bis sie sicher in ihrem Zug nach Hause saß.

Zehn Minuten später stand sie in der Telefonzelle am Ende der Straße. Das Wetter war schrecklich. Sturmböen tobten und heulten um sie herum, dichte Wände aus Hagelkörnern gingen nieder, die sich sofort in Wasser verwandelten, wenn sie auf dem Boden aufkamen. Zitternd und ängstlich sah sich Cam um. Wenn Robert jetzt vorbeigefahren käme ... Aber die Geschäfte waren ziemlich weit weg, und noch dazu lagen sie in der entgegengesetzten Richtung, und so war es einigermaßen unwahrscheinlich, daß er ausgerechnet hier entlangkam. Cam fand die Nummer eines Taxiunternehmens, und schließlich stand sie auf dem Bahnsteig der King's Cross Station und wartete auf den Zug nach Holmeport, der in einer halben Stunde abfahren sollte.

Es war eine elende halbe Stunde, die sie hier warten mußte. Cam schien den Bahnhof durch die Augen ihrer plötzlich entstandenen Unglückseligkeit zu betrachten. Überall bemerkte sie deprimierende Szenen und zerlumpte Menschen, die vor nur einer Woche ihrer Aufmerksamkeit völlig entgangen waren, als sie mit Francey und Mrs. Hunnisett in gehobener Stimmung durch den Bahnhof marschiert war. Es schien hier eine ganze Menge Obdachlose zu geben, die ihre Regenmäntel mit Bindfäden zusammenhielten und die Taschen voller alter Zeitungen hatten. Sie kamen aus dem Eingang zur U-Bahn heraufgestampft oder torkelten die Treppen hinunter. Und ein betrunkener Mann in zerknitterten Kleidern lag doch tatsächlich neben der Tür zum Restaurant auf dem Boden, und niemand machte Anstalten, sich um ihn zu kümmern. Sie liefen einfach an ihm vorbei. Unglücklich dachte Cam daran, daß genau dasselbe wahrscheinlich auch passieren würde, wenn sie hier zusammenklappte, jetzt in diesem Moment, auf dem Boden, so wie sie es am liebsten getan hätte. Sie würden einfach vorbeilaufen und sie hier liegen und sterben lassen. Aber sie war entschlossen, sich zusammenzureißen, bis sie Holmeport erreichte und Mam und Dad. Dann konnte sie immer noch zusammenbrechen. Angewidert blickte sie auf den Boden. Es gab soviel Dreck: alte halb gegessene Sandwichs, Chipstüten, Plastikbecher, aus denen die Leute Tee oder Kaffee getrunken hatten. Es wäre schrecklich gewesen, hier zusammenzubrechen.

Heftige Windstöße heulten durch den Bahnhof. Und eine Menge Hunde schien überall herumzulaufen. Sie schlichen um die Gebäude herum, schnüffelten an allem, riesige Gruppen und Horden, die sich schon fast wie Wolfsrudel verhielten. Es war beinahe so, als hätten sie sich aus irgendeinem speziellen Grund hier versammelt. Keine besondere Rasse von Hunden war darunter, nur zusammengewürfelte Straßenköter, Mischlinge verschiedenster Art und Größe. Sie trugen noch dazu bei, daß sich Cam immer unwohler fühlte, und sie war froh, als endlich der Zug kam. Als sie ihre Reisetasche zur Zugtür schleppte, begannen einige dieser Hunde, an ihren Füßen herumzuschnuppern, und plötzlich knurrten sie und schnappten mit ihren häßlichen, blitzenden Fängen nach ihr. Ein freundlicher Mann hob die Tasche für Cam in den Zug und suchte ihr einen Sitzplatz. Mutlos und verzagt kauerte sie sich in die Polster. Und als sich der Zug in Bewegung setzte, glaubte sie immer noch die Hunde zu hören. Es schienen sogar noch mehr geworden zu sein, die jetzt wild und wütend zu bellen begannen.

Während der Fahrt träumte Cam. Sie ging in das grüne spanische Glas hinein. Mit leichten Schritten ging sie, wie auf brüchigem, trockenem Herbstlaub, ihr Kopf schwamm in einem klaren, limonengrünen Leuchten, das sie in sich einsog. Die leuchtende Luft war so angespannt und erfüllt von dem sirrenden, summenden Klang des zarten, grünen Lichts, daß sie fürchtete, es könnte jeden Moment zerspringen und sie mit seinen spröden, zersplitterten Bruchstücken in eine unbestimmbare Dunkelheit stoßen, eine Dunkelheit, von der sie spürte, daß sie außerhalb des weiten grünen Kreises, in dem sie sich bewegte, herrschen mußte.

Während sie weiterging durch dieses wäßrige Grün, zeichneten sich darin Gestalten ab, wie die Umrisse auf dem Zelluloid einer sich entwickelnden Fotografie. Männer auf Pferden, die mit Fackeln einen Kreis um zwei andere Gestalten bildeten, bei denen es sich um Gefangene zu handeln schien. Sie befanden sich vor einer Holzhütte auf einer Lichtung im Wald. Es war Nacht, und die Luft roch nach Schnee. Die ganze Szene war in das grüne Licht des spanischen Glases getaucht, so daß das flackernde Fackellicht auf den Gesichtern der Gefangenen und die dunklen Umrisse der Pferde und die Lederstiefel der Männer davon überzogen waren wie von einer Krankheit. Und die Gestalten und Gegenstände, die sie sah, waren leicht verzerrt, denn sie sah sie durch die sanft gebogene Krümmung des Kelches aus grünem Glas, durch das sogar das Licht selbst leicht gebrochen wurde.

Einer der Gefangenen war ein Mädchen, ein großgewachsenes Mädchen, das aufrecht dastand, mit einer hohen Krone aus tiefschwarzem Haar. Und als sich Cam durch die grünglühende Dunkelheit auf die Gestalten zubewegte, schien ein Teil von ihr selbst wie von einem Magneten zu diesem Mädchen hingezogen zu werden.

Sie und das große, aufrechte Mädchen verschmolzen ineinander wie zwei Tropfen Quecksilber. Cam spürte die grauenvolle Angst des Mädchens wie ein Gespinst aus rotglühendem Draht in sich; aber noch stärker empfand sie ihren Zorn, als sie auf den Kreis drohender, brutaler Gesichter vor sich blickte – eine mächtige, bittere Wut, die fast die Angst in ihr auslöschte. Dieses Mädchen mußte sehr mutig sein. Cam selbst war nicht besonders mutig, und nun die Kraft des Mutes dieses Mädchens in sich selbst zu spüren war sehr merkwürdig – als ob sie einen dicken Metallstab verschluckt hätte, der sie selbst dazu zwang, aufrecht und unbeugsam dazustehen, während sie eigentlich lieber kraftlos zu Boden gesunken wäre. Und für den Mann neben ihr, der offensichtlich auch ein Gefangener war, empfand Cam durch das Mädchen eine seltsame Mixtur von Gefühlen; hauptsächlich war es Enttäuschung – irgendwie hatte er das Mädchen verraten, aber dennoch konnte Cam spüren, daß das Mädchen ihn noch immer liebte. Diese Liebe war wie ein flatternder Vogel, der kilometerweit unter der Erde in einer zerklüfteten Höhle gefangen war und dennoch lebte. Auf welche Art hatte er das dunkelhaarige Mädchen betrogen oder verraten? Vielleicht meinte sie, er hätte gegen die Reiter kämpfen sollen, statt sich einfach geschlagen zu geben. Er war sehr schön, hatte ein fein geschnittenes, gequältes Gesicht wie bei einer Statue ...

Plötzlich wurde sie von einer bitteren Welle des Hasses und des Trotzes überspült; wäre da nicht die eiserne Stärke des dunklen Mädchens gewesen, von der sie gestützt wurde, es hätte sie einfach umgeworfen. Einer der Reiter hatte einen Schritt nach vorne gemacht. Im leuchtendgrünen Licht der Fackel war sein Gesicht scheußlich, gezeichnet von einer verzerrten, deformierten Lippe, die so aussah, als wäre sie vor langer Zeit einmal auseinandergerissen worden. Sie war ein häßlicher, dicker Wulst aus Fleisch, der ohne klare Abgrenzung in das übrige Gesicht überging. Cam fürchtete sich, aber das Mädchen gab ihr Kraft; sie war die Stärkere. Er redete das Mädchen an – er redete Cam an, denn Cam war das Mädchen. Das höhnisch grinsende, schwammige Gesicht schob sich näher und näher heran, noch aufgedunsener durch die verzerrte, grünlich schimmernde Wölbung des spanisches Glases – das Gesicht wirkte nun wie ein monströser mittelalterlicher Wasserspeier an einer Kathedrale, den man in der Wölbung eines grün-silbernen Löffels betrachtete. Cam wollte wegrennen, aber die Kraft des dunkelhaarigen Mädchens hielt sie fest – sie wollte schreien, aber die Stille schnürte ihr die Kehle zu -- der Mann kam zu ihr, und seine Arme schienen voll fremdartiger, düsterer Gefahren zu sein; er schien ihr die Dunkelheit entgegenzutragen, einen Armvoll Dunkelheit, und nun hatte sogar das tapfere Mädchen Angst. Und als sich das monströse Gesicht in diesem limonengrünen Licht immer weiter über sie beugte, bemerkte Cam voller Entsetzen, daß sie es kannte – sie kannte es sogar sehr gut –, dieses scheußliche, drohende Gesicht gehörte Francey.

Mit wild schlagendem Herzen erwachte Cam und stellte fest, daß sie auf dem Weg nach Hause war; sie hatte die Hunnisetts während eines heftigen Hagelsturms verlassen, ohne daß es jemand bemerkt hatte; und ihr war schlecht; und es war alles nur Franceys Schuld.

Sechs

Donnerstag abends ließ sich Mrs. Firth immer die Haare machen. Jede Woche kam Tante Marion zu diesem Zweck vorbei und brachte die entsprechende Ausrüstung mit – diesmal sollten es Dauerwellen werden. Die beiden Schwestern nutzten diese Gelegenheit, um den Klatsch der Woche auszutauschen, und sie plauderten vergnügt miteinander, während Tante Marion hinter Mrs. Firths Stuhl stand und geschickt mit kleinen Streifen aus Papiertüchern, Wässerchen aus exotischen Flaschen und den speziellen, merkwürdig aussehenden Plastiklockenwicklern hantierte.

Aus der anderen Ecke des Zimmers warf ihnen Andrew Firth von Zeit zu Zeit zweifelnde Blicke zu. Das ganze Instrumentarium, das für eine Dauerwelle benötigt wurde, wirkte auf ihn höchst geheimnisvoll, schon eher wie Folterwerkzeuge, und seine Frau, deren Kopf nun von einem Helm aus Papierschnipseln und Plastiknadeln umschlossen war, kam ihm dann immer wie irgendein fremdartiges, unbekanntes Wesen vor. Außerdem roch das ganze Haus nach dieser Dauerwellflüssigkeit.

Wie üblich reparierte Mr. Firth an etwas herum. Diesmal war es der elektrische Heizlüfter aus Cams Zimmer, den sie benutzte, wenn sie Hausaufgaben machte. „Er bastelt gerne an irgendwelchen Sachen", meinte Mrs. Firth gemütlich, während sie Haarklammern nach hinten reichte, „da hat er wenigstens was zu tun." Danach wollten sie alle zusammen fernsehen und dazu Kaffee trinken und Käse-

Cracker essen. „Das wird ein richtig netter Abend“, hatte Mrs. Firth gesagt.

„... Ja also, ihre zweite Cousine, nicht die, von der ich dir vorhin erzählt habe, die nach Kanada ausgewandert ist“, sagte Tante Marion, denn der Klatsch war gerade in vollem Gange, „– du weißt doch, die, von der der Mann mit dieser Frau von dem Spieltisch aus der Bingo-Halle durchgebrannt ist, kannst du dich noch erinnern? Na ja, also die ist es jedenfalls nicht, sondern die andere, die mit dem kleinen Jungen, der diese komische Krankheit hat, wo die Leute die Worte irgendwie nicht richtig rum lesen können, weißt du, was ich meine?“

„Ja“, sagte Mrs. Firth, die gerade in einer Schachtel mit Haarklammern auf ihrem Schoß herumwühlte.

„Ja, also, sie hatte da so einen Knoten, genau an derselben Stelle, der war so groß wie ein Tennisball, wie sie den rausgeholt haben. Ich meine, natürlich, das hat noch Monate gedauert, bis sie wieder auf den Beinen war, nach dieser Operation – danach sind die ja alle nicht mehr dieselben wie vorher, du weißt schon; und ihre Haut, also, die ist ganz ausgetrocknet und war richtig gespannt, und der Doktor hat gesagt –“

„Der letzte Wickler ist ein bißchen stramm, Marion“, unterbrach Mrs. Firth den Redefluß. „Das ziept – ich könnte schwören, ich hätte da gerade jemanden ins Haus kommen hören ... ach, Andrew, mein Bester, bist du gerade mal so gut und schaust nach?“

„Da war nichts, May. Wird bloß der Wind gewesen sein“, sagte Mr. Firth, stand aber dennoch auf, um nachzusehen.

In diesem Moment wurde die Tür des Wohnzimmers, in

dem sie sich alle befanden, aufgestoßen, und vor ihnen stand Cam, die wie der Geist ihrer selbst aussah.

Das Geräusch, das aus Mrs. Firths Kehle kam, als sie ihre Tochter dort in der Tür sah, ließ sich nur als ein Aufjaulen bezeichnen.

Sie riß sich von Tante Marion los, gerade als diese einen Lockenwickler in die richtige Position schnappen lassen wollte, wodurch nun die schon vorbereitete Strähne aus feuchtem Haar von ihrem Kopf abstand wie ein kleines Fragezeichen.

„Cam!“ rief sie laut und fast schon verärgert. „Unsere Cam! Was machst du denn hier? – Du solltest doch eigentlich in London sein! Du hast doch noch eine ganze Woche vor dir!“

Mrs. Firth war nicht wirklich wütend auf Cam; es war nur so, daß sie es gern hatte, wenn alles an seinem richtigen Platz und in bester Ordnung war. Daß nun Cam plötzlich ins Wohnzimmer der Familie Firth am Lemonfield Drive Nummer 23 hereinplatzte, während sie eigentlich in London sein sollte, um dort Theatervorstellungen, die Oper oder sonstwas zu besuchen, kam ihr irgendwie unordentlich vor. Es widersprach ihrem Sinn für die angemessene und zu erwartende Ordnung der Dinge, wie sie nun mal sein sollte.

Die ersten paar Sekunden waren alle anderen zu überrascht, um etwas zu sagen. Dann ging Mr. Firth einige Schritte auf Cam zu, wobei er seine Arme schützend ausbreitete.

„Warte mal ’nen Moment, May! Ich finde, sie sieht nicht besonders gut aus!“

Cam gab ein Geräusch von sich, das halb ein Japsen und

halb ein Seufzer war, und taumelte nach vorne in die Arme ihres Vaters. Mrs. Firth sprang von ihrem Stuhl auf, auf dem sie eben noch wie festgenagelt gesessen hatte, und eilte zu Hilfe. Das kleine Fragezeichen aus Haaren hüpfte aufgeregt, als sie loslief.

„Ach du liebes bißchen! Das finde ich aber auch! Sie sieht ja richtig elend aus! Ich hab' gar nicht gemerkt, was ich da gerade gesagt habe. Das war bloß der erste Schock. Komm her, mein Schatz."

Gemeinsam brachten sie Cam zum Sofa, und Mrs. Firth knöpfte ihr den Mantel auf. Mr. Firth blieb vor ihr stehen, starrte sie an und wußte offensichtlich nicht, was er als nächstes tun sollte. Mrs. Firth fing an, Cams Hände kräftig zu rubbeln; damit schien sie eher ihre eigene nervliche Anspannung abbauen zu wollen, als Cam etwas übermäßig Gutes zu tun.

„Ach du lieber Himmel, und was sie für eine Farbe hat, Andrew! Und ihre Hände, die sind ja eiskalt! Warum hast du denn keine Handschuhe angezogen, Schatz?"

Mrs. Firth hatte die unglückliche Neigung, sich in jeder ungewöhnlichen Situation zuerst einmal mit den unwichtigsten Nebensächlichkeiten zu befassen.

„Was ist denn passiert, mein Schatz?" fragte Mr. Firth sanft auf seine leise, unsichere Art. „Wer hat dich nach Hause gebracht? Warum hast du denn nicht angerufen?"

Mittlerweile lag Cam an der Schulter ihrer Mutter und schluchzte heftig. Sie drehte ihren Kopf ein paar Zentimeter zur Seite, und es gelang ihr stammelnd, den Anfang einer Erklärung hervorzubringen.

„N-niem-mand hat mich nach Hause gebracht. Die haben alle die Grippe. Alle waren krank. Es war schrecklich.

Ich hab' ei-ei-einfach den Zug genommen und bin nach Hause gefahren, ganz allein."

„Das ist doch ein Skandal!" rief ihre Mutter aufgebracht. „Sie einfach so loszuschicken, ohne jede Vorwarnung! Nicht mal ein Anruf! Das ist doch wirklich ein Skandal, Andrew!"

„Ganz ruhig, May, ganz ruhig. Wir kennen ja noch nicht die ganze Geschichte. Vielleicht gibt es einen guten Grund, weshalb sie nicht angerufen haben. Wenn sie alle so krank sind, wie Cam gesagt hat ..."

„Grippe!" knurrte Mrs. Firth verächtlich und nicht im geringsten besänftigt. „So krank können sie nicht sein, daß sie nicht wenigstens dazu in der Lage sind, das Telefon in die Hand zu nehmen. Lassen das arme Mädchen einfach so losziehen, mitten in der Nacht, ganz allein, und kein Anruf. Da hat man ja nicht mal die Möglichkeit, irgendwas zu unternehmen – ich weiß nicht, was die sich dabei gedacht haben."

„Die haben sich gar nichts gedacht", stieß Cam mit einem jämmerlichen Hickser hervor. „Ich hab' mich heute nachmittag weggeschlichen. Keiner hat gewußt, daß ich weg bin."

Mrs. Firth stieß einen kleinen Schnaufer aus, der sowohl Abscheu wie auch Besorgnis und schlichte Fassungslosigkeit zum Ausdruck brachte.

„Jedenfalls scheinen sie sich aber auch seitdem keine besonderen Sorgen gemacht zu haben, oder? Keiner hat angerufen, um zu fragen, ob du heil hier angekommen bist. Das muß doch schon vor Stunden gewesen sein! Welchen Zug hast du genommen, Cam?"

Cam schniefte.

„Den um f-fünf Uhr dreißig. Von ihrem Haus zum Bahnhof hab' ich mir ein Taxi genommen. Das hat vierzehn Pfund gekostet."

Erneut löste sie sich in Tränen auf.

Mrs. Firth atmete tief durch. Das Fragezeichen ihrer Haare vibrierte empört.

„Vierzehn Pfund? Hast du das gehört, Andrew? Vierzehn Pfund für ein Taxi! Nein, mein Schatz, ich bin nicht wütend auf dich, unsere Cam, mach dir keine Sorgen" – tröstend tätschelte sie Cams Hand –, „aber auf die, auf die bin ich sehr wütend. So was hab' ich wirklich noch nicht gehört. Vierzehn Pfund für ein Taxi zum Bahnhof! Das ist ein Skandal, Andrew! Ich werde jetzt warten, bis sich unsere Cam wieder ein bißchen beruhigt hat, und dann werde ich höchstpersönlich da mal anrufen."

„Das würde ich lieber nicht tun, May", riet Mr. Firth bedächtig, „ich meine, wenn sie wirklich alle mit Grippe im Bett liegen –"

„Das interessiert mich überhaupt nicht!" schrie Mrs. Firth. „Sie hätten trotzdem irgendwas unternehmen können! Ich hätte jedenfalls etwas unternommen, selbst wenn ich Grippe hätte. Dazu ist eine Mutter schließlich da. Mir kocht das Blut über, wenn ich nur dran denke."

„Wie bist du denn vom Bahnhof hierhergekommen, mein Schatz?" fragte ihr Vater. „Vom Bahnhof in Holmeport, meine ich? Hast du dir noch mal ein Taxi genommen?"

„Ich bin zu Fuß gegangen", sagte Cam einfach. „Taxis waren gerade keine da."

„Zu Fuß? Hast du das gehört, Andrew? Zu Fuß bis hierher – vom Bahnhof – mitten in der Nacht! Bei diesem

Wetter! Das sind doch mindestens vier Kilometer! Oh, mein Schätzchen! Wie hast du denn überhaupt deine Tasche und das andere Zeug schleppen können? Warum hast du denn nicht deinen Dad angerufen?“

Frische Tränen quollen aus Cams Augen.

„Irgendjemand hatte das Telefon kaputtgemacht, Mam. Das war total Schrott. Und da hab’ ich dann beschlossen, zu Fuß zu gehen. Meine Tasche hab’ ich am Bahnhof gelassen.“

Nachdem der erste Schock nun also vorüber war, begann Mrs. Firth ihre Truppen zum Angriff zu sammeln. Entschlossen stand sie auf und zupfte das feuchte Handtuch zurecht, das noch immer über ihren Schultern hing wie der Umhang einer Königin aus der Antike.

„Andrew, du fährst jetzt zum Bahnhof und holst Cams Tasche. Falls sie noch im Bahnhof steht. Wahrscheinlich ist sie mittlerweile sowieso gestohlen worden. Marion, gib mal die Taschentücher her, damit sich Cam die Augen abwischen kann. Cam, du bleibst hier sitzen und hältst dich warm. Ich geh’ schnell in die Küche und mache dir einen schönen Becher heiße Schokolade. Das brauchst du jetzt. Treibt die Kälte aus dem Körper. Und dann werde ich das Telefon nehmen und denen mal ganz genau sagen, was ich von ihnen halte.“

Gehorsam ging Mr. Firth in den Flur und zog seine Jacke an.

Mit schwachen Gesten signalisierte Cam ihren Protest.

„Es wär’ mir lieber, wenn du da jetzt nicht anrufst, Mam. Nicht heute nacht. Warte bis morgen. Und heiße Schokolade will ich auch nicht. Wirklich, ich mag jetzt keine.“

„Na schön, mein Schatz. Dann kriegst du eine Ovomaltine."

Cam schüttelte den Kopf.

„Nein, auch keine Ovomaltine. Gar nichts. Ich will überhaupt nichts. Wirklich nicht. Ich kann jetzt sowieso nichts trinken."

Mrs. Firth war schon auf dem Weg zur Tür.

„Unsinn. Natürlich willst du was. Ich mache das im Handumdrehn. Und auch was zu essen, wo wir schon davon reden. Ich nehme doch an, du hast im Zug nichts gegessen, oder? Und ich nehme auch an, daß die sich auch nicht die Mühe gemacht haben, dir heute irgendeine Mahlzeit zu geben, so ist es doch, oder? Du mußt doch ganz ausgehungert sein. Kein Wunder, daß du so grün im Gesicht bist."

„Vielleicht läßt du mich besser erst mal deine Haare fertigmachen, May", schlug Tante Marion vor, die das ganze Spektakel verwundert, aber nicht ohne einen gewissen Genuß beobachtet hatte. „Wenn sie jetzt so trocknen, wird das ziemlich komisch aussehen."

Mrs. Firth warf hastig einen Blick in den Spiegel. Vorne und oben auf dem Kopf waren die Haare sauber geteilt und zu kleinen, festen Päckchen verpackt, die von Wicklern und Nadeln gehalten wurden, aber hinten hingen ihr die losen, feuchten Strähnen in den Nacken wie schmale, kleine Schlangen.

„Haare? In einem Moment wie diesem kann ich mich nicht um meine Haare kümmern. Ich muß jetzt erst mal nach unserer Cam sehen. Ich glaube, ich sollte einen Kessel Wasser für eine Wärmflasche aufsetzen. Das Bett ist sicher nicht gut gelüftet."

Nach weniger als dreißig Minuten lag Cam warm verpackt in ihrem eigenen Bett, wo sie die Zuwendungen ihrer Mutter über sich ergehen lassen mußte, sowie eine Befragung, die hin und wieder von den finsteren Drohungen unterbrochen wurde, die die Hunnisetts alle am nächsten Tag über das Telefon zu hören bekommen sollten.

Den Ohren ihrer Mutter angemessen, lieferte Cam nur eine zensierte Fassung der Ereignisse ab, die zu ihrer Flucht aus London geführt hatten, wobei sie die etwas haarsträubenden Details von Du-weißt-schon-was und dem Feuer im Kajütenzimmer wohlweislich unterschlug. Dennoch hatte Mrs. Firths Wut ein geradezu furchterregendes Niveau erreicht, als ihr Mann mit der Reisetasche vom Bahnhof zurückkam. Die Augen vor wilden Vermutungen zu schmalen Schlitzen verengt, stürmte sie sofort auf ihn los, als er in der Schlafzimmertür erschien.

„Das ist schon eine ziemlich merkwürdige Angelegenheit, Andrew. Alle mit einem Schlag krank, und dann ist da dieser junge Mann – ein Student –, der sich um alle kümmern soll. Das ist doch nicht richtig, so was; er muß dich doch im Bett gesehen haben, Cam! In deinem Nachthemd! Ich hoffe bloß, daß es nicht dieses dünne Nylonding gewesen ist.“

„Ich hab’s dir doch gesagt, Mam“, jammerte Cam aus dem Kissenhaufen heraus, „die anderen waren alle krank. Er war der einzige, den es nicht erwischt hatte. Sie konnten gar nichts anderes tun.“

„Da hat sie ganz recht, May“, stimmte ihr Mr. Firth vernünftig zu, „Was hätten sie denn machen sollen? Und jetzt hör schon auf damit. Du regst sie nur noch mehr auf. Sie sieht wirklich ziemlich mies aus.“

Mrs. Firth riß die Reisetasche auf und fing mit fieberhaftem Eifer an, Cams Sachen zu verstauen. Sie war froh, daß sie etwas Praktisches tun konnte.

„Da hast du ganz recht, Andrew. Es geht ihr überhaupt nicht gut. Wahrscheinlich hat sie sich auch die Grippe eingefangen. Überraschen würde es mich nicht. Schau dir das Tablett an: Sie hat die Suppe nicht angerührt. Und das Omelett auch nicht. Eine halbe Tasse Ovomaltine hat sie getrunken, das war alles. Morgen früh werde ich als erstes den Doktor anrufen. – Was ist denn das für ein Durcheinander in dieser Tasche, Cam. Jetzt schau dir mal das Kleid an, alles voll Seife. Tss, tss, tss! – Ja, soll man das denn für möglich halten, Andrew, letzte Nacht sind die doch tatsächlich ausgegangen und haben die Kinder ganz allein gelassen. Das ist doch einfach skandalös. So was habe ich noch nicht gehört."

Es war etwa halb elf, als Robert anrief. Er hatte einige Male in Cams Zimmer geschaut und gesehen, daß sie tief und fest zu schlafen schien, weshalb er sie nicht weiter stören wollte. Natürlich war er erleichtert gewesen, daß sie keine besondere Fürsorge brauchte, denn es war ihm etwas peinlich, sich um ein krankes Mädchen zu kümmern, das er kaum kannte. Aber als sie sich um zehn Uhr noch nicht gerührt hatte, hatte er sich dann doch dazu gezwungen, in das Zimmer hineinzugehen und nachzuschauen, was los war. Als er entdeckte, daß sie verschwunden war, war er völlig fassungslos gewesen.

Cam, die nun oben in ihrem Schlafzimmer in Holmeport lag, überkamen die schlimmsten Befürchtungen bei all dem, was Mam ihm vielleicht an den Kopf werfen würde. Einige Fetzen des Gesprächs konnte sie verstehen, aber natürlich nur das, was ihre Mutter sagte. Es war eine große Erleichterung, als diese nun wieder die Treppe heraufkam, zwar immer noch schnaubend vor Empörung, aber doch ein wenig friedlicher.

„Nun ja, immerhin scheint es sich doch um einen einigermaßen höflichen jungen Mann zu handeln. Jedenfalls nicht ganz so übel, wie ich es erwartet hatte. Er hat sich ziemliche Sorgen um dich gemacht, meine liebe Cam. Dazu hat er auch allen Grund, das habe ich ihm auch gesagt. Es sieht jedenfalls so aus, als hätte er deine Telefonnummer nicht finden können, und weil es seiner Mutter so schlechtging, wußte er nicht, was er tun sollte. Das hört sich alles nicht sehr überzeugend an. Das hab' ich ihm auch gesagt. Das klingt nicht sehr überzeugend, habe ich zu ihm gesagt, an der Sache ist doch was faul. Die ganze Zeit will er nicht bemerkt haben, daß du verschwunden warst! Angeblich hat er gedacht, du würdest schlafen, weil du dich nicht bewegt hast, und dann ist er selbst auf dem Sofa eingeschlafen, und als er wieder aufgewacht ist, da bist du verschwunden gewesen. Also, ich weiß ja nicht, liebe Cam. Mir kommt das alles ziemlich seltsam vor. Diese ganze Zeit, und plötzlich warst du hier, und zum Bahnhof mußtest du auch noch allein! Wenn ich nur daran denke, werde ich schon wieder wütend. Warum du uns nicht angerufen hast, weiß ich wirklich nicht. Schleichst dich einfach so weg, zu keinem ein Wort, und dieser lange Weg, mitten durch London. Es ist ein Wunder, daß du nicht überfallen worden bist. – Nun gut, ich nehme an, heute nacht werden wir da sowieso nichts mehr machen können. Lassen wir die Sache im Moment mal auf sich beruhen. Er hat gesagt, seine Mutter würde mich anrufen, wenn sie sich etwas besser fühlt. Von ihr werde ich ja hoffentlich eine etwas vernünftigere Geschichte zu hören bekommen. Ich mach' jetzt das Licht aus, Schatz. Versuch, dich mal richtig auszuschlafen. Wenn es dir morgen früh nicht bessergeht, werde ich sofort den Doktor rufen."

Mit zusammengekniffenen Lippen verschwand sie schließlich und ließ Cam allein in der Dunkelheit. Draußen tobte der Sturm.

Steine. Überall um sie herum. Ihre überraschten Sinne stießen gegen diese unnachgiebige Härte, und der Schlag ihres warmen, roten Herzens traf auf Fels.

Und dann diese Dunkelheit – niemals völlige Dunkelheit wie schwarze Tinte, sondern viel wirklicher –, eine lebendige, sich bewegende Dunkelheit, durch die ausgefranste Spinnweben aus gelbem Licht tanzten und scharfe rote Punkte wie kleine Blutstropfen. Die Dunkelheit schwoll an, ihr wuchsen klamme Hände, die wie Klauen nach ihr griffen. Die Dunkelheit wurde ihr Element, sie drang durch ihre Nase ein, und sie aß die Dunkelheit. Sie schlug wie in Wellen gegen die Wände ihres steinernen Universums, sog sie in sich auf und schlürfte sie hinunter wie die Zunge eines Tiers. Sie flüsterte ihr zu und dröhnte um ihren Kopf wie eine Pauke; dann verwandelte sie sich in einen herabstoßenden Vogel mit modrigen Schwingen, der sie mit seinen Fängen ergriff und in die schwindelerregenden Höhen einer Klippe hinauftrug; sie stolperte über die blanken Tropfen aus Dunkelheit und ertrank in ihren tiefen, finsteren Abgründen.

Dunkelheit umwehte sie mit rauschenden, wirbelnden Tüchern, trampelte sie nieder mit galoppierenden Hufen und zerrte sie unzählige Meilen mit sich, um sie gestrandet an den Ufern eines grenzenlosen Ozeans der Dunkelheit zurückzulassen. Sie wurde zu einem Leichentuch, das ihre Glieder fesselte und in dem sie eine Million Tode starb, bis sie wieder lebte und die Dunkelheit sie erstickte.

Und dann die Stille.

Wenn Mrs. Firth auch nur die geringste Ahnung von dem gehabt hätte, was in den nächsten drei Wochen alles geschehen sollte, hätte sie sich niemals durch Roberts Anruf besänftigen lassen.

Am Freitag morgen nach ihrer unerwarteten Ankunft im Lemonfield Drive ging es Cam ganz eindeutig nicht besser, so daß Mrs. Firth sie gar nicht erst aus dem Bett ließ, sondern so, wie sie es versprochen hatte, gleich den Doktor verständigte. Er war bei seiner Untersuchung wesentlich gründlicher als der Arzt der Hunnisetts, denn er stellte sofort fest, daß Cam nicht an Grippe litt. Dr. Close war noch einer dieser Ärzte der alten Schule, die daran glaubten, daß man seinen Patienten viel Zeit und ungeteilte Aufmerksamkeit zukommen lassen mußte. Die meisten kannte er ohnehin in- und auswendig, denn er praktizierte schon seit rund dreißig Jahren in Holmeport. Nachdem er also Cam untersucht hatte, ging er nach unten ins Wohnzimmer, wo er mit Mrs. Firth ein längeres Gespräch hinter sorgfältig verschlossenen Türen führte, so daß Cam nicht mithören konnte. Er bekam die ganze Geschichte von Cams katastrophalen Ferien und ihrer nächtlichen Zugreise nach Holmeport erzählt. Als sie ihm von diesen Ereignissen berichtete, fing bei Mrs. Firth gleich wieder die Galle an zu kochen.

„Die haben da unten natürlich auch einen Arzt zu ihr geschickt, aber was taugen schon diese ganzen Londoner Modeärzte! Man weiß doch, was man von denen halten soll. Das ist doch der reinste Skandal. Ich wette, er hat sie nicht mal richtig angeschaut. Grippe! Ich weiß genau, was mit ihr los ist, Doktor: Das sind die Nerven! Man kann sie ziemlich leicht aufregen, unsere Cam, meine ich, schon die kleinste Sache – und nach so einem Schock – also, sie hat sich wirklich schrecklich aufgeregt. Sie ist ja wirklich völlig mit den Nerven fertig gewesen."

In der Tat ähnelte diese Diagnose, trotz eines gewissen Mangels an Fachausdrücken, im großen und ganzen sehr stark dem, was Dr. Close gerade selbst verkünden wollte. Er hatte Cam schon behandelt, als sie noch ein Baby war, und so wußte er fast genausogut wie ihre eigene Mutter, daß sie ein sehr sensibler Mensch war. Er hatte Cam ziemlich gründlich untersucht und dabei keine körperlichen Ursachen für ihre Mattigkeit und Appetitlosigkeit ausfindig machen können. Er beschloß, es bei Mrs. Firths vertrauter, unkomplizierter Formulierung ‚mit den Nerven fertig' zu belassen, die sich in ihrem Kopf ohnehin schon als zutreffendes Urteil festgesetzt hatte. Und weil er wußte, daß Mrs. Firth auf solche Sachen vertraute, füllte er noch ein Rezept für harmlose Vitaminpillen aus, die er als ‚Tonikum' bezeichnete. Soweit es die eigentliche ‚Heilung' betraf, konnten sie in Wirklichkeit nicht allzuviel bewirken – Ruhe und die Fürsorge ihrer Mutter waren die Mittel, die schon bald für Besserung sorgen würden –, aber diese Pillen waren ja auch eher für die Seelenruhe von Mrs. Firth gedacht. Mit Erleichterung nahm Mrs. Firth das Rezept an sich. Kaum hielt sie es in Händen, da kam es ihr schon vor, als sei damit bereits ein gewisser Fortschritt erzielt worden. Voller Respekt stellte sie es auf die Kamineinfassung, als handele es sich bei dem Stück Papier um einen Zauberstab.

„Ich danke Ihnen vielmals, Herr Doktor. Meine Schwester Marion wird gegen Mittag mal hereinschauen, um meine Dauerwelle fertigzumachen; es macht ihr bestimmt nichts aus, kurz bei der Apotheke vorbeizulaufen und das Mittel für mich zu holen. Sie weiß ja, daß Andrew bei der Arbeit ist, und ich kann Cam doch nicht allein lassen."

Er gab ihr Anweisung, Cam während der nächsten zwei Tage warm zu halten und nicht aus dem Haus zu lassen, ihr aber jederzeit das Aufstehen zu erlauben, falls sie sich danach fühlte. Außerdem riet er Mrs. Firth, Cam nicht zum Essen zu zwingen, sondern sie zu ködern, indem sie ihr ihre Lieblingsspeisen kochte. Dann sagte er ihr noch, daß er am nächsten Montag wieder kommen würde – „Aber bis dahin werden ein bißchen Nestwärme und Mutters Küche schon dafür gesorgt haben, daß sie wieder wie ein Gummiball im Haus rumspringt."

„Haben Sie vielen Dank, Herr Doktor. Auf Wiedersehen!"

Mrs. Firth, die nun wieder zufrieden aussah, wenn auch dank ihrer exzentrischen Frisur nicht so perfekt wie üblich, geleitete ihn zur Tür.

Zweiter Teil

Francey

Sieben

Francey saß an einem der Tische der verwaisten Schulbibliothek und starrte kläglich hinaus auf die regengetränkten Spielfelder. Es hatte zwar zu regnen aufgehört, aber alles tropfte und triefte; es herrschte dieses spezielle traurige Frühlingszwielicht, durch das die ersten Tage nach den Osterferien immer etwas Melancholisches an sich hatten. Und heute war auch noch der allererste Tag nach den Ferien, Montag, der 27. April. Fast drei Wochen waren vergangen, seit – Francey schluckte –, seit sie Du-weißt-schon-was gemacht hatten. Und seit sie sich wie eine beschissene Verräterin verhalten hatte. Und seit Cam zurück nach Holmeport geflüchtet war. Und jetzt ... eine große Träne glitt über Franceys Wange und platschte auf das Buch, das aufgeschlagen vor ihr auf dem Tisch lag. Als sie hörte, daß die Bibliothekstür aufging und jemand hereinkam, suchte sie nach ihrem Taschentuch – wie gut, daß heute der erste Tag in der Schule war, sonst hätte sie gar keines dabeigehabt – und wischte damit die Träne von der Seite.

Aus dem Dämmerlicht hinter ihr tauchte Hilary auf, die ein Paket trug.

„Francey?“

„Ach, du bist’s, Hilary. Was willst du denn? Kommst du nur, um mir auf die Nerven zu gehen? Du siehst doch, daß ich beschäftigt bin.“

„Francey! Wo bist du denn gewesen? Warum warst du denn nicht bei der Kleiderinspektion? Der Engel hat überall nach dir gesucht. Und außerdem ist da ein Paket für dich. Hier."

Zornig schob Francey das Paket beiseite.

„Soll ich das Licht anmachen? Es wird schon ziemlich dunkel. Willst du nicht zum Tee kommen? Es ist schon nach fünf." Hilary hörte sich schon fast weinerlich an.

Franceys Stimme klang merkwürdig gedämpft.

„Ich will keinen Tee. Laß mich in Ruhe. Ich hab' zu tun."

Hilary schnappte nach Luft.

„Keinen Tee? Ist dir nicht gut? Vielleicht ist noch was von der Grippe hängengeblieben. Soll ich mal schnell gehen und den Engel holen?"

„Nein", knurrte Francey. „Laß mich jetzt in Ruhe."

Hilary kniff im trüben Licht ein wenig die Augen zu und sah sich Francey etwas genauer an.

„Francey! Du weinst ja!"

Francey schniefte. Hilary legte ihr eine Hand mit angeknabberten, scharlachroten Fingernägeln auf die Schulter.

„Fühlst du dich irgendwie krank, Francey? Oder ist es, weil – weil du wieder zur Schule mußt?"

Francey grunzte etwas Undeutliches, das sich jedoch anhörte wie: „Halt die Klappe, du Schwachkopf!"

„O Francey!" jammerte Hilary. „Reg dich doch nicht schon wieder auf. Ich weiß, wie du dich fühlst, wirklich, das weiß ich. Ich hab' heute auch ein bißchen geweint – die meisten aus unserem Zimmer tun das. Der erste Tag ist immer schrecklich, stimmt doch, oder? Da kommen alle im Auto mit einem her, laden das Gepäck aus und den ganzen Kram – diesmal hat mich Daddy hergebracht –, und dann sind sie plötzlich alle weg, und man ist allein, und es dauert Jahre bis zu den nächsten Ferien. Ich weiß genau, wie du dich fühlst, ehrlich. Und dann die Prüfungen und alles."

Francey wirbelte auf ihrem Stuhl herum und schüttelte Hilarys tröstende Hand ab.

„Ich habe kein Heimweh, du Idiot!" Vor Tränen und Wut sah ihr Gesicht sehr häßlich aus. „Ich habe kein Heimweh! Und wenn du es genau wissen willst, ich habe gerade mit Cams Mutter am Telefon gesprochen!"

Als sich Francey in Bewegung gesetzt hatte, war Hilary alarmiert nach hinten gesprungen, denn sie wußte aus Erfahrung nur zu gut, welche körperlichen Ausbrüche Franceys Wut nach sich ziehen konnte.

„Cams Mutter? Aber, Francey – deine Mutter hatte dir doch gesagt, daß du das nicht tun sollst!"

Francey sah aus, als würde sie wegen dieser für Hilary so typischen Bemerkung gleich Feuer spucken. Aber plötzlich erlosch die gesamte Wut in ihr, und sie ließ den Kopf sinken, gab sich geschlagen. Sogar ihre Haare wirkten weniger widerborstig und hingen herab wie der Schwanz eines Hundes, der Prügel hatte einstecken müssen.

„Ich weiß. Ich weiß." Ihre Stimme klang dumpf. „Sie wollten mich nicht mit ihr sprechen lassen. Sie sagten, Mrs. Firth sei zu wütend und ich sollte sie nicht belästigen. Mammi hatte mit ihr telefoniert, und sie hat auch alle naselang Briefe an Mrs. Firth geschrieben, aber mir haben sie immer nur gesagt, daß Cam mit den Nerven fertig und krank sei. Solange ich zu Hause war, konnte ich nicht bei ihr anrufen. Und die ganzen zwei Wochen lang haben sie mich nicht aus dem Haus gelassen, weil ich Grippe hatte, selbst wie's mir schon viel besserging, und immer haben sie gesagt, daß es ewig lange dauert, bis man ganz kuriert ist. Sie wollten mich schon nicht zurück in die Schule lassen, aber am Freitag ist dann der Doktor gekommen und hat gemeint, das gehe schon in Ordnung. Das erste, was ich gemacht habe, nachdem sie alle wieder abgefahren waren und ihr euch alle bei der Kleiderinspektion rumgedrückt habt, war natürlich, anzurufen und zu fragen, ob ich mit Cam sprechen könnte. Und, oh, Hilary! Das war schrecklich. Ich habe mit Mrs. Firth gesprochen. Sie hat getobt. Sie hat gesagt, es könnte sein – es könnte sein, daß Cam stirbt!"

Hilary schnappte erneut nach Luft.

„Stirbt? Woran denn? An der Grippe?"

Francey schüttelte den Kopf. Sie hatte nicht mehr genug Energie, um wütend zu werden. Es war eine Erleichterung, irgend jemandem alles auszubreiten, und selbst wenn es sich dabei nur um Hilary handelte.

„Nein. Sie hat keine Grippe. Die hatte sie nie. Der Doktor sagt, es sei eine Krankheit, die Anorexia nervosa heißt. Leute, die das haben, können einfach nichts mehr essen. Hier, schau dir das an, da drin steht alles, was man darüber wissen muß."

Sie deutete auf das aufgeschlagene Buch auf dem Tisch. Es war ein medizinisches Wörterbuch.

„Deswegen bin ich hierhergekommen, um nachzuschlagen und um zu sehen, ob sie mir die Wahrheit gesagt hatte. Mrs. Firth ist so wütend gewesen, daß ich gedacht habe, sie würde das nur sagen, um mich zu erschrecken. Aber" – sie schluckte hart –, „aber wenn das wirklich die Krankheit ist, die Cam hat, dann sieht es ganz so aus, als könnte sie tatsächlich daran sterben."

Hilary sah völlig entsetzt aus.

„Aber Cam hat doch gar keine Diät gemacht! Sie braucht auch keine. Sie ist doch ganz dünn."

„Weiß ich. Weiß ich. Und ich glaube auch nicht, daß sie diese Krankheit überhaupt hat, Hilary."

Franceys Stimme wurde zu einem Flüstern: „Ich glaube, es hat irgendwas zu tun mit dem, was wir in dieser Nacht im Kajütenzimmer bei Du-weißt-schon-was angestellt haben."

Ein wachsamer Ausdruck trat in Hilarys Augen. Sie hatte zwar mitbekommen, daß Cam krank war, aber bis jetzt hatte es noch keine Gelegenheit gegeben, über die Ereignisse zu sprechen, die sich in der Dienstagnacht vor zwei Wochen zugetragen hatten. Francey hatte die gesamten letzten Wochen der Osterferien krank im Bett gelegen, und außer bei einem Telefonanruf hatten die beiden Mädchen nicht mehr miteinander gesprochen. Als es Francey wieder ein bißchen bessergegangen war, hatte es höllischen Ärger wegen des Feuers und der ruinierten Sachen gegeben. Die Taschengeldzahlungen an sie waren eingestellt und als Entschädigung für die Verwüstungen verwendet worden. Aber mehr war auch nicht geschehen. Mr. und Mrs. Hunnisett hatten die Sache, ebenso wie Robert, einfach als eine weitere Episode von Franceys unmöglichem Benehmen zu den Akten gelegt. Natürlich war Mrs. Hunnisett entsetzt gewesen, als sie von Robert erfuhr, daß Cam nach Hause geflüchtet war, und sie hatte, krank und elend, wie sie war, sofort am nächsten Tag bei Mrs. Firth angerufen, um sich zu entschuldigen und alles zu erklären. Die beiden Mütter führten ein recht gestelztes, sozusagen ‚höfliches' Gespräch. Die Telefonate wurden allerdings zusehends unfreundlicher, als sich Cams Zustand verschlechterte, denn Cam hüpfte am Montag morgen ganz und gar nicht wie ein Gummiball durchs Haus, als Dr. Close wieder vorbeikam. Mrs. Firth empfing ihn schon an der Tür und überschüttete ihn hysterisch mit ihren Ängsten.

„Ich kann sie einfach nicht dazu bringen, irgendwas zu essen, Doktor. Keinen Bissen hat sie seit Donnerstag gegessen – und das sind jetzt schon vier Tage. Ich hab' es mit all ihren Lieblingsgerichten versucht – Lancashire Hot-Pot, Würstchen im Schlafrock, Biskuittörtchen. Sie hat sie nicht mal angerührt. Kaum, daß sie mal einen Schluck Tee genommen hat. Und sprechen will sie auch nicht mit mir. Liegt einfach so da. Das Tonikum hat ihr auch nicht gutgetan. Und vor drei Tagen hätte sie ihre Regel haben sollen, aber die hat auch noch nicht angefangen. Herr Doktor, was kann denn das sein? Das muß doch irgendwas Ernstes sein, Herr Doktor!"

Doktor Close, der genau wußte, wie schnell Mrs. Firth in Panik geraten konnte, hatte sich an diesem Tag noch keine allzu großen Sorgen machen wollen. Er versuchte mit Cam zu reden, aber sie sagte nur, daß sie sich einigermaßen wohl fühlte, ein bißchen erschöpft vielleicht, aber überhaupt nicht hungrig. Die Tage vergingen, und Doktor Close begann schließlich mit Bluttests; er untersuchte die Proben auf Anämie, Diabetes und verschiedene andere schwere Erkrankungen. Aus der Klinik erhielt er die Resultate: alle negativ. In körperlicher Hinsicht lag bei Cam keine Störung vor. Nach zehn Tagen, als sich Mrs. Firth bereits in einem derartig hysterischen Zustand befand, daß es ihr fast ebenso schlechtging wie Cam, verbrachte er eine

Stunde unter vier Augen mit Cam und versuchte ganz sanft herauszufinden, was nicht stimmte. Als er die Treppe herunterkam, sah er sehr ernst aus. Mrs. Firth stürzte sich augenblicklich auf ihn.

„Na, Herr Doktor, was hat sie Ihnen erzählt?"

Dr. Close zögerte. Er hatte nicht die geringste Absicht, Mrs. Firth zu berichten, was ihm Cam nach einem langen und im großen und ganzen unfruchtbaren Gespräch schließlich doch noch gebeichtet hatte: „Ich kriege diese Träume, komische Träume. Alpträume. Ich bin irgendwo eingesperrt. Und Hunde sind hinter mir her." Und dann hatte sie noch gesagt: „Manchmal ist überall um mich rum Schnee, und der verwandelt sich in Lilien. Und dann ist da dieser Mann mit seinem zermatschten Gesicht." Am alarmierendsten aber war ihre Bemerkung, daß sie immer über Sünde und Verdammnis nachdenken müsse. Mehr als das wollte sie nicht preisgeben.

„Mrs. Firth, ich habe versucht, mit Cam zu reden. Oder vielmehr, was eigentlich wichtiger ist, und schwieriger, ich habe versucht, sie zum Sprechen zu bringen. Rein physisch gesehen fehlt ihr überhaupt nichts, soweit die Tests das zeigen konnten. Natürlich, sie ist schwach, weil sie keine Nahrung zu sich nimmt. Deshalb ist auch ihre Periode nicht aufgetreten. Aber das war zu erwarten. Nun ja, ich bin nur ein einfacher Internist. Das hier ist eigentlich nicht so ganz mein Fachgebiet. Mrs. Firth, ich denke, man sollte Cam in eine Klinik bringen. Sie muß unbedingt von einem Psychiater untersucht werden."

„Einem Psychiater!" Mrs. Firth verschlug es den Atem. „Einem Psychiater! Doktor Close! Meinen Sie damit, daß Cam verrückt wird?"

Dr. Close schüttelte den Kopf. Genau diese Reaktion hatte er erwartet.

„Bitte, Mrs. Firth, das ist kein Grund, in Panik zu geraten. Es hat damit überhaupt nichts zu tun, das versichere ich Ihnen.“ Er wartete einen Moment. Mrs. Firth sah aus, als hätte man sie persönlich beleidigt. Für sie bedeutete der Besuch bei einem Psychiater nur eine einzige Sache, nämlich daß man wahnsinnig war, meschugge, einen Knall hatte und in die Klapsmühle gehörte.

„Sie sollte erst mal in die Haverton Ward zur Beobachtung.“

Die Haverton Ward war die psychiatrische Abteilung des örtlichen Krankenhauses. Mrs. Firth flüsterte das Wort, als sei es etwas zutiefst Unanständiges und Ehrenrühriges.

Dr. Close ging einen Schritt auf sie zu.

„Mrs. Firth, wir sollten uns erst mal hinsetzen und in Ruhe darüber sprechen.“

Er führte sie zu einem der bequemen Sessel und ließ sie sanft niedersinken.

„Nun, wir wissen doch beide, daß Cam ein sehr kluges und sensibles Mädchen ist.“

Mrs. Firth nickte eifrig.

„Das ist sie, Doktor. Sie sitzt immer über ihren Büchern. Jede Nacht, da oben in ihrem Zimmer. Latein, Algebra, die ganzen verschiedenen Sprachen. Deutsch, Französisch. Während der ganzen Woche will sie fast gar nichts im Fernsehen sehen. Ihr Dad und ich, wir haben uns da manchmal schon ziemliche Sorgen gemacht. Aber sie selbst kam uns immer so glücklich dabei vor.“

Der Doktor nickte zustimmend.

„Glücklich, ich bin mir sicher, daß sie das ist, Mrs. Firth. Das haben sie mir auch in ihrer Schule gesagt. Sie erinnern sich doch noch, daß Sie mir letzte Woche die Erlaubnis erteilt haben, mich in der Schule zu erkundigen und mit den Lehrern über Cam zu reden? Nach allem, was die Lehrer gesagt haben, ist Cam ein außergewöhnlich ausgeglichenes, intelligentes und sogar begabtes Kind. Sie ist still, aber glücklich und bei den anderen beliebt. Nun, ich bin mir sicher, daß diese Krankheit nichts weiter als eine vorübergehende Sache ist. Wissen Sie, in der heutigen Zeit, da ist es für Mädchen ziemlich schwierig, erwachsen zu werden, besonders für ein sehr intelligentes, phantasievolles Mädchen wie Cam. Teenager sind heute oft großem Druck ausgesetzt."

„Druck?" wiederholte Mrs. Firth. Sie dachte an Blutdruck. Und an ihren Dampfkochtopf.

„Was für eine Art von Druck?" fragte sie mißtrauisch.

„Ihre Altersgenossen und -genossinnen", antwortete Dr. Close. „Ich meine die anderen Mädchen in der Schule. Und die Medien. Fernsehen, Zeitschriften, Popgruppen. Mädchen – sogar so ausgeglichene und vernünftige wie Cam – kommen da schon mal auf seltsame Ideen. Sie spüren ein ungeheures Bedürfnis, sich anzupassen, damit sie sicher sein können, daß sie nicht anders als die anderen sind. Nur ein Beispiel: Das erste Mädchen in der Klasse hat plötzlich einen Freund. Und mit einem Mal muß jedes andere Mädchen unbedingt auch einen Freund haben, und wenn nicht, dann fühlt sie, daß die anderen denken, irgend etwas sei mit ihr nicht in Ordnung."

Mrs. Firth sah verwirrt aus, und auch ein bißchen empört.

„Einen Freund? Cam hat noch nie einen Freund gehabt. Um Jungs hat sie sich nie gekümmert."

Geduldig nickte Dr. Close.

„Das weiß ich, Mrs. Firth. Das war ja auch nur ein Beispiel. Es muß ja nicht unbedingt um die Jungs gehen. Es kann alles mögliche sein. Kleider. Ihr eigenes Aussehen. Die Frisur."

Mrs. Firth fuhr sofort die Stacheln aus.

„Unsere Cam hat immer schöne Kleider gehabt. Modische. Laura Ashley. H&M. Und überhaupt, bevor sie nach London gefahren ist, da haben wir ihr –"

Der Doktor unterbrach sie sanft.

„Ich bin mir sicher, daß sie immer schöne Kleider hatte, Mrs. Firth, da bin ich mir ganz sicher. Was ich damit nur eigentlich sagen wollte, ist, daß für ein Mädchen in Cams Alter ihr eigenes Aussehen oder das, was sie über ihr eigenes Aussehen denkt, schrecklich wichtig sein kann. Geradezu lächerlich wichtig. Ihre Figur, zum Beispiel. Nun, wir beide wissen, und jeder, der sie gesehen hat, weiß es auch, daß Cam gut aussieht, ein sehr attraktives, gesundes und hübsch angezogenes Mädchen. Aber das wichtigste bei dieser Sache ist nicht, was wir sehen, sondern was Cam in bezug auf sich selbst fühlt. – Sagen Sie mir, Mrs. Firth, hat Cam eigentlich jemals eine Abmagerungskur gemacht?"

„Abmagerungskur? Nein, Doktor! Natürlich nicht! Das hätte ich auch nie zugelassen. Sie ist noch nicht mal fünfzehn; und abgesehen davon hat sie ja auch nichts auf den Rippen, was sie abspecken könnte."

Der Doktor nickte erneut zustimmend.

„Tja, Mrs. Firth, es ist nun mal so, es gibt da eine

gewisse Krankheit, die Mädchen in Cams Alter manchmal bekommen, besonders Mädchen wie Cam, die intelligenten und sensiblen. Diese Krankheit heißt Anorexia nervosa. Sie kann auftreten, wenn die Mädchen versuchen abzunehmen, oft ohne daß ihre Eltern oder sonst irgend jemand etwas davon weiß. Ich habe da eine Vermutung – das ist allerdings zum gegenwärtigen Zeitpunkt nur so ein Gedanke von mir. Mit Bestimmtheit können wir im Moment noch gar nichts sagen, bis sie von anderen Ärzten untersucht worden ist, von Spezialisten auf diesem Gebiet – ich könnte mir vorstellen, daß das die Störung ist, die bei Cam vorliegt. Für mich wäre das jedenfalls die wahrscheinlichste Erklärung für den verschlossenen und niedergeschlagenen Eindruck, den sie macht, und es wäre auch ein Grund für das Ausbleiben ihrer Regel. Und, das ist natürlich das wichtigste, der Grund, weshalb sie nichts essen will. Wie ich Ihnen ja schon gesagt habe, kann ich bei ihr keine körperlichen Störungen feststellen. Alle Testergebnisse, die ich aus dem Labor der Klinik erhalten habe, waren negativ. Allerdings können wir uns da auch noch nicht hundertprozentig sicher sein, solange nicht noch einige weitere Tests mit ihr im Krankenhaus durchgeführt worden sind. Aber ich habe das Gefühl, daß in diesem Fall das Problem nicht in ihrem Körper, sondern eher in ihrer Psyche liegt."

Den letzten Satz sagte er so sanft, wie er nur konnte, aber Mrs. Firth zuckte dennoch zusammen.

„Aber wieso sollte Cam denn versuchen abzunehmen? Sie ist doch schon ganz dünn. An ihr ist doch überhaupt nichts dran. Da schlägt sie ganz nach meiner Familie. Die Trotters waren alle ziemlich schlank gebaut. Ist ja auch egal, jedenfalls, wenn sie nichts gegessen hätte, wäre mir das ganz schnell aufgefallen. So wie jetzt. Mütter übersehen so was doch nicht, Doktor Close."

„Das sollte ja auch kein Angriff gegen Sie sein, Mrs. Firth. Ich wollte damit nur sagen, daß es für Cam völlig gleichgültig ist, was wir als Erwachsene darüber denken, wenn sie diese Idee irgendwo aufgeschnappt hat – zum Beispiel in einem Magazin, oder bei einer Unterhaltung in der Schule – und wenn es sich bei ihr im Kopf festgesetzt hat, daß es gerade besonders angesagt ist, schlank zu sein. Für sie wäre das eine Art, sich anzupassen. So zu sein wie die anderen. Akzeptiert und begehrt zu werden. Sie kennen doch auch diese Modezeitschriften – je mehr man wie eine Bohnenstange aussieht, desto besser. Die Vorstellung, daß sie so schlank wie möglich sein müsse, könnte sich in ihren Gedanken derart fest eingenistet haben, daß nichts von dem, was Sie oder ich zu ihr sagen, auch nur die geringste Wirkung zeigt. Was passiert, ist folgendes: Bei diesen verzweifelten Versuchen, so auszusehen wie die Models, reduzieren die Mädchen das Essen so weit, daß sie nach einiger Zeit überhaupt nichts mehr essen können. Dadurch werden sie nervös, schwach und deprimiert. Genau das kann ich im Moment bei Cam beobachten. Und deshalb glaube ich auch, daß sie in ein Krankenhaus muß, um dort angemessen medizinisch und psychiatrisch behandelt zu werden. Im Krankenhaus gibt es eine spezielle Abteilung und eigens dafür ausgebildete Leute, die mit dieser besonderen Erkrankung umgehen können. Bei einer angemessenen Behandlung dürfte sie die Sache bald ausgestanden haben, und dann ist sie wieder ganz die alte. Aber ich selbst habe nicht die richtige Ausbildung für einen solchen Fall,

Mrs. Firth. Ich bin nur ein ganz normaler, überarbeiteter Hausarzt."

Mrs. Firth war wie vor den Kopf geschlagen. Einige Minuten lang konnte sie gar nichts antworten.

„Darüber muß ich erst mal mit meinem Mann sprechen. Er ist noch bei der Arbeit."

Dr. Close stand auf.

„Aber selbstverständlich. Wie wär's, kommen Sie beide doch heute abend nach der Sprechstunde einfach bei mir vorbei. Sie finden bestimmt jemanden, der auf Cam aufpaßt. Ihre Tante Marion könnte doch zum Beispiel herkommen. Sagen Sie Ihrem Mann bitte, was ich Ihnen gesagt habe, und dann kommen Sie zu mir, und wir sprechen das alles dann noch mal genau durch."

Dr. Close setzte sich in Richtung Tür in Bewegung.

Als sie aufstand, um ihn hinauszubegleiten, explodierte Mrs. Firth plötzlich in einem gewaltigen Wutausbruch.

„London! An alldem ist nur London schuld! Das wäre alles nicht passiert, wenn sie nicht dahin gefahren und bei diesen Leuten geblieben wäre! In diesem Zustand haben die sie nach Hause fahren lassen – und der Himmel allein weiß, was die da in dieser Woche alles getrieben haben! Das ist ein Skandal!"

Dr. Closes Erklärung für Cams besondere Art von Depression und ihre Weigerung, Nahrung zu sich zu nehmen, wurde später auch von den anderen Ärzten und Psychiatern geteilt, die Cam untersuchten. Dennoch gab es da immer noch zu viele Einzelheiten, die einfach nicht ins Bild passen wollten, selbst für diese Ärzte.

Mrs. Firths persönliche Meinung bestand darin, daß das alles völliger Blödsinn sei. Sie war sich sicher, daß Cam niemals auf die Idee gekommen war, abzunehmen, um so auszusehen wie ein Model. Cam hatte immer in vernünftigem Maß gegessen, hatte kräftig zugelangt, wenn auch nicht gerade gierig, und es hatte nie irgendwelche Anzeichen gegeben, daß sie kein Essen zu sich nehmen wollte, bis zu dem Tag, als sie nach London gefahren war.

Es konnte doch wohl nicht sein, daß Cam bei bester Gesundheit und normalem Geisteszustand nach London gefahren war, dort ein paar dürre Models oder Modemagazine gesehen hatte und plötzlich bei den Hunnisetts mit einer Hungerkur angefangen hatte? „Das glaube ich einfach nicht", sagte Mrs. Firth. „Dafür ist unsere Cam doch viel zu vernünftig. Irgendwas ist da passiert, als sie bei diesen Leuten war, und das hat sie aufgeregt, und jetzt will sie niemandem etwas davon erzählen. Genauso ist es und nicht anders. Anorexia nervosa!"

Dr. Close hatte seine ganze diplomatische Kunst aufbieten müssen, um vor Mrs. Firth so gelassen zu erscheinen. Als Arzt mußte man in der Lage sein, Vertrauen zu erwecken. In seinem tiefsten Inneren war er jedoch sehr verwirrt und machte sich große Sorgen. Der Tag, an dem diese ernste Unterhaltung stattfand, war der zwanzigste April, ein Montag, und es war erst zwölf Tage her, daß Cam aus London zurückgekommen war. Wenn man den Beginn ihrer Krankheit mit dem Tag ihrer Ankunft zu Hause gleichsetzte, wie konnte sie dann so rasch in einen derart bedenklichen Zustand geraten sein? Denn Cam zeigte mittlerweile Symptome, die normalerweise bei jemandem, der an Anorexia nervosa litt (immer vorausgesetzt, daß Cam tatsächlich diese Krankheit hatte), nicht auftraten, bis der Zustand bereits die chronische Phase erreicht hatte, und üblicherweise geschah dies erst nach Monaten oder sogar Jahren. Denn als Mrs. Firth eines Morgens in Cams Zimmer gekommen war, um ihr die Haare zu bürsten, waren diese gleich büschelweise in der Bürste hängengeblieben; und an einem anderen Tag, als Cam gerade ein Glas Wasser trank, war einer ihrer großen Backenzähne einfach ausgefallen. „Alle meine Zähne fühlen sich ein bißchen locker an, Mam, die anderen auch", hatte Cam flüsternd eingestanden. Mrs. Firth war nach unten gegangen und hatte geweint und geweint. Cam schien sich vor ihren Augen aufzulösen. Diese Symptome sowie der erhebliche Gewichtsverlust (Cam hatte innerhalb dieser zwölf Tage zwölf Pfund verloren) paßten genau zu Anorexia nervosa, sagte sich Dr. Close, aber abgesehen vom Gewichtsverlust hätten sie aller Wahrscheinlichkeit nach erst nach zehn bis achtzehn Monaten auftreten dürfen, und nicht nach zwölf Tagen. Eigentlich handelte es sich nämlich um Symptome fortgeschrittener Unterernährung, oder vielmehr um akute Auszehrung. Und das in weniger als zwei Wochen? Das war unmöglich. Das war unfaßbar. Das konnte einfach nicht stimmen.

Für Dr. Close gab es daher nur zwei Möglichkeiten: Entweder hatte er eine falsche Diagnose gestellt, oder Mrs. Firth hatte ihn angelogen. Sie schwor Stein und Bein, daß Cam sich ganz normal verhalten und vor allem auch ganz normal gegessen hatte bis zu dem Tag, an dem sie nach London gefahren war, und ihre Empörung, als er ihr gegenüber die Abmagerungskur erwähnt hatte, war ihm sehr glaubwürdig vorgekommen. Wenn aber die Anorexia-nervosa-Diagnose stimmte, dann mußte Cam zuvor schon seit Monaten praktisch von einer absoluten Nulldiät gelebt haben. Vielleicht hatte sie ja ihre Mutter hinters Licht geführt und an den Schulmahlzeiten nicht teilgenommen? Aber dann blieben da immer noch die Abende und die Wochenenden zu Hause, wo sie zusammen mit ihrer Familie gegessen haben mußte – was ja Mrs. Firth auch behauptete.

Wenn er also eine falsche Diagnose gestellt hatte, dann mußte Cam an irgendeiner Art rasch fortschreitender, den Körper zerstörender Krankheit leiden, wie etwa Leukämie oder irgendeine andere Form von Krebs – aber warum hatte sich das nicht bei den Blutuntersuchungen gezeigt? Eines zumindest war klar. Cam mußte ohne weitere Verzögerung zur stationären Behandlung ins Krankenhaus. Die Art ihrer Erkrankung, ob sie nun körperlichen oder seelischen Ursprungs war, mußte so schnell wie möglich festgestellt und entsprechend behandelt werden; und sie mußte unbedingt intravenös über Infusionen ernährt werden, denn durch den Mund wollte sie nichts mehr zu sich nehmen – diese Maßnahme war von größter Wichtigkeit, da sich Cam ohne jeden Zweifel im Eiltempo zu Tode hungerte. Zum gegenwärtigen Zeitpunkt versuchte man, sie durch einen speziellen, mit Vitaminen und Mineralien vollgestopften Nährtrunk am Leben zu erhalten. Fünfmal täglich sollte sie ihn einnehmen; manchmal schluckte sie ihn, meistens aber nicht. Jeder Tag, den sie länger in ihrem Elternhaus blieb, erhöhte die Gefahr für Cams Leben.

Wie versprochen erschienen Mr. und Mrs. Firth nach der Sprechstunde am Abend bei Dr. Close. Mr. Firth war ebenso entsetzt wie seine Frau über das, was Dr. Close über Cams Krankheit gesagt hatte, aber beide sahen natürlich ein, daß Cam so schnell wie möglich im Krankenhaus untergebracht werden mußte. Sie brachten Cam diese Nachricht sehr behutsam bei. Cam fing sofort an zu schreien, krallte sich an den Seiten ihres Bettes fest und kreischte mit herzzerreißender Stimme: „Ich werde nicht gehen! Ich will hier nicht weg! Laßt sie mich nicht holen! Mam, ich will nicht weg!“

Mr. und Mrs. Firth waren völlig ratlos, aber sie dachten, daß sich Cam bis zum nächsten Tag schon an den Gedanken gewöhnen würde. Wohlweislich versuchten sie nicht, mit ihr darüber zu debattieren oder sie zu drängen. Mrs. Firth setzte sich einfach in ihr Zimmer, bis es Zeit wurde, schlafen zu gehen, wobei sie so tat, als würde sie lesen. Viele Seiten blätterte sie allerdings nicht um.

Als am nächsten Tag die Krankenpfleger kamen, um Cam abzuholen und in die Klinik zu bringen, kam es zu einer schrecklichen Szene. Mr. Firth war zu Hause geblieben, um seiner Frau bei der scheußlichen Aufgabe beizustehen, Cam zum Gehen zu überreden. Aber zuerst kam es nur, wie in der vorhergehenden Nacht, zu einem furchtbaren Angstausbruch mit Kreischen und Schreien, diesmal allerdings noch wilder, und Cam fing an, im Bett um sich zu schlagen. Sie wollte niemanden auch nur in ihre Nähe lassen. Als einer der Krankenpfleger den Versuch machte, sie am Arm zu packen, ergriff Cam doch tatsächlich ein Messer, ein kleines silbernes Obstmesser, das auf ihrem Nachttisch lag, und bedrohte ihn damit. Als sich der zweite Pfleger näherte, gab sie eine Flut von unverständlichen Worten von sich – „Gefasel“ nannte es Mrs. Firth, als sie später Tante Marion die Szene schilderte, „irgendein fremdes Kauderwelsch. Ich wollte meinen Ohren nicht trauen. Irgendwas über El Vaseline und Guterreß.“

Dabei entsprachen die Worte, die Cam von sich gab, ziemlich genau denen, die sie auch in Gegenwart von Francey und Hilary in der Nacht von Du-weißt-schon-was geäußert hatte, was Mrs. Firth natürlich nicht wissen konnte und sollte. „Ihre Augen“, schluchzte Mrs. Firth, „ihre Augen waren ganz seltsam und irgendwie – irgendwie ganz leuchtend. Keiner hat sich getraut, näher an sie ranzugehen. Sie hat so merkwürdig gewirkt. Sie hat uns richtig angst gemacht. Das war gar nicht mehr unsere Cam.“

Schließlich war ihr Vater mit stiller Würde nach vorne getreten und hatte sich zwischen Cam und die beiden Krankenpfleger gestellt. „Ich werde das nicht zulassen“, hatte er ganz ruhig gesagt, aber mit einer Stimme, die es niemandem gestattete, ihm zu widersprechen. „Ich werde das nicht zulassen. Sie beide gehen jetzt besser wieder.“

Dr. Close berichteten sie, was geschehen war. „Geben Sie uns noch ein oder zwei Tage, Herr Doktor“, sagte Mr. Firth verzweifelt, „wir werden noch mal mit ihr sprechen. Wir müssen sie an den Gedanken gewöhnen. Wir werden sie schon dazu überreden. Sie braucht einfach noch etwas Zeit, um mit dem Gedanken vertraut zu werden. Sie hat Angst.“

Ruhig und mit leiser Stimmte erklärte Dr. Close, daß er, wenn Cam nicht innerhalb der nächsten drei Tage ins Krankenhaus käme, keine weitere Verantwortung für ihr Leben übernehmen könne. Er schlug vor, Cam ein Schlafmittel zu verabreichen und sie in den Krankenwagen zu bringen, während sie nicht bei Bewußtsein war, doch Mr. Firth sagte: „Ich will nicht, daß sie an einem fremden Ort aufwacht und nicht weiß, wo sie ist. In dem verängstigten

Zustand, in dem sie jetzt ist, reicht das aus, um sie umzubringen."

Drei verschiedene Ärzte untersuchten Cam zu Hause. Dr. Baker, einer jungen Ärztin, gelang es, bei einem Gespräch am weitesten vorzudringen. Ihr gestand Cam einige der besonderen Dinge, die ihr selbst die meisten Sorgen machten. „Ich kann diese Stimmen hören, diese komischen, fremden Stimmen, die mit mir sprechen. Ein Teil von mir weiß, was sie sagen, aber später kann ich mich dann nicht mehr erinnern, was das alles bedeutet hat. Das ist so, als ob ich mich gar nicht mehr erinnern will. Und dann kann ich auch manchmal so komische Gerüche riechen. So was wie – vermoderte Blätter. Ich hab' da so einen Traum. Es ist kalt und dunkel, und überall um mich herum sind Steine. Und manchmal höre ich Hunde, ganze Rudel von wilden Hunden. Die sind hinter mir her."

Dem Psychiater der Haverton Ward erzählte Cam gar nichts. Unglücklicherweise handelte es sich bei ihm um einen Inder, denn das brachte die nicht gerade sehr fremdenfreundliche Mrs. Firth von Anfang an gegen ihn auf. Nach einer langen und völlig nutzlosen Dreiviertelstunde bei Cam kam er die Treppe herunter und stellte Mrs. Firth einen Haufen Fragen, von denen die meisten Mrs. Firth vor Wut und Ablehnung schnauben ließen. Hatte Cam jemals Drogen genommen? Besuchte sie Jugendtreffs oder Diskotheken? Hatte sie schon sexuelle Kontakte gehabt? Nahm sie die Pille? Hatte sie irgendwelche engen Freunde oder Freundinnen? Erzählte sie manchmal Lügen? Führte sie Selbstgespräche? Neigte sie zu Diebstahl? Hatte sie schon jemals versucht, von zu Hause wegzulaufen? Suchte sie Bars zum Genuß alkoholischer Getränke auf? Welche

Beziehung hatte sie zu ihrem Vater? Ging er manchmal in ihr Schlafzimmer?

Dr. Yehasme („Was das schon für ein komischer Name ist für einen Psychiater!" rümpfte Mrs. Firth die Nase) befand ebenfalls, daß Cams Symptome ganz den Anzeichen fortgeschrittener Anorexia nervosa entsprächen, doch fügte er noch hinzu, daß diese seiner Meinung nach durch eine schwerwiegende Identitätskrise verursacht worden sei. Cam müßte sich unbedingt einer Behandlung unterziehen, und zwar im Krankenhaus.

„Aber wie soll sie denn im Krankenhaus behandelt werden, wenn sie nicht dahin will, Andrew?" weinte Mrs. Firth. „Andrew, was sollen wir denn jetzt bloß machen?"

„Ich weiß es nicht, mein Liebes", antwortete er. „Ich weiß es wirklich nicht."

Acht

„Was wir unbedingt tun müssen, Hilary", sagte Francey langsam, „ist folgendes: Wir müssen die Bedeutung der Worte herausfinden, die Cam in dieser Nacht auf spanisch gesagt hat; wir müssen das Geheimnis des grünen spanischen Glases aufklären. Ich glaube nämlich, daß das Glas, das Gayelord mir gegeben hat, das verfluchte ist. Und nun hat es Cam mit seinem Fluch belegt. Deshalb will sie nichts essen. Dieser Fluch bringt sie um, Hilary. Er läßt sie verhungern. Wir müssen den Fluch durchbrechen, sonst stirbt sie."

Francey redete mit leiser, ernster Stimme, und normalerweise hätte sie selbst an dem dramatischen Beigeschmack ihrer finsteren Worte Spaß gehabt. Doch diesmal war sie sich gar nicht des Effektes ihrer eigenen Worte bewußt. Hier handelte es sich nicht um ein Spiel, wie bei Du-weißt-schon-was, oder vielmehr, um das Spiel, für das sie Du-weißt-schon-was früher eigentlich immer gehalten hatte.

„Und wie willst du das machen?" fragte Hilary. „Das Blatt Papier, auf das du alles geschrieben hast, ist doch verbrannt, als das Feuer ausgebrochen ist, oder nicht? Du glaubst doch nicht, daß du dich jetzt noch an alles erinnern kannst, was sie gesagt hat?"

„Nein, natürlich nicht", meinte Francey in einigermaßen freundlichem Ton – sie vergaß sogar, sich über Hilary zu ärgern, denn der Gedanke, der ihr durch den Kopf ging, war sehr wichtig. „Natürlich kann ich mich nicht mehr erinnern, Hilary" – ein Glühen trat in Franceys Augen –, „aber jetzt paß auf, Hilary, den wichtigsten Teil von Du-weißt-schon-was – den schrecklichen Teil –, den habe ich mit meinem Kassettenrecorder aufgenommen. Ich wollte euch das eigentlich später zum Spaß noch mal vorspielen."

Sie sah so aus, als sei ihr diese Sache nun ziemlich peinlich. Ursprünglich hatte sie in jener Nacht nämlich vorgehabt, sich über Hilary lustig zu machen, indem sie ihr die entsetzten Japser, Schreie und Quietscher vorspielen wollte, von denen sie gedacht hatte, daß Hilary sie mit Sicherheit bei Du-weißt-schon-was von sich geben würde. Vielleicht hätte sie das Band sogar anderen Mädchen vorgespielt, damit diese sich auch über Hilary schief- und krummgelacht hätten. „Cam und ich, wir haben natürlich nur Quatsch gemacht", wollte sie dann verkünden, „aber Hilary hat doch wirklich da dran geglaubt! Das war zum Totlachen!"

Das alles hatte nun natürlich nicht funktioniert, denn das Endergebnis der Sache hatte sie alle fast zu Tode geängstigt. Und da mittlerweile die Lage so ernst geworden war, daß Francey sogar plante, Hilary um Hilfe zu bitten, schämte sie sich zu Recht wegen ihrer ursprünglich doch ziemlich miesen und unfairen Absichten.

Hastig redete sie weiter. „Das Gerät war unter dem Bett versteckt. Die Aufnahme geht bis zu der Stelle, als das Feuer ausbrach und Robert hereinkam. Der ganze Anfang ist natürlich nicht drauf, du weißt schon, wie wir uns die Gespenstergeschichten vorgelesen haben, dafür wäre das Band nicht lang genug gewesen. Die Aufnahme fängt um Mitternacht an, als wir mit unserer Séance richtig begonnen haben. Ich hab' so getan, als würde ich was vom Boden unter dem Bett aufheben, und dabei hab' ich das Gerät eingeschaltet. Ihr beide habt das gar nicht gemerkt. Und jetzt habe ich das Band mitgebracht. Es liegt unten in meinem Schrank im Schlafzimmer. Hilary, wir brauchen bloß diese Worte, die Cam gesagt hat, aufzuschreiben, ich meine, so, wie sie sich anhören – ich nehme ja nicht an, daß wir die Rechtschreibung richtig hinkriegen –, und dann schauen wir in einem Spanischwörterbuch nach, und schon wissen wir, was sie gesagt hat. Das wird uns mit Sicherheit helfen, obwohl wir das Rätsel damit wahrscheinlich nicht auf Anhieb knacken können. Aber wir müssen sofort anfangen. Uns bleibt nicht mehr viel Zeit. Ich hätte es ja schon früher versucht, bevor ich wieder zur Schule mußte, aber ich –" Sie zögerte. Sie mochte nicht zugeben, daß sie zuviel Angst gehabt hatte, sich allein an die Sache heranzutrauen. „Aber ich hab' mich einfach nicht gut genug gefühlt. Hilary, willst du mir dabei helfen?" Die Worte sprudelten vor lauter Verzweiflung und Aufregung einfach so aus Francey heraus. Sie machte eine Pause, um Atem zu holen, wobei sie Hilary erwartungsvoll ansah. Einen Moment lang herrschte Schweigen.

„Jetzt ist eigentlich Zeit für einen Tee", sagte Hilary. „Seit heute mittag hab' ich nichts mehr gegessen. Ich hab' solch einen Hunger."

Franceys Gesichtsausdruck verfinsterte sich.

„Cam stirbt. Sie stirbt, Hilary, kapierst du das? Und alles, woran du denken kannst, ist Tee!"

Hilary zitterte.

„Ist ja schon gut, Francey. Ich werde dir helfen."

Francey stand auf. Nachdem sie nun Hilary mehr oder

weniger zu dem Versprechen, ihr zu helfen, gezwungen hatte, flaute das Gefühl absoluter Verzweiflung in ihr ein wenig ab.

„Sehr gut. Dann hole ich jetzt das Band. Du bleibst hier. Wir können das auch hier machen. Die ganzen Wörterbücher und Lexika stehen hier ja schon rum. Und in der nächsten halben Stunde kommt hier sowieso keiner vorbei. Die sind ja alle beim Tee."

Mit entschlossenen Schritten marschierte sie los und ließ eine hungrige Hilary hinter sich zurück, die einsam und unglücklich auf das Bild eines Anorexia-nervosa-Opfers in dem medizinischen Wörterbuch starrte und sich fragte, ob sie selbst am nächsten Morgen auch so aussehen würde, nach immerhin einem ganzen Nachmittag und noch dazu einem vollständigen Abend ohne ein Krümelchen Nahrung.

Kurz darauf war Francey wieder zurück, und die beiden fingen mit ihrer Arbeit an. Sechs verschiedene Äußerungen hatte Cam von sich gegeben. Man konnte das nicht wirklich als Sätze bezeichnen – es waren schon eher sechs Sprachfetzen. Mit dem ersten dieser Fetzen ging es leicht, denn sie mußten nur die einzelnen Buchstaben in der Reihenfolge aufschreiben, wie sie auf dem Band zu hören waren, da Franceys Stimme sie ihnen vorbuchstabierte wie an jenem Abend. Da hieß es dann: „I N E S D E F I G U E R O A Y H E R N A N D E Z." Das wurde zweimal wiederholt. Francey hielt danach das Band an.

„Also, das ist ganz offensichtlich ein Name. Unter dem können wir dann später nachschlagen. Offenbar ist das der Name der Person, die durch Cam zu uns geredet hat. Ja genau – mach weiter, Hilary." Ihrer eigenen Stimme auf dem Band zuzuhören hatte etwas Besonderes an sich, und noch dazu, weil es sich um diese ganz spezielle Nacht handelte. Francey schämte sich, weil sie sich so schnippisch und kommandierend anhörte. Die nächste Botschaft ließ sich ebenfalls sehr leicht aufschreiben, da auch sie in einzelnen Buchstaben aufgenommen worden war, so, wie sich das Glas von einem Kärtchen zum nächsten bewegt hatte. Die Botschaft lautete: „E N T I E R R A E L V A S O M I O." Und die nächste war: „M O N T A N E R A", was sie von Anfang an als einen Ort in Spanien erkannt hatten. Wo dieser allerdings lag, das wußten sie nicht.

Danach wurde die Sache schwieriger. Denn von nun an wurden die Wörter nicht mehr buchstabiert, sondern man hörte nur noch die geheimnisvollen fremden Worte, so wie sie Cams Stimme tatsächlich aussprach. Und zu allem Unglück hatte sie auch noch sehr schnell gesprochen. Francey bediente das kleine Bandgerät, spulte zurück, ließ es wieder laufen, spulte erneut zurück, und immer weiter in dieser Art, bis es Hilary gelang, eine Lautschriftversion der Sprachfetzen zu Papier zu bringen.

Da gab es so etwas wie „Gutterreß", das Cam zweimal gesagt hatte und das die beiden nun einfach nirgends finden konnten. Es stand in keinem der Wörterbücher. Also machten sie weiter mit „E N C H E R E V A R S O M I U", was sie schon nach kurzer Zeit mit der geschriebenen Botschaft „E N T I E R R A E L V A S O M I O" in Verbindung brachten, die sie am Anfang bereits erhalten hatten, obwohl sich das ganz anders anhörte, als es aussah. Nach langer und mühseliger Suche in den Wörterbüchern bekamen sie schließlich einen Satz zusammen: „Entierra el vaso mio", was soviel hieß wie „Begrabt mein Glas".

„Mein Glas!“ schrie Francey. „Das ist sicher das grüne spanische Glas! Aber warum will sie von uns, daß wir es begraben?“

Mit dem nächsten Wortschwall hatten sie ziemliche Mühe. Hilary hatte aufgeschrieben: „Ke-mei-tormis-lamarno.“ Sie sahen unter „K“ und „C“ im Wörterbuch nach, konnten aber das erste Wort nicht finden. „Spiel das noch mal ab, Francey“, drängte Hilary. Noch einmal erklang diese seltsame, gar nicht nach Cam klingende Stimme flehend und angsterfüllt in der Schulbibliothek. Die Mädchen überliefen kalte Schauer. Es hörte sich einfach grauenerregend an.

„Das ist doch niemals Cams Stimme“, meinte Hilary düster. „Das ist eine fremde Stimme.“

„Ich weiß!“ flüsterte Francey. In ihren Augen standen Tränen. Noch einmal diese Nacht von Du-weißt-schonwas durchleben zu müssen überstieg schon fast die Grenze dessen, was sie ertragen konnte. Sie verscheuchte ihre Gefühle und machte sich wieder entschlossen an die Arbeit.

„Ke-mei-tormis-lamarno. Genauso hört sich das an. Aber es gibt im Spanischen keine Wörter, die mit ‚c‘ oder ‚k‘ anfangen und wie ‚KAI‘ ausgesprochen werden! Was sollen wir denn jetzt bloß machen?“

Francey wurde langsam aber sicher nervös. Fieberhaft hatten sie gearbeitet, hatten in unzähligen Wörterbüchern gewühlt und nahezu eine geschlagene Stunde lang das Band abgehört. Ihr riß nun wirklich fast der Geduldsfaden. Überraschenderweise war es Hilary, die die Nerven behielt.

„Versuchen wir's doch mal mit ‚Q‘,“ schlug sie nüchtern

vor. „Es gibt eine Menge spanische Wörter, die mit ‚Q' anfangen."

Es war „Q".

Nach einer weiteren Viertelstunde hatten sie „Ke-meitormis-lamarno" nun ganz korrekt als „Que me tomes la mano!" aufgeschrieben und auch übersetzt: „Halte meine Hand!"

„Halte meine Hand", wiederholte Hilary in Gedanken versunken. „Sie bittet jemanden, ihre Hand zu halten. Möchte mal wissen, wen? – Mach weiter, Francey. Was kommt als nächstes?"

Francey zögerte. Sie wußte genau, was jetzt kam. Das waren diese schrecklichen, herzzerreißenden Schreie, die Cam in jener Nacht ausgestoßen hatte. Tränen strömten ihr nun ungebremst über die Wangen. Sie ließ das Band weiterlaufen. Ein kurzer Dialog war zu hören. Und dann „Lamarno! Lamarno!" Und dann nur noch Schreie.

„Sie klingt, als hätte sie Todesangst!" keuchte Hilary. „Schalt das ab, Francey."

Aber die Worte als solche ließen sich nun leicht übersetzen, nachdem sie die Bedeutung des Vorhergehenden herausbekommen hatten.

„Das heißt ‚La mano! La mano!'" sagte Hilary. „‚Die Hand! Die Hand!' Aber sie hatte doch gerade jemanden darum gebeten, ihr die Hand zu reichen, und jetzt bekommt sie sie und hat schreckliche Angst. Was in aller Welt soll denn das bedeuten?"

„Keine Ahnung", seufzte Francey erschöpft. „Aber das ist alles, was sie auf diesem Band sagt. Sonst ist da nichts mehr auf spanisch drauf. Hat uns eigentlich nicht viel gebracht, oder? ‚Begrabt mein Glas', ‚Halte meine Hand' und ‚Die Hand, die Hand'. Besser, wir nehmen uns jetzt ein paar Bücher über Spanien und fangen an, nach den Namen und dem Ort zu suchen, von denen sie am Anfang geredet hat. Und was ich mit diesem ‚Gutterreß' anfangen soll, weiß ich auch nicht."

Hilary warf einen Blick auf ihre Uhr.

„Es ist schon sechs. Die werden jetzt mit ihrem Tee fertig sein. Findest du es gut, wenn wir noch länger hierbleiben?"

„Na klar doch!" schnauzte Francey. „Wenn es erst sechs ist, dann bleibt uns noch eine ganze Stunde, während die anderen freihaben bis zur Abendversammlung zum ersten Schultag. Ich hoffe nur bei allen Göttern, daß keiner hier reinkommt. Na ja, und wenn, dann können wir ja immer noch sagen, wir würden was für irgendein Projekt vorbereiten. Es gibt keinen Grund, weshalb wir nicht hierbleiben sollten. Mach das Licht an, Hilary. Es ist ja stockfinster hier."

„Der Engel wird aber nach dir suchen", gab Hilary zu bedenken, während sie mit ihrem Stuhl ein Stückchen nach hinten rutschte. „Deine Kleider sind noch nicht inspiziert worden, und du hast auch noch nicht deine Gesundheitsbescheinigung vorgelegt."

Francey, die ja normalerweise eine Entschlossenheit wie ein Rammbock an den Tag legte, zögerte auf einmal. Schwester Angela, eine riesige Schottin mit schwarzem Oberlippenbärtchen, die sich um die Gesundheit und das allgemeine Wohlergehen der Mädchen kümmerte, war vermutlich der einzige Mensch auf Erden, der Francey Angst einjagen konnte. Ein Streit zwischen den beiden lag schon Jahre zurück; damals war Francey mit einem neuen

Sportanzug in die Schule zurückgekommen, in dem noch nicht der Name der Besitzerin stand. Schwester Angela hatte Francey dazu gezwungen, das Abendessen auszulassen und statt dessen die Namensschildchen einzunähen, und Francey hatte sich zu diesem Zweck aus ihrem Büro ohne Erlaubnis die Heftmaschine ausgeborgt, die Schildchen mit Heftklammern festgepinnt und dabei den teuren Stoff ruiniert.

Sie hatte im Moment keine besondere Lust auf neuen Ärger mit dem Engel; dadurch hätten weitere Nachforschungen, die sie an diesem Abend vielleicht noch anstellen konnte, ein jähes Ende gefunden. So fällte sie eine schnelle Entscheidung.

„Na schön, ich geh' jetzt runter und erledige alles, und dem Engel werde ich sagen, daß wir hier oben bis zur Abendversammlung an unserem Projekt arbeiten werden. Da kann sie sich nicht beschweren – dafür sind wir schließlich hier, um zu lernen. Danach komme ich sofort wieder zurück und helfe dir. Du kannst ja schon mal anfangen, während ich unterwegs bin. Da drüben stehen alle Bücher über europäische Geschichte. Du brauchst bloß unter Spanien im sechzehnten Jahrhundert nachzuschauen. Bin gleich wieder da." Sie deutete energisch auf ein Regal mit abstoßend lehrbuchartig aussehenden Büchern und ging hinaus.

Hilary nahm einige der gewichtigen Bände aus dem Regal, blätterte sie durch und fing an zu weinen. Eine überwältigende Flut von Ferdinands, Philipps und Alfonsos waberte vor ihren Augen; Alt-Kastilien, Neu-Kastilien, der Dreißigjährige Krieg, die Reformation und die Gegenreformation, die Inquisition ... all diese Namen wirkten auf Hilary etwa so anziehend wie irgendwelche Zaubersprüche eines Hexenmeisters und waren auch ebenso verständlich. Wie hatte sie erwarten können, hier auf Informationen über zwei so winzige Gegenstände wie dieses Paar grüner Glasbecher zu stoßen, hier, zwischen all diesem Zeug über Armeen, die in den Krieg zogen, über die Entdeckung der Neuen Welt, und über Häretiker, die zu Tausenden auf den Scheiterhaufen verbrannt wurden. Die gesamte Geschichte Spaniens brodelte und blubberte auf dem Tisch vor ihr, ein kochender Ozean aus chaotischen, unverständlichen Ereignissen.

Und bei alldem hatte sie auch noch solchen gräßlichen Hunger!

„Wenn ich doch nur irgendwas zu essen hätte", jammerte sie, während sie sich die Tränen abwischte. Dann fiel ihr Blick auf Franceys Paket. Francey hatte sich gar nicht darum gekümmert, hatte es einfach beiseite geschoben, als Hilary es ihr hatte geben wollen. Jetzt, in ihrer schon fast panischen Verzweiflung vor Hunger, bemerkte Hilary, daß dieses Paket genau die Größe und die Form einer Pralinenschachtel hatte. Eine schöne, große Schachtel mit zwei, vielleicht sogar drei Lagen Pralinen übereinander. „Pralinen!" flüsterte sie sich selbst zu. „Ich wette, da drin sind Pralinen. Ich werde jetzt ganz vorsichtig den Klebestreifen abziehen, die Schachtel rausziehen und ein oder zwei Stück essen, dann schieb' ich sie wieder rein und klebe alles wieder zu", beschloß sie. „Das wird Francey überhaupt nicht auffallen, und selbst wenn, dann wird's ihr auch nichts ausmachen. Schließlich nehme ich das alles ja nur auf mich, um ihr zu helfen. Und ich kann mich einfach nicht durch diesen ganzen Geschichtskram wühlen, wenn ich so hungrig bin wie jetzt. Wenn ich jetzt nicht gleich was kriege, dann kipp' ich einfach um."

Sie löste den Klebestreifen an der Seite des in braunes Packpapier gewickelten Pakets und hielt es an der anderen Seite hoch, so daß der Inhalt herausrutschen konnte. Darauf fing sie vor Frustration und Enttäuschung erneut zu weinen an. Das waren keine Pralinen. Das war ein Buch. Ein blödes, altes, muffiges Museumsbuch mit dem Bild eines fetten Engels auf dem Einband ... und außerdem noch ein Bündel Briefe und Papier.

„Na, wie kommst du voran?" wollte Francey atemlos erfahren, als sie zurück in den Raum kam. Ihr Blick fiel auf die Sachen auf dem Tisch. „Hilary, was hast du denn mit ...?"

Verwirrt starrte Francey sie an. Dann fiel ihr etwas ins Auge, das auf das Bündel mit den Briefen gekritzelt war. SOFORT LESEN! stand da in Gayelords gewaltiger, schwarzer, ausladender Handschrift. *Gayelord!* Sollten das etwa Informationen über die Gläser sein? Was, wenn es ihm gelungen war, das Geheimnis des Fluchs und der dazugehörigen Geschichte zu enträtseln, und er ihr das nun mitteilen wollte? Mit zittrigen Fingern schnappte sie sich das Papierbündel. Es bestand aus zwei Briefen und einem dicken Stapel maschinengeschriebenen, fotokopierten Papiers mit handschriftlichen Anmerkungen auf separaten Blättern, die mit einer Büroklammer an dem Stapel befestigt waren und nicht von Gayelord selbst stammten. Und in dem Buch mit dem Titel „Glanz und Größe der Renaissancekunst" befanden sich zwischen einigen Seiten Papierschnipsel, auf welchen Gayelord einige Notizen gemacht hatte.

Francey faltete das Blatt auseinander, auf dem SOFORT LESEN! stand. Es war ein Begriff ganz in Gayelords überschwenglichem Seid-umschlungen-Millionen-Stil.

Mapleton Place,
Blackheath,
London, S.E. 10
Freitag, den 24. April

Meine liebste alte Bohne –
Victoria mea est! La vittoria è mia! La victoire est à moi!

„Was meint er denn damit?“ fragte Hilary. „Warum schreibt er dir denn nicht auf englisch?“

„Psst!“ zischte Francey.

Laß mich dir erklären. Bedenke nun, wie der gute alte Polonius sagen würde.

„Wovon spricht der eigentlich?“ jammerte Hilary. „Wer ist denn jetzt Polonius?“

„Einer der letzten römischen Kaiser!“ improvisierte Francey hastig. „Und jetzt halte bitte mal die Klappe, Hilary, wenn du so freundlich sein könntest, ja? Ich versuche gerade, das hier zu lesen.“

Als ich heute morgen (Freitag) in aller Frühe aus Frankreich zurückkehrte, da fand ich beiliegendes Material noch ungeöffnet bei mir auf der Türmatte liegend vor. Hiermit schicke ich Dir alles gleich an Deine Schuladresse, da ich davon ausgehe, daß das neue Halbjahr schon begonnen hat. Es ist alles sozusagen noch kuhwarm, wenn auch nicht mehr ganz; es gab da ein paar Sachen, die ich selbst erst einmal nachschlagen wollte. Deshalb bekommst Du auch das Buch gleich mitgeschickt, dessen

Wiederkehr zu einem Dir genehmen Zeitpunkt mich überglücklich machen würde. Ist schon merkwürdig, daß die entscheidenden Hinweise ausgerechnet am Tag nach unserem kleinen gemeinsamen Mittagshäppchen eingetroffen sind und also hier drei lange Wochen unberührt herumgelegen haben, während ich gerade „Bonjour, Beaujolais" drehte! „Die höh're Macht, die uns're Schritte lenkt", wie unser Freund Shakespeare sagen würde. Ja – in der Tat, es hat jemand auf meine Anzeige im Spectator *geantwortet – auch das hat seine Zeit gebraucht – vielleicht wieder dank jener höh'ren Macht?*

Der Verfasser dieses Briefes, den ich mit „Als zweites lesen" markiert habe, schildert darin, warum seine Antwort auf meine Anzeige im Spectator *so lange auf sich hat warten lassen.*

Der Brief und das Dokument sprechen für sich selbst. Wenn Du das erst mal gelesen hast, wirst Du mir sicher beipflichten müssen, daß die Geschichte hinter dem G.S.G. in jeder Beziehung so schauerlich und dramatisch ist, wie wir es erwartet hatten. Und dazu vielleicht auch noch äußerst bewegend – ich muß gestehen, daß sie mich zutiefst gerührt hat, selbst über eine zeitliche Distanz von vierhundert Jahren hinweg.

Ich habe also mein Glas zurückgewonnen, Francey, aber da unser kleiner Wettstreit doch ein bißchen unfair war – schließlich hatte ich das Rennen ja mit einem Vorsprung von fünf Wochen vor Dir angetreten und hatte auch noch den Vorteil meiner Suchanzeige im guten alten Spectator, *dank derer ich mich in einiger Sicherheit wiegen konnte –, habe ich beschlossen, Dir beide Gläser auszuleihen, und zwar bis zu Deinem 86. Lebensjahr, bei dessen Vollendung Du mir die Gläser zurückzugeben hast. Solltest Du unterdessen in widrige Lebensumstände geraten, ist es Dir gestattet, sie zu veräußern, vorausgesetzt, daß Du zu diesem Zeitpunkt bereits Deinen einundzwanzigsten Geburtstag überschritten hast und daß Du mir das auf diese Weise erworbene bzw. im übertragenen Sinne von mir geliehene Geld zurückerstatten wirst, und zwar ebenfalls an Deinem 86. Geburtstag, an dem ich besagtes Geld auf Heller und Pfennig und mit Zinsen zurückfordern werde! Komm doch in den nächsten Ferien einfach mal zum Essen vorbei, dann kannst Du Dir das zweite G.S.G. abholen, wie gesagt, nur leihweise. Den Kunstband kannst Du dann auch gleich mitbringen – ich habe Dir diesen üblen Wälzer nur geschickt, weil ich keine Lust hatte, ihn zu ruinieren, indem ich die Bilder ausschneide.*

Wohlan denn, gestatte mir nur noch, Dir ein scharfes Sommerhalbjahr mit einer Menge Schwung und Kissenschlachten zu wünschen.

In alter Verbundenheit,
G.

Franceys Herz schlug Purzelbäume. Benommen starrte sie einen Moment lang auf das „G“ mit all seinen Schnörkeln und Verzierungen, die so aussahen, als handelte es sich um Königin Elisabeths der Ersten persönliche Signatur.

„Versteh' ich alles nicht“, grummelte Hilary, die noch immer den entgangenen Pralinen nachtrauerte. „Was *ist* denn nun das Geheimnis hinter dem Glas? Er sagt doch überhaupt nichts darüber, außer daß es gruselig und dramatisch sein soll.“

„Die anderen Briefe und Unterlagen werden uns darüber schon Auskunft geben“, erklärte Francey in schon fast freundlichem Ton – so sehr hatte sie Gayelords Brief aufgemuntert. „Er hat uns ja gesagt, daß wir sie lesen sollen.“

Hilary stöhnte. „O nein! Das ist doch ein ganzer Berg. Und ich bin am Verhungern! Und was meint er eigentlich mit dem guten alten *Spectator*? Und warum will er dir die Gläser leihen, bis du 86 bist?“

„Er meint damit, daß er mir die grünen spanischen Gläser schenkt, und zwar beide, obwohl er unsere Wette gewonnen hat. Das ist seine Art, mir ein Geschenk zu machen. Wenn ich sechsundachtzig bin, dann wird er schon tot sein – das sind nämlich immerhin noch zweiundsiebzig Jahre. Er ist jetzt schon uralt, wenigstens vierzig, glaube ich. Er kann doch wohl nicht erwarten, daß er hundertundzwölf Jahre alt wird, oder? Und der *Spectator* ist eine Zeitung, in der er eine Suchanzeige nach unglücklichen Liebesaffären im Spanien des sechzehnten Jahrhunderts aufgegeben hatte. Er hatte einen Haufen Antworten erhalten, aber keine hatte auf die beiden grünen Gläser gepaßt – jedenfalls nicht bis zu dem Tag, an dem wir bei ihm zum Essen waren. Dieser Brief hier und die Informationen sind in der Zwischenzeit bei ihm eingetroffen – wie ich ihn verstanden habe, genau am nächsten Tag. Nur war er da schon für die nächsten paar Wochen nach Frankreich abgeflogen und konnte das alles natürlich nicht lesen. Hier ist das Geheimnis, Hilary! Das Geheimnis des Fluches und der Gläser! Jetzt werden wir erfahren, was mit Cam nicht stimmt – vielleicht können wir dann etwas unternehmen, um sie von dem Fluch zu erlösen!“

Hilary nickte sprachlos.

Franceys Hände zitterten, als sie das Blatt Papier nahm, auf das Gayelord ALS ZWEITES LESEN geschrieben hatte. Sie faltete es auseinander. Das Geheimnis ... das Geheimnis ... jetzt würden sie das Geheimnis des Fluches und des grünen spanischen Glases lüften können ...

Es war ein langer Brief, der an den „Verfasser der Anzeige“ (offensichtlich also an Gayelord) adressiert war. Glücklicherweise war die Handschrift gut lesbar, eine saubere, kleine Schrift, bei der die Buchstaben so deutlich waren, daß sie schon beinahe wie der Computerausdruck eines Schönschriftprogramms wirkten. Francey fing sofort gierig an zu lesen.

White Moss House,
Cranleigh,
Surrey
GU 6 7LL
Dienstag, 7. April

An den Verfasser der Anzeige,
Chiffre 59 M,
Spectator

Sehr geehrter Herr,
Bezug nehmend auf Ihre Anzeige (Spectator vom 1. März), übersende ich Ihnen diese Fotokopie eines Dokuments, welches einst meinem verstorbenen Großvater Maurice Redmond Gutteridge gehört hatte. Seit seinem Tod im Jahre 1942 befindet es sich in meinem Besitz. Wir halten es als interessantes Stück unserer Familiengeschichte in Ehren, wenn es auch im strikt antiquarischen Sinne keinen besonderen Wert besitzt, da es sich nicht um ein Original handelt. Das Originalmanuskript aus dem sechzehnten

Jahrhundert, dessen Kopie es ist, wurde bei einem jener Freudenfeuer vernichtet, die von den spanischen Anarchisten im Jahre 1937 entzündet wurden, als die Kirche und das Kirchenmuseum von Covarreiros in Galicien zerstört wurden, und damit auch zahlreiche andere wertvolle Archive. Ich habe einige meiner eigenen Anmerkungen dem Dokument beigelegt, von denen ich hoffe, daß sie Ihnen bei Ihren Nachforschungen nützlich sein werden, die sich, wie ich vermute, wohl mit sozialgeschichtlichen Themen oder den Sagen und Legenden des betreffenden Landstrichs befassen.

Gleichzeitig möchte ich mich entschuldigen, daß es bis zu meiner Antwort auf Ihre Anzeige fünf Wochen gedauert hat, doch war ich einige Monate nicht im Lande und konnte erst jetzt die zurückliegende Februarausgabe des Spectator *lesen, die meine Schwester freundlicherweise für mich aufbewahrt hatte.*

Nachdem sich mein Großvater im Jahre 1926 aus dem Berufsleben zurückgezogen hatte, fand er die Freiheit, sich ganz seiner Leidenschaft, der Ahnenforschung innerhalb seiner Familie, hinzugeben, ein Thema, das bei ihm viele Jahre lang schon fast zu einer Besessenheit geworden war, dem er jedoch lange Zeit aufgrund des Drucks seiner beruflichen Pflichten (er war Pfarrer mit einem großen Kirchspiel im Londoner East End) nicht in gewünschtem Maße nachgehen konnte. Bei seinen Studien fand er schließlich heraus, daß wir von einer Familie namens Gutierrez aus Montañera abstammten, damals eine mittelalterliche Festung, die sich an der galicischen Küste Spaniens befand.

„MONTANERA!“ Francey schrie fast vor Vergnügen. „Das ist doch eines von den Worten, die Cam gesagt hat! Montañera! Das ist ein wirklicher Ort, eine Burg!“ – „Woher kommst du?“ – „Montañera.“ Wie eine Pauke dröhnten diese Worte in Franceys Kopf. „Montañera! Das hatte das Glas buchstabiert! Und dieses andere Wort, Gutierrez – das klingt doch ein bißchen wie ‚Guttereß‘, das Wort, das wir nicht finden konnten. Kein Wunder, daß das nicht im Wörterbuch war, das ist ja ein *Name*! Ich hätte nie erwartet, daß das mit einem ‚z‘ endet – das hat sich doch wie ‚ß‘ angehört!“

Sie lasen weiter in dem Brief.

Dem Ahnenforscher, den mein Großvater eingestellt hatte, war es lediglich gelungen, unseren Stammbaum bis ins frühe neunzehnte Jahrhundert zu verfolgen, als die Familie Gutierrez wegen der Verfolgung der Liberalen unter Ferdinand VII. von Spanien nach England übersiedeln mußte. Sie nahmen den Namen Gutteridge an, bei dem es sich natürlich um eine anglisierte Version von Gutierrez handelt. Es stand jedenfalls fest, daß die Gutierrez in Covarreiros gelebt hatten, aber ihre weiter zurückliegende Familiengeschichte blieb in Dunkel gehüllt. So kam es denn, daß mein Großvater in den späten zwanziger Jahren selbst das Dorf Covarreiros besuchte, welches an der Nordküste Spaniens liegt, genauer gesagt, an der Kantabrischen See.

Mein Großvater fand dabei heraus, daß die Festung Montañera im neunzehnten Jahrhundert geschleift worden war, und zwar wegen des Aberglaubens der Dorfbewohner, die diesen Ort für verflucht hielten, wobei ich zögere, einen derart melodramatischen Begriff zu verwenden. Er freundete sich mit dem einheimischen „cura" oder Pfarrer an, und dieser berichtete ihm, daß man, als die Festung abgerissen wurde, im Südturm einen Lagerraum entdeckte, der mit Dokumenten angefüllt war, die vom sechzehnten Jahrhundert bis in die neuere Zeit datierten. Das meiste davon waren lediglich banale Schriftstücke wie Listen der Ernteerträge, Rechnungen, Verträge und Inventarlisten, die eigentlich nur für einen eingeschworenen Sozialhistoriker von Interesse sein konnten. Doch befand sich unter ihnen auch das Dokument der Inés de Figueroa y Hernandez –

Franceys Herz schlug erneut einen Purzelbaum

– die von der einheimischen Bevölkerung als ‚La Deshonrada' oder ‚Die Entehrte' bezeichnet wurde. Die Sammlung dieser Dokumente, darunter auch die Schriften von Inés, wurden in das winzige Museum der Kirche von Covarreiros gebracht, wo es meinem Großvater gestattet wurde, sie in Augenschein zu nehmen und, so gut er das konnte, eine Abschrift davon anzufertigen; vieles davon war jedoch nicht mehr zu entziffern, und darüber hinaus war es ihm auch noch zur Gänze unverständlich, da es natürlich im Spanisch des sechzehnten Jahrhunderts abgefaßt war.

Nachdem mein Großvater dann wieder nach England zurückgekehrt war, ließ er Inés' Dokument übersetzen und in Maschinenschrift niederschreiben; von diesem Schriftstück habe ich nun eine Fotokopie angefertigt und übersende sie Ihnen hiermit. Bis zu einem gewissen Grade ist die Sprache durch den Übersetzer etwas modernisiert worden. Ich will nun Inés ihre Geschichte in eigenen Worten erzählen lassen, auch wenn ich einige Anmerkungen und zusätzliche Informationen am Ende des Manuskriptes hinzugefügt habe, die zur Erläuterung bestimmter Punkte dienlich sein könnten.

Oft habe ich gedacht, daß Großvater uns einen schlechten Dienst erwies, indem er den Schleier von diesem Teil unserer Familiengeschichte lüftete, denn niemand von uns kann stolz darauf sein, jenen Gutierrez, der in dem folgenden Dokument erwähnt wird, zu seinen Vorfahren zu zählen!

Dennoch mit besten Grüßen
Bethune Gutteridge

In Franceys Ohren rauschte das Blut, als sie das Bündel mit den Fotokopien auseinanderfaltete, auf das Gayelord ALS DRITTES LESEN geschrieben hatte.

Sogar Hilary hatte aufgehört, sich wegen ihres Hungers zu beklagen, nun, da sie beide endlich bis zu den wirklichen Hinweisen vorgedrungen waren. Die Mädchen saßen aneinandergedrängt auf demselben Stuhl. Beide hielten mit einer Hand die Papiere umfaßt, während sie sich mit der anderen Hand gegenseitig festhielten. Keine sagte auch nur ein Wort.

Neun

Inés' Geschichte. Montañera, Galicien, Spanien, 1590

Ich bin Inés de Figueroa y Hernandez, und dies ist meine Geschichte. Niemand wird sie jemals lesen, denn ich habe keine Freunde, die meinen Kummer mit mir teilen oder nach meinem Tode um mich weinen werden. Einstmals hatte ich Gott, doch nun bin ich verdammt, und Er wird in der Stunde meines Todes Sein Antlitz von mir abwenden wegen meiner großen Sünde. Ich schreibe meine Geschichte auf, um die schrecklichen Stunden meiner Gefangenschaft auszufüllen, hier im Südturm, in den sie mich eingesperrt haben, ohne eine Bibel oder einen Rosenkranz, der mir in meiner Verzweiflung Trost spenden könnte. Wenn ich alles niedergeschrieben habe, werde ich diese Pergamente verbrennen und ihre Asche aus dem kleinen Fenster in den bitteren galicischen Wind streuen, der sie nach Süden treiben wird, über die vier hohen Bergketten hinweg nach Córdoba in Andalusien, dem Land meines Liebsten, das ich nie sehen werde. Mein Liebster erzählte mir vom Jasmin und von den Orangenblüten, die dort im Frühling aufbrechen vor den schönen weißen Häusern und den Springbrunnen und der Mezquita. Er erzählte mir so lange davon, bis auch ich Córdoba sehen wollte.

Diese starke Festung hier im Norden, die uns gehört, Montañera, ist ein rauher, düsterer Ort. Auf der Nordseite erheben sich ihre Mauern direkt auf den zerklüfteten Klippen über der Kantabrischen See. Dort unten tosen und heulen die kalten Wellen des Atlantiks. Im Westen geht der Blick über die Flußmündung hinweg nach La Coruña, von wo aus die großen Schiffe der unbesiegbaren Armada vor zwei Jahren ihre Segel gegen England gesetzt hatten. Das war im Jahre unseres Herrn 1588. Noch weiter entfernt an dieser Küste liegt das Cabo Finisterra, von dem die Menschen früher gedacht hatten, dort sei der Rand der Welt. Aber all diese Städte und Orte sind viele Meilen entfernt, und es gibt keine Straßen über unser hoch gelegenes Meerland, außer nach Santiago de Compostela und zu den großen Städten im Süden. Weit oben auf den Hügeln, jenseits der Baumgrenze, grasen die wilden Pferde, und weiter im Inland liegen die großen Wälder, durch die Wölfe und Bären streifen und in deren dunklen Pinien die Adler nisten. Aber es regnet hier oft, und auf den felsigen Klippen wachsen üppige Pflanzen, im Sommer die Fuchsien, und im Winter eine seltsame Pflanze, die wir ‚punza-corazón' oder ‚durchbohrtes Herz' nennen. Sie hat dunkelgrüne Blätter und eine scharlachrote Blüte aus sieben spitzen Blütenblättern von ungleicher Größe, die zusammen die Form eines blutroten Herzens bilden. Das ‚durchbohrte Herz' ist die Blume der Liebenden, sie blüht im Dezember, und wenn sie im Januar stirbt, kommt bald der eisige Schnee des Winters. So gibt es hier bei uns ein Sprichwort für die Zeit der jungen, wilden Liebe: „Umworben mit dem durchbohrten Herzen, verheiratet beim ersten Schnee". Ach, hätte sich das doch auch nur bei mir und meinem Liebsten bewahrheitet!

Die ganzen fünfzehn Jahre meines Lebens habe ich hier in Montañera verbracht, in der Festung meines Vaters Don Antonio Figueroa de Pineiro. Meine Mutter habe ich nie kennengelernt, denn sie starb bei meiner Geburt. Die alte Sanchita war meine Amme, und sie erzog mich auch. Mein Vater ist ein Edelmann, der bei Lepanto im Golf von Korinth zur Ehre unseres Herrn und unseres gesegneten Königs Philipp gegen die Ungläubigen gekämpft hat; dort erhielt er diese tiefe Wunde an seinem Kopf, durch die er völlig taub wurde, so daß er nicht mit der Armada gegen England ziehen konnte.

Unachtsame Bedienstete habe ich flüstern hören, daß sein Geist durch jenen Schlag, den er bei Lepanto erlitt, in Mitleidenschaft gezogen worden sei, aber ich weiß nicht, ob das wahr ist. Seit er aus dem Krieg zurückgekehrt ist, habe ich ihn kaum gesehen, denn er denkt viel über die Unsterblichkeit seiner Seele nach, und die meiste Zeit verbringt er in der Kapelle, wo er fastet und betet.

Als ich geboren wurde, legte mein geehrter Vater fest, daß ich an meinem sechzehnten Geburtstag dem Konvent von Santa Catalina in Compostela beitreten sollte, zur höheren Ehre unseres Herrn Jesu Christi und Seiner gebenedeiten Mutter, der Heiligen Jungfrau. Es war mir bestimmt, die Nachfolge der vollkommenen Heiligkeit anzutreten, wie sie auf Erden von unserer heiligen Mutter Teresa von Avila und im Himmel von der heiligen Gertrude von Deutschland und der heiligen Agnes, meiner eigenen, geliebten Heiligen, erlangt worden war, deren Festtag auf den einundzwanzigsten Januar fällt, der auch mein Geburtstag ist. Doch seit meiner Krankheit war es mir nicht mehr möglich, das Verstreichen der Zeit aufmerksam zu verfolgen, und so mag es sein, daß der Tag der heiligen Agnes schon vergangen ist. Doch das zählt nun auch nicht mehr viel, denn man wird mich nicht mehr nach Compo-

stela schicken. Wegen meines Zustands der Sündhaftigkeit, für den ich demütigst Gottes Vergebung erflehe, soll ich einen grausamen und schrecklichen Tod erleiden und dann den ewigen Qualen der Verdammnis überantwortet werden.

Sommer war es, und die Fuchsien blühten, keine sieben Monate ist das her, als ich meinen Geliebten das erste Mal sah. Mein verehrter Vater wünschte, daß von mir, bevor ich dem Konvent in Compostela beitreten würde, ein Porträt gemalt werden sollte, damit er sich an mich erinnern könnte, wenn ich den Nichtigkeiten des weltlichen Lebens entsagt hätte. Er schrieb deshalb an einen Adeligen in Córdoba, der ein Gönner und Mäzen zahlreicher gottergebener Künstler war, und gab bei ihm mein Porträt in Auftrag. Ich sollte vor einem Hintergrund aus Wolken und Lilien als heilige Agnes dargestellt werden, wobei ich selbst eine Lilie in der einen Hand und ein aufgeschlagenes Buch mit den Bekenntnissen *des heiligen Augustinus in der anderen halten sollte. Unser gesamter Haushalt war in heller Aufregung, als spät im Juni der Maler in Montañera eintraf, denn es hatte sich ein schwerwiegender Fehler ereignet. Wir alle hatten von ihm erwartet, er gehöre dem geistlichen Stande an, doch war er ganz weltlich gekleidet und noch dazu höchst elegant mit seinem samtenen Wams und einer Perle im Ohr. Statt der Tonsur eines heiligen Mönches hatte er dichte, dunkle Locken, die so glänzten, als seien sie von Feuchtigkeit durchtränkt, und seine Kleider und sein Körper waren parfümiert, etwas, das ich noch nie zuvor bei einem Mann erlebt hatte, da ich mich ja nie in der Gesellschaft modischer Menschen befunden hatte oder in einer der großen*

Städte gewesen war. Dies war mein Geliebter Ramón Barrasco, für den ich die Verdammnis auf mich nahm und meine unsterbliche Seele opferte.

Er trug einen Brief seines Gönners bei sich, in welchem dieser meinem Vater Ramóns großes Können versicherte, so daß es ihm trotz seines weltlichen Aussehens gestattet wurde, mich zu malen.

Für das Porträt saß ich ihm in der Westgalerie, die ihr Licht durch drei große Fenster erhält, aus Norden, Osten und Westen. Von dort aus überblickt man auch den kleinen Innenhof mit dem großen Torbogen, hinter dem sich die sanften, mit Lorbeer und Walnußbäumen bewachsenen Hügel erstrecken. Früh am Morgen, gleich nach der Messe, begaben wir uns in die Westgalerie, um die Stunden des besten Lichts ausnutzen zu können. Die alte Sanchita bildete dabei stets unsere Begleitung, denn es war nicht schicklich, daß ich mit einem Mann allein gelassen wurde, obwohl er kein um mich werbender Hidalgo, sondern nur ein für uns arbeitender Mann war. Viele Wochen lang tauschten wir nur die eben nötigen und von der Höflichkeit gebotenen Worte aus, und ich vermied es, ihn anzublicken, sondern sah hinaus auf den Innenhof, wo die Olivenpresse steht und in dem sich die Walnußkörbe aufeinandertürmen, und wo sich auch der alte Brunnen befindet, den sie im Winter immer mit Eis vollpacken, um im Sommer damit unseren Wein und die Milch zu kühlen. Der Juli verging und der August, und im September zündete man für uns bereits ein Feuer in der Westgalerie an, denn die Morgen wurden schon feucht und kühl. Im Oktober brachten sie die Oliven aus Carvál in den Hof, um dort das Öl aus ihnen herauszupressen. Das knackende Feuer ließ Sanchita schläfrig werden, und manchmal döste sie für eine Stunde oder gar noch länger ein, und dann sprach mein Geliebter ganz offen zu mir. Und dann versündigte ich mich. Verstohlen blickte ich ihn an, und ich fand Gefallen an dem, was ich sah. Ein neues Wissen erfüllte mein Herz. Es war ein anderes Wissen als das von Gott, und ich fiel der Verdammnis anheim, denn ich liebte ihn mehr als die heilige Agnes. Nur zu Recht wurde ich verdammt, denn schon damals wußte ich, daß hierin Sünde lag, und selbst meine Sünde liebte ich.

Wenn ich zur Beichte ging, erwähnte ich es nicht, und ich nahm auch keine Buße dafür auf mich. Mein Geliebter sprach zu mir, während seine Finger unablässig die Farbe und die Leinwand bearbeiteten, über sein Leben in Córdoba, über die Leute, die er dort kannte, über die seltsamen, verbotenen Bücher, die er gelesen hatte, und über einen Mann, der die Heilige Schrift ins Spanische übersetzte. Nie hätte ich vermutet, daß etwas Derartiges überhaupt möglich sei; ich hatte geglaubt, das verstoße gegen Gottes Gebote und sei deshalb ohnehin gänzlich unmöglich. Von diesen und noch vielen anderen ketzerischen Dingen erzählte mir mein Geliebter. Und er berichtete mir von einem Manne namens Luther, dessen Schriften Teufelswerk sind und der die Pest des Protestantismus durch alle Städte Europas verbreitet habe. Dennoch wandte ich mein Herz nicht von meinem Geliebten ab, denn der Klang seiner Stimme war mir lieblich, und bescheiden gab ich ihm Antwort, ohne ihm je mein großes Erstaunen zu offenbaren, das in mir durch seine Reden brannte, obwohl ich es oftmals kaum unterdrücken konnte, laut aufzuschreien angesichts seiner wilden gotteslästerlichen Irrlehren. Er hatte vieles gelesen und studiert und konnte die waghalsigsten Argumente für seine losen Reden anführen. Manchmal sang er, während er malte. Es waren süße Balladen von der Liebe und vom weltlichen Leben, die ich sonst immer nur von den Dienstmägden hörte, wenn sie den Hof fegten oder die Leinentücher hinaustrugen, um sie im Trog zu waschen.

Eines Morgens, es war schon Dezember, das Porträt war beinahe fertig, und die Zeit nahte, da er nach Córdoba zurückkehren und ich mein heiliges Gelübde ablegen sollte, eines Morgens also mußte Sanchita wegen einer schweren Erkältung das Bett hüten. Eilig begab ich mich alleine in die Westgalerie, noch weit vor unserer üblichen Zeit, denn ich wollte unbedingt einen Blick auf mein Porträt werfen. Niemand hatte es bis dahin zu Gesicht bekommen, denn er hielt es immer unter einem schweren Tuch verborgen, wenn er nicht daran arbeitete. Begierig zog ich das Tuch beiseite, und als ich das Porträt zum ersten Mal erblickte, da verstand ich so manches. Denn es war ein Bild des Fleisches und nicht des Geistes. Es sagte nichts über die Seele aus, oder nur über jenen winzigen Teil der Seele, der sich im heißen Glühen seidiger Haut und dem nach Glück und Freude verlangenden Blick strahlender Augen offenbart.

Zuerst hielt ich es für ein eitles, weltliches Werk, doch noch während ich es betrachtete, bewunderte ich die große Kunstfertigkeit, die diesen irdischen Teil meiner selbst so genau eingefangen hatte, daß mir sogar der Strom des Blutes unter der gemalten Haut lebendig zu pulsieren schien. Dieses Bild rief keinen Gedanken an die heilige Agnes hervor, sondern eine entwaffnende Lust für die

Freuden dieser Welt und eines erfüllten, warmen Lebens. Hatte ich wirklich während der langen sieben Monate, in denen ich ihm Modell gesessen hatte, dort am Südfenster der Westgalerie, hinter dem sich das gleißende Sommerlicht in den goldenen Dunst des Herbstes und dann in das kalte Perlmuttlicht des Winters verwandelte, als schon das Feuer flackerte und die alte Sanchita einnickte – hatte ich wirklich in all dieser Zeit so ausgesehen? Es mußte wohl so gewesen sein, denn ich hatte nichts als meinen Geliebten gesehen.

Lange starrte ich das Porträt an, und dabei fielen mir immer mehr seltsame Einzelheiten auf. Dinge, die eher dem Gegenteil dessen entsprachen, was eigentlich in Auftrag gegeben worden war. Da waren weder Wolken noch Lilien zu sehen, sondern im Hintergrund der üppige scharlachrote Vorhang, der sich am Nordfenster befindet, und der Ausblick auf den steingrauen Innenhof dahinter. In meinen Händen lag keine Ausgabe der Werke des heiligen Augustinus, sondern ein Band mit den Liebesgedichten Petrarcas. Während ich noch auf das Bild starrte, da hörte ich meinen Liebsten nahen, und ich drehte mich zu ihm um und schrie vor Verwirrung, oder vor Wissen, oder vor Zorn, oder ich weiß nicht, weshalb: „Aber das ist Gotteslästerung!“

Doch er packte mich an den Schultern und sagte zu mir mit großer Offenheit und ohne die geringste Scham zu zeigen: „Ich habe die Wahrheit gemalt, so wie ich dich mit meinem Herzen sehe. Du bist nicht für die heilige Agnes gemacht. Nicht mit Lilien werde ich dich malen, sondern mit scharlachroten Blüten.“

Und er legte mir einen großen Strauß durchbohrter

Herzen in die Hände, die Blumen der Liebenden mit ihren blutroten Blüten, die im Dezember auf den Klippen blühen. Da mußte ich lächeln, und ich erzählte ihm von dem Sprichwort in unserem Landstrich: „Umworben mit dem durchbohrten Herzen, verheiratet beim ersten Schnee", und mein Geliebter sagte sanft zu mir: „Ich will dich mit dem durchbohrten Herzen umwerben, denn du bist es, die mein Herz durchbohrt hat."

Danach gab es keine Zurückhaltung mehr zwischen uns beiden, und er malte die durchbohrten Herzen anstelle der Lilien der heiligen Agnes in das Bild, so daß es nun nur noch von der Liebe dieser Welt sprach, und nicht mehr von himmlischem Glück. Ich weiß nicht, was aus dem Bild geworden ist. Wahrscheinlich haben sie es als verderbte Gotteslästerung verbrannt, die es ja auch war – und mir wird es wie ihm ergehen.

Der nächste Tag war Heiligabend, und wir flohen in aller Heimlichkeit aus Montañera durch ein kleines Eisentor, von dem ein Weg in die Wälder führt, während all die guten Seelen beteten und ihre Gedanken auf die Geburt unseres Erlösers richteten. Nach Córdoba konnten wir nicht fliehen, denn dort hätten sie uns gleich gesucht, und so beschlossen wir, nach Sevilla aufzubrechen, wo mein Geliebter Freunde hatte, von denen er sagte, daß sie uns helfen würden. Wir dachten daran, ein Boot zu suchen und über das Meer nach Bordeaux zu entkommen, aber in dieser Woche kamen die gewaltigen Stürme, die über der Kantabrischen See tobten und viele Dörfer an der Küste verschlangen, und so hätten wir uns in große Gefahr begeben, wenn wir versucht hätten, unser Heil auf dem Meer zu suchen.

Also reisten wir zu Pferde weiter. Begleitet wurden wir von dem Diener meines Geliebten. Er hieß Felipe und war mir bis zu diesem Zeitpunkt immer nur wie ein einfältiger Bursche vorgekommen, doch leistete er nun meinem Liebsten treue Dienste, und mein Geliebter vertraute ihm so sehr, daß er sich mit ihm sogar beriet. Mein Liebster hegte eine große Vorliebe für Schmuck und wertvolle, elegante Dinge, und am Morgen des Weihnachtstages, unserer letzten Malsitzung, brachte er ein Paar gläserner Trinkkelche in die Westgalerie mit, die er in Italien von einem Fürsten, als Teil seiner Entlohnung für ein Gemälde, erhalten hatte. Mein Geliebter war weit gereist durch die großen Städte Europas, hatte dort Aufträge ausgeführt und seine Kunst durch Studien bei anderen berühmten Malern verfeinert. Diese Kelche waren sehr seltsam gefertigt, in ihre Stiele war ein merkwürdiges Geflecht aus Glasfäden eingewoben. Und dann bedrängte mich mein Liebster, einen seltsamen Schwur abzulegen. Im Falle unserer Gefangennahme würden wir uns das Leben nehmen, indem wir Gift nahmen, einander an den Händen haltend und jeder aus dem Glas des anderen trinkend. Denn eines dieser Gläser gab er mir, und das andere behielt er für sich selbst. Voll von solchen Phantasien war der Geist meines Liebsten, und darin lag auch seine Faszination. Glücklich legte ich diesen Schwur ab, obwohl Selbstmord doch eine Todsünde ist und zu ewiger Verdammnis führt, was ich nur allzugut wußte, doch war ich damals schon so sehr der Sünde verfallen, daß es nichts mehr ausmachte, wenn ich noch eine weitere auf meine Seele lud. Mein Geliebter besaß eine Phiole mit Gift, die er zu diesem Zweck beschafft hatte, ich weiß nicht, woher, und auf unserer Reise führte er sie stets bei sich, damit wir unser Gelübde erfüllen konnten, falls ein Unglück über uns hereinbrechen sollte. Auch der junge Felipe legte einen seltsamen Eid ab. Er sollte unsere Körper begraben, falls wir dazu gezwungen würden, unserem Leben ein so unnatürliches Ende zu setzen, das Glas des anderen in der Hand, auf ewig miteinander verbunden und in unserer Sündhaftigkeit und Gottlosigkeit auch nach unserem Tode keinem anderen Wesen Rechenschaft schuldig als uns selbst. So sollte er uns Seite an Seite bestatten und unsere Hände ineinanderlegen als Zeichen unseres Vertrauens.

Dafür, daß er diese Aufgabe auf sich nehmen wollte, versprach mein Liebster dem Jungen viel Geld und auch sein Haus in Córdoba und den Affen aus den Anden, den er dort als Haustier hielt, und ebenso seine Ringe und Juwelen, von welchen er viele besaß. All das sollte Felipe erhalten, wenn mein Liebster sterben sollte und er uns auf diese Art begrub. Dieses Vorgehen mag seltsam erscheinen, nun da ich es hier niederschreibe, doch war mein Geist zu jener Zeit so verwirrt und in die Irre geleitet, daß mir der Schwur, den ich ablegte, nur wenig seltsamer erschien als die vielen wunderbaren Ereignisse, die sich zuvor in meinem Leben zugetragen hatten.

Doch nun muß ich zum bittersten Teil meiner Geschichte kommen.

Bis jetzt habe ich in meinen Aufzeichnungen noch nicht Gutierrez erwähnt.

Aus Gründen der Schicklichkeit bezeichnet man Diego Gutierrez als den Neffen meines verehrten Vaters, doch weiß jedermann, daß er der leibliche Sohn meines Vaters ist, den er unter einem unglücklichen Stern zeugte, lange bevor ich geboren wurde und mein verehrter Vater meine Mutter heiratete. Es ist nicht bekannt, wer Gutierrez' Mutter war, doch steht fest, daß mein Vater sich nie mit ihr vermählte. Vielleicht ist das auch der Grund, weshalb mein Vater so oft betet und fastet; mag sein, daß er in der Weisheit seiner späten Jahre darauf hofft, seine Seele von der großen Sünde noch reinigen zu können, die er in den sorglosen Tagen seiner Jugend begangen hat, und sich nun seine Erlösung in der Ewigkeit durch die wunderbare Gnade unseres geliebten Herrn Jesus Christus noch mit inbrünstiger Gläubigkeit verdienen will. Wir haben nie miteinander über derartiges gesprochen, doch ist sicher, daß meines Vaters früheres Leben überschattet wird von einer dunklen Schuld, die er nun immer als schwere Last auf seiner Seele mit sich trägt.

Diego Gutierrez besitzt eigene Ländereien weiter nördlich bei Vetusta, aber er hält sich häufig in Montañera auf, erläßt Dekrete und befaßt sich oft mit der Verwaltung unseres Besitzes. Er ist sehr energisch und hat eine grobschlächtige Art an sich. Eigentlich könnte man ihn als den wirklichen Herrn von Montañera bezeichnen, denn mein verehrter Vater schätzt ihn sehr und tut, wozu auch immer Gutierrez ihm rät, ob es dabei nun um große oder kleine Angelegenheiten geht. Vielleicht liegt dies an der großen Schuld, die mein Vater in seinen jungen Jahren auf sich geladen hat, vielleicht aber auch daran, daß er, wie die Leute sagen, nicht mehr ganz Herr seines Verstandes ist. Ich glaube, daß Gutierrez böse ist. Schon seit meiner Kindheit habe ich bei ihm bemerkt, daß es ihm größtes Vergnügen bereitet, andere zu verletzen, und ich weiß, daß er sehr zufrieden sein wird, wenn ich tot bin, denn dann wird mein Vater seinen Besitz nicht dem Konvent von Santa Catalina in Compostela vermachen, sondern ihm. Gutierrez ist eine furchterregende Erscheinung, denn er hat nur ein halbes Gesicht. Vor Jahren war er von einem seiner eigenen wilden Hunde angefallen worden, die er nur wegen ihrer Grausamkeit züchtet und die ihm bei der Jagd als Meute dienen. Zu der Zeit, als das geschah, war ich sieben Jahre alt, und ich erinnere mich noch daran, wie man ihn in den Innenhof von Montañera trug. Sein Kopf und sein Gesicht waren nur noch eine blutige Fleischmasse gewesen. Wir alle glaubten, daß er sterben würde, aber dem war nicht so, auch wenn es Monate dauerte, bis diese Wunden verheilten, die ihm dann jenes teuflische Aussehen verliehen, das kaum noch menschlich war. Er überlebte also, und als er wieder zu Kräften kam, flüsterte mir die alte Sanchita zu, der Teufel wisse schon, wie er sich um die Seinen zu kümmern hätte.

Nachdem wir Montañera an jenem Weihnachtstag hinter uns gelassen hatten, mußten mein Liebster und ich viele Entbehrungen und Leiden erdulden. Der große Sturm hatte schon am Morgen begonnen und tobte während des ganzen Tages mit schneidendem Wind und eisigen Schneestürmen. In dieser klirrend kalten Dunkelheit konnten wir die Straße nach Lugo nicht finden und mußten daher in der Hütte eines Ziegenhirten in den Picos-Bergen Schutz suchen. Dort befiel mich ein Fieber, durch das ich an allen Gliedern zuckte und zitterte. Viele Tage verblieb ich in diesem Zustand; meine Gedanken schweiften ungehindert umher, und oft schrie ich wild, da mich schreckliche Träume und Visionen heimsuchten. In meinem Delirium phantasierte ich, daß die heilige Agnes zu mir kam und große

Tränen in der Form von Lilien weinte, die an ihrem Gewand herabperlten und sich auf dem Boden der Hütte auftürmten, bis ich unter einem Berg aus weißen Lilien begraben und erstickt wurde ... Und ich sah auch unseren Herrn und Erlöser Jesus Christus mit dem Lamm der heiligen Agnes in Seinen Armen, aber Sein Antlitz konnte ich nicht sehen. Viele Heilige erschienen mir während dieser Zeit, sie alle weinten wegen meiner Verdammnis, und ich sah auch, wie sich die Türen des Himmels vor mir verschlossen und wie sich die Flammen der Hölle näherten und die vielen Teufel, die das Feuer für die Abtrünnigen schürten.

Einige Tage später, ich weiß nicht, wie viele es waren, vielleicht vier oder fünf, wich das Delirium wieder von mir, und ich konnte endlich wieder meine Umgebung wahrnehmen, auch wenn mein Körper durch den Hunger sehr geschwächt und von schrecklichem Durst gequält war. Es herrschte ein graues Zwielicht, und ich war mir nicht sicher, ob es sich um den Anbruch des Morgens oder des Abends handelte. Dann stellte ich fest, daß mein geliebter Ramón und sein Diener Felipe verschwunden waren.

Mein erster Gedanke war, daß sie losgeritten waren, um ein Dorf zu suchen, in dem sie Verpflegung und Hilfe für mich in meiner Krankheit finden konnten, doch nachdem ein weiterer Tag und eine weitere Nacht vergangen und sie noch immer nicht zurückgekehrt waren, da empfand ich nur noch Trostlosigkeit und Verzweiflung und wünschte mir nichts sehnlicher als den Tod. Niemals werde ich den Grund erfahren, weshalb mich mein Geliebter verließ, als ich dem Tod durch das Fieber in dieser elenden Berghütte so nahe war, oder ob er, was ich nicht wirklich glauben kann, tatsächlich vorhatte, mich im Stich zu lassen. Am wahrscheinlichsten ist es wohl, daß er, wie ich ja zu Anfang dachte, Hilfe suchen wollte, und sich entweder verirrte oder von Gutierrez und den Hunden abgefangen wurde, bevor er mich erreichen konnte. Allerdings ist es wahr, daß er alle drei Pferde mitgenommen hatte. In den alten Liedern heißt es, daß die Schwüre der Männer so spröde wie gesponnener Zucker, so flüchtig wie die Schatten des Mondlichts seien, und ihre Herzen unbeständig. Doch das kann ich von meinem Liebsten nicht glauben, der mich mit den durchbohrten Herzen umworben hat und der mich so wahrhaftig malte, daß ich mich darin wie neu erschaffen sah. Aber ich weiß nur wenig über die Art der Männer, und vielleicht haben die Lieder ja recht.

Einige Tage nachdem ich so in der Hütte in den Picos-Bergen zurückgelassen worden war, hörte ich aus der Ferne den Hufschlag von Pferden und das gierige Heulen von Hunden, die eine Beute witterten, und ich wußte, daß das Gutierrez war. Da ich zu schwach war, um auch nur an Flucht zu denken, legte ich mich an der Stelle, an der ich mich gerade befand, auf den Lehmboden der Hütte und hüllte mich in die Umhänge und Decken, die schon durchnäßt waren vom Schmelzwasser des Schnees, das durch die alten Holzschindeln des Daches hereintropfte. Vor Hunger, Fieber und der schneidenden Winterkälte war ich schon so gut wie tot, und es kümmerte mich wenig, daß man mich nun entdeckt hatte. Die Hunde geiferten und tobten vor der Tür der Hütte, bis Gutierrez sie zurückrief und dann selbst die Tür eintrat. Er lachte und nannte mich ein lüsternes Miststück und eine Hure, und er sagte, daß ich Schmutz und Schande über den Namen meines edlen

Vaters gebracht hätte und daher für immer dem Blick aller christlichen Männer und Frauen entzogen werden müsse. Er kam auf mich zu, und ich dachte, er würde mich auf der Stelle töten, doch statt dessen mißbrauchte er mit großer Gewalt meinen Körper und bemächtigte sich meines Fleisches, obwohl er doch mit mir verwandt ist und denselben Vater hat wie ich. Dies war es, was Diego Gutierrez, den man den Neffen meines Vaters nennt, getan hat in jener Hütte an jenem Tag.

Er wurde von fünf oder sechs Männern begleitet, die grob und brutal waren, und sie schleiften mich an meinen Kleidern nach draußen, wobei sie mich sehr grausam behandelten.

Sie banden mich auf den Sattel eines Pferdes, zerrissen mir das Obere meiner Kleidung, so daß ich gezwungen war, mit entblößter Brust durch die Berge zu reiten. Der große Sturm hatte sich bereits wieder verzogen, und es war eine ruhige und schöne Nacht mit einem scharfen Neumond, der wie eine eisige Sichel glänzte, und dickem, tiefem Schnee. Und dann sah ich meinen Geliebten Ramón Barrasco wieder, der auch auf ein Pferd gebunden war. Als Gefangenem hatten sie ihm die Arme an einen Holzstock hinter seinem Rücken gefesselt. Er sprach nicht mit mir, und ich fürchte, daß er dazu auch gar nicht in der Lage war, denn im Schein der Fackeln sah ich geronnenes Blut und zahlreiche Spuren von Schlägen auf seinem Gesicht. Danach sah ich meinen Liebsten nicht mehr, denn ich wurde mit einem der Berittenen an die Spitze der Gruppe geschickt, und mein Liebster wurde weit hinter mir zurückgehalten, und wann immer ich mich nach ihm umdrehen wollte, schlug man mich. Während wir weiter nach Mon-

tañera ritten, fing es wieder ganz sanft in dicken Flocken zu schneien an. Kein Wind rührte sich, und die Flocken kamen mir vor wie die Tränen der heiligen Agnes in meinem Traum, die sich in Lilien verwandelten, während sie zu Boden fielen.

Seit dieser Zeit bin ich hier im Südturm gefangen. Drei Tage und drei Nächte habe ich hier verbracht, und ich weiß, daß jetzt Januar sein muß, denn die durchbohrten Herzen auf den südlichen Hängen unter diesem winzigen Fenster beginnen zu welken. Ich denke oft an den Schwur, den mein Geliebter und ich abgelegt haben, und an die grünen Glaskelche. Ich frage mich, was aus ihnen geworden ist. Es bedrückt mich sehr, daß wir unseren Schwur nicht gehalten haben. Der junge Felipe befand sich nicht bei meinem Liebsten und den Männern, die uns gefangengenommen haben, und ich halte es für wahrscheinlich, daß er entkommen ist und die Gläser mit sich genommen hat, um sie zu verkaufen, denn sie waren in der Tat von großem Wert. Dieser gebrochene Schwur, der auf ihnen lastet, kann für diejenigen nichts Gutes bedeuten, die diese Gläser erhalten, denn sie waren nur mir und meinem Liebsten geweiht und dem Zweck unseres Schwurs. Allen anderen, die versuchen, sie in ihren Besitz zu bringen, können sie nur Unglück verheißen. Sehr oft denke ich auch an meinen Liebsten, und ich frage mich, ob er tot ist, und dann sehe ich in meinem Geiste seine kunstfertigen Hände mit den vielen glitzernden Ringen an der Leinwand, wie sie an meinem Porträt arbeiten. Wieder und wieder glaube ich seine sanfte Stimme die Balladen singen zu hören und die kleinen Melodien der Liebeslieder, und dann stelle ich mir vor, ich stünde wieder vor ihm am Fenster der Westgalerie, während Sanchita vor dem Kamin döst und die Ölpressen mit Oliven gefüllt werden.

Und ich warte auf das Ende, das Gutierrez für mich auserkoren hat. Ich weiß, daß mein Vater allem zustimmen wird, was Gutierrez veranlassen will, denn auch er wird keine Bestrafung für zu schwer erachten, da ich seinen Namen entehrt habe. Ich will all das als Gottes Gericht für meinen Verrat an der heiligen Agnes über mich ergehen lassen, denn wenn auch Gutierrez ein böser Mensch ist, so ist er doch in dieser Angelegenheit sicherlich Gottes Werkzeug. Ich weiß, daß meine Strafe der Tod sein wird. Die einzige Frage, die sich meinem Geist unablässig stellt, ist die nach der Art dieses Todes.

Zehn

Ein Strahl traurigen Abendsonnenlichts fiel auf den blankpolierten Bibliothekstisch und auf die verstreuten Papiere. Draußen in den Gärten der Schule sang ein Vogel. Ansonsten herrschte Stille.

Dann tönte plötzlich sehr harsch und seltsam unpassend die Glocke aus der Schulhalle von unten herauf und rief zur Abendversammlung. Schritte waren zu hören, die eilig die Treppen hinunter und durch die Korridore rannten. Das fröhliche, laute Geschnatter von Mädchenstimmen erklang, und darunter mischte sich die kalte Stimme einer der Erzieherinnen, die Ermahnungen aussprach und die Mädchen zur Eile antrieb.

Francey und Hilary, die eng aneinandergedrängt auf dem Bibliotheksstuhl saßen, sich an den Händen hielten und weinten, erschienen diese Vorgänge weit weniger real als die Einzelheiten der Geschichte, die sie gerade gelesen hatten.

Das also war das Geheimnis des Glases und des Fluchs! Das also war es, was sie bei ihren doch gar nicht so ernst gemeinten Experimenten mit dem Übernatürlichen in der Nacht von Du-weißt-schon-was aufgewirbelt hatten, die herzzerreißende Geschichte eines einsamen Mädchens, das kaum älter war als sie selbst, ein Mädchen, das man betrogen, gejagt und schließlich in einen finsteren Turm gesperrt hatte, wo es auf nichts anderes mehr hoffen konnte als auf irgendeine schrecklich grausame Todesart. Das war also der Fluch, der nun auf Cam lastete. Denn Cam war

Inés, dessen war sich Francey sicher. Die beiden ähnelten sich in einiger Hinsicht; keine von beiden war weit herumgekommen; sie waren beide schüchtern und sensibel, und beide waren sie verliebt. Beide waren völlig verwirrt von praktisch dem ersten Mann, den sie jemals zu Gesicht bekommen hatten. Cam hatte noch nie einen Freund gehabt, auch das stand für Francey fest. Die Jungen aus ihrer Klasse zählten nicht, das waren nur Ekeltypen mit Segelohren, wie Francey aus Cams etwas höflicherer Umschreibung hatte entnehmen können. Und Inés – Inés hatte man einfach fünfzehn Jahre lang in dieser schrecklichen Festung an der Atlantikküste eingesperrt, wo sie vor sich hin betete und an die heilige Agnes und die heilige Weiß-der-Geier-was und die ganzen anderen schrägen Typen dachte, um schließlich ins Kloster zu gehen! Kein Wunder, daß ihr dieser Ramón Barrasco den Kopf verdreht hatte, mit seinen tuntigen Ringen und seinem samtenen Wams und seinen dichten Locken, die glänzten, als seien sie von Feuchtigkeit durchtränkt. Kann mir vorstellen, daß sie wie blöd auf diesen Typ abgefahren ist, dachte Francey wütend. Der muß auch eine richtig scharfe Abwechslung gewesen sein, im Vergleich mit diesem jämmerlichen, tauben Don Antonio und diesem Mutanten Diego Gutierrez. Noch einmal warf sie einen Blick auf die Beschreibung, die Inés von Gutierrez geliefert hatte – *er hat nur ein halbes Gesicht ... jenes teuflische Aussehen ... das kaum noch menschlich war*. Ein kalter Schauer überlief sie. Inés' Stil war weit davon entfernt, effekthascherisch zu sein, aber das Grauen wurde gerade durch die Zurückhaltung vermittelt, ebenso wie die anderen lebhaften Gefühle, die sie empfunden haben mußte. All diese pulsierenden, brennenden Emotionen! Man konnte sie durch das Papier hindurch spüren, über vier Jahrhunderte hinweg, auch wenn jetzt alles ganz keimfrei mit der Maschine getippt und sauber abgeheftet war ... Kein Wunder, daß Inés nicht gewußt hatte, was sie mit all ihren Gefühlen machen sollte, und daß sie vier Jahrhunderte lang nach jemandem gesucht und gesucht hatte, bei dem sie sich einklinken konnte, bis sie dann plötzlich auf Cam gestoßen war – die arme, unschuldige, ständig errötende Cam mit ihrem Minderwertigkeitskomplex und ihrem Akzent aus dem Norden und ihrer hoffnungslosen, quälenden Verknalltheit in Robert!

Je länger Francey darüber nachdachte, desto besser paßten die Einzelheiten der Lebensgeschichten der beiden Mädchen zusammen. Da war doch zum Beispiel auch dieses Parfüm, nach dem Ramón Barrasco roch. Robert stank auch immer nach Rasierwasser. Francey hatte einmal gesehen, wie Cam im Badezimmer herumschnüffelte, nachdem Robert ein Bad genommen hatte. Angeekelt hatte sie dies für ziemlich beknackt gehalten. Und beide Mädchen waren im Stich gelassen worden. Hatte Robert vielleicht jemals Cam irgendwie im Stich gelassen, überlegte Francey wütend. „Nein“, sagte eine brutale, aufrichtige Stimme in ihrem Kopf, „aber *du* hast das getan. In der Nacht von Du-weißt-schon-was, da hast du ihren Finger mit Gewalt auf das Glas gedrückt ... und dann ist sie weggerannt, hinaus in den Sturm, wie Inés.“

„Francey?“ Hilarys Stimme drang schwach zu ihr durch, so als käme sie aus weiter Entfernung.

„Was denn?“ fragte Francey schroff.

„Was heißt denn dieses ‚bemächtigte er sich meines

Fleisches'? Da steht, daß Diegor Gutierrez ihren Körper gewaltsam mißbrauchte und sich ihres Fleisches bemächtigte."

„Das heißt, daß er sie vergewaltigt hat", knurrte Francey brüsk.

Hilary schnappte nach Luft.

„Oh, aber das kann er doch nicht gemacht haben! Ich meine, er war doch ihr leiblicher Bruder! Aber das ist ja schrecklich!"

„Wenn du mich fragst, sind alle Männer ziemlich schrecklich in dieser ganzen Geschichte", zischte Francey giftig. „Viel schlimmere kriegst du auch in einem Horrorvideo nicht zu sehen."

„Ich möchte bloß wissen, was aus Ramón geworden ist?" fragte Hilary mit bebender Stimme weiter. „Warum ist er bloß so plötzlich verschwunden?"

„Er hat sie sitzengelassen", meinte Francey schlicht. „Als sie krank wurde, da hat er Schiß bekommen, weil er sich gedacht hat, daß er Gutierrez' Schlägern nicht entkommen könnte, wenn er sie in ihrem Zustand mit sich rumschleppen müßte, und da hat er schnell einen Abgang gemacht. Er war ein Scheißkerl."

Wieder trat ein Moment Stille ein. Schließlich sagte Hilary etwas: „Francey, die sind jetzt alle schon bei der Abendversammlung."

Francey wandte sich ihr zu, aus ihren Augen schoß pures Gift.

„Dann geh doch, wenn du unbedingt mußt. Keiner hat dich gebeten hierzubleiben. Ich werde jetzt Gutteridges Anmerkungen lesen und herausfinden, was mit ihr am Schluß passiert ist. Ich will nämlich wissen, ob es irgendwas gibt, was wir tun können, um Cam vor dem sicheren Tod zu retten.“ Sie blätterte in den Papieren herum und begann wütend weiterzulesen.

Hilary warf einen sehnsüchtigen Blick auf die Tür, aber dann las auch sie weiter.

Bethune Gutteridges Anmerkungen wirkten im Kontrast zu Inés' Manuskript seltsam modern:

In gewisser Weise wurde die Asche des Dokuments tatsächlich nach Córdoba geweht, wie Inés sich das in ihrer Phantasie ausgemalt hatte. Natürlich hat sie ihr Manuskript nicht zerstört; vermutlich wurde sie von Gutierrez und seinen Vasallen hingerichtet (oder, um genauer zu sein, ermordet), bevor sie Gelegenheit hatte, es zu vernichten. Aber, wie ich zuvor schon anmerkte, das Kirchenmuseum wurde im Jahre 1937 von den Anarchisten niedergebrannt, und der in dieser Gegend vorherrschende Seewind hat höchstwahrscheinlich die Asche all dieser brennenden Dokumente nach Süden getragen. Ob nun direkt nach Andalusien, wer kann das schon sagen?

Etliche der in Inés' Aufzeichnungen fehlenden Einzelheiten kann ich hier nachtragen. Einiges Material entstammt den Nachforschungen meines Großvaters, anderes meinen eigenen. Auf Gutierrez' Befehl wurde die arme Inés bei lebendigem Leibe in einer winzigen Höhlung in der Wand des Kerkers von Montañera eingemauert. Entweder hatte Diego Gutierrez Don Antonio von dieser scheußlichen Maßnahme nichts berichtet oder aber ihn zur Zustimmung überredet, denn das religiöse Klima im Spanien des sechzehnten Jahrhunderts war, wie wir ja alle wissen, von geradezu erstickender Repressivität geprägt, und grausame Foltern und andere Perversionen wurden häufig im Namen des wahren Glaubens ausgeübt. Inés hatte diesen Glauben zugunsten eines Häretikers verraten, denn Barrasco scheint einer jener neuen Menschen der Renaissance gewesen zu sein, die öffentlich kontroverse Ideen und lutheranische Doktrinen verbreiteten und im starren, engstirnigen Spanien mit dem Kirchenbann belegt waren. Verdammenswerter noch war jedoch der Umstand, daß Inés die Familienehre der Figueroas verletzt hatte, indem sie sich mit einem einfachen Mann einließ und mit ihm durchbrannte, denn Barrasco gehörte nicht dem Adelsstand an. In jenen Tagen hatte sich die „limpieza de sangre" oder Reinheit des Blutes geradezu zu einer Wahnidee unter den Adeligen entwickelt.

Bla! Bla! Bla! dachte Francey ungeduldig. Hoffentlich macht er bald mit der Geschichte weiter!

Wie ich bereits früher angemerkt habe, wird von dem Ort, an dem die Festung vor ihrer Zerstörung stand, behauptet, er sei verflucht. Inés, ‚La Deshonrada', ist seither zu einer lokalen Legende geworden. Es wird von ihr berichtet, sie sei in völligem Wahnsinn gestorben, wobei sie geschrien habe, man solle ihr Glas begraben – das grüne Glas mit dem Schwur, das sie in ihrem Manuskript so deutlich beschrieben hat –, und außerdem habe sie immer wieder verlangt, die Hand ihres Geliebten halten zu dürfen. Gutierrez gab ihr Barrascos Hand, allerdings nicht ohne sadistische Raffinesse: er hatte sie zuvor von Barrascos Arm abhacken lassen, als dieser noch am Leben war.

Zusammen mit der Hand wurde Inés in der Kerkerwand eingemauert. Die Legende besagt, daß Inés' Geist keine Ruhe finden wird, bis die Gläser in Übereinstimmung mit dem Schwur begraben werden und sie selbst die Hand dessen ergreifen kann, den sie wirklich liebt. Es ist eher unwahrscheinlich, daß das jemals passieren wird, denn die Gläser sind nie wiederaufgetaucht, und die Liebenden liegen an verschiedenen Orten bestattet, aber niemand kann mit Gewißheit sagen, wo die Gräber sich befinden. Man fragt sich natürlich nach dem Schicksal und der Identität Ramón Barrascos. Möglicherweise ist er der nur einem kleinen Kreis bekannte Renaissancekünstler, dessen wenige Bilder im Prado hängen. Es würde zumindest mit den Fakten übereinstimmen, denn der Barrasco aus dem Prado war als „Der Häretiker" bekannt und scheint irgendwann einfach im Nebel der Geschichte verschwunden zu sein. Lediglich sein Geburtsdatum wurde aufgezeichnet, nicht jedoch das seines Todes. Falls er wirklich der Ramón Barrasco unserer Inés ist, würden seine Gefangennahme und Ermordung durch Gutierrez im Jahre 1590 sein mysteriöses Verschwinden und die ungeklärten Umstände seines Todes erklären.

Aber ich habe meine Zweifel, daß Ramón wirklich von Gutierrez getötet wurde, und ziehe meine eigene Hypothese vor, deren Einzelheiten ich Ihnen als vielleicht interessantes Postskriptum zur traurigen Geschichte der Inés de Figueroa y Hernandez hier darlegen möchte. Im Jahre 1953 verbrachten meine Frau und ich unsere Ferien in Galicien, und dabei besuchten wir das Dorf Covarreiros. Spanien erfreute sich damals nach den Wirren des Bürgerkriegs einer Periode vergleichsweiser Stabilität unter

Franco, und es schien uns gerade der richtige Zeitpunkt zu sein, die Heimat unserer unglücklichen Ahnin aufzusuchen, deren tragische Geschichte uns lange Zeit fasziniert hatte.

Drei Wochen verbrachten wir in Galicien, besuchten antike Monumente und lokale Sehenswürdigkeiten, und dabei stießen wir durch Zufall auf eine interessante Tatsache, von der mein Großvater nie etwas erfahren hatte.

In den kantabrischen Bergen, etwa dreißig Kilometer vor Covarreiros, befindet sich das Kloster San Jeronimó. Sein Abt, Abate Ramón Varcaso, der im Jahre 1640 starb, war als ‚El Pio' oder ‚Der Gläubige' bekannt. Er war berühmt für sein künstlerisches Können, denn er hatte die herrlichen Fresken an den Mauern des Klosters geschaffen, die von den Touristen noch heute bestaunt werden können. Die seltsame Tatsache dabei ist jedoch, daß er diese Fresken malte, indem er die Pinsel, die er gerade nicht brauchte, mit seinem Mund festhielt. Er hatte keine rechte Hand! Wie er die Hand verlor, ist nicht bekannt. Wäre es nicht möglich, daß ‚El Pio' in Wirklichkeit der Ramón Barrasco aus Inés' Geschichte ist? War etwa die Verstümmelung bei ihm als ausreichende Strafe angesehen worden? Oder war es ihm gelungen, sich Gutierrez irgendwie zu entziehen oder sich sogar freizukaufen? Womit, mag man sich fragen?

Zumindest einige ihrer Geheimnisse wird die Vergangenheit wohl für immer bewahren!

B. Gutteridge

„Dann hat er sie also lebendig einmauern lassen – mit seiner abgehackten Hand –, und danach soll er glücklich und vergnügt als der malende Abt in den Bergen weitergelebt haben?" japste Hilary. „Also echt! Der war ja wirklich ein Scheißkerl, da hast du recht."

„Besonders glücklich war er wohl kaum", wurde sie von Francey korrigiert. „Seine Hand ist abgehackt worden, und das wird auch nicht lustig gewesen sein. Aber das ist natürlich lange nicht so übel, wie mit einer toten Hand eingemauert zu werden – kein Wunder, daß sie ‚La mano! La mano!' schreit – bei der Angst, die sie gehabt haben muß."

„Und er hat noch fünfzig Jahre weitergelebt!"

„Ich hab's dir ja gesagt, der Typ war ein faules Ei", sagte Francey. „Er hat sie zweimal sterben lassen! Das erste Mal in dieser Hütte, als er weggelaufen ist, und das zweite Mal, als er sie einmauern ließ und dann Abt geworden ist."

Eine Träne trat ihr ins Auge und platschte auf Inés' Manuskript. *In den alten Liedern heißt es, daß die Schwüre der Männer so spröde wie gesponnener Zucker, so flüchtig wie die Schatten des Mondlichts seien, und ihre Herzen unbeständig*, dachte sie traurig. Und dennoch hatte Inés weiterhin an ihn geglaubt – oder es jedenfalls versucht, auch wenn alle Beweise gegen ihn sprachen.

„Ich möchte bloß mal wissen, warum Gutierrez ihn nicht auch umgebracht hat", murmelte Hilary.

„Wahrscheinlich haben sie irgendeinen miesen Handel abgeschlossen", vermutete Francey mürrisch, „beide waren auf ihre Art Abschaum – die haben wahrscheinlich dieselbe Sprache gesprochen. Und Gutierrez hat schließlich auch noch Montañera bekommen, was er ja schon immer wollte. Die Linie von Don Antonio muß mit Inés ausgestorben sein; andere Kinder scheint es da ja nicht gegeben zu haben. Komm, schauen wir uns mal das Buch an, das Gayelord mitgeschickt hat."

Noch immer wütend, schnappte sich Francey *Glanz und Schönheit der Renaissancekunst* und schlug es an der Stelle auf, an der Gayelord einen Papierstreifen mit der Aufschrift ALS DRITTES LESEN! zwischen die Seiten gelegt hatte.

Ihr stockte der Atem. Roberts feingeschnittenes Gesicht mit seinen klaren Zügen starrte ihr angespannt entgegen. Zwar war das Haar lockiger und dunkler (*dichte, dunkle Locken, die so glänzten, als seien sie mit Feuchtigkeit durchtränkt*, dachte sie sofort), und die Kleidung war antiquiert, Hamlet-Stil, ganz aus schwarzem Samt mit weißen Spitzenrüschen, aber das Gesicht und der Ausdruck waren haargenau Roberts. Die Person auf dem Gemälde hatte die gleichen hoch geschwungenen Augenbrauen, den gleichen schmalen Nasenrücken und die gleichen zarten Lippen, die so klar abgegrenzt waren wie bei einer Frau. Bei den Hunnisetts hatte es immer geheißen, daß Robert und seine Mutter den gesamten Anteil an Familienschönheit erhalten hätten. Für Francey und ihren Vater sei da nichts übriggeblieben. Robert selbst war sein Gesicht immer peinlich und ein Grund zur Sorge; er meinte, er sähe irgendwie verweichlicht aus, wie ein Schwuler. Dabei hätte er sich nicht die geringsten Sorgen zu machen brauchen, denn sein Gesicht war durch und durch männlich, trotz der feinen Züge. Dennoch hätte Robert für sich ein Gesicht bevorzugt, das etwas eindeutiger nach Macho ausgesehen hätte, vielleicht mit einer gebrochenen Nase und noch ein paar verstreuten Narben.

„Ramón Barrasco, 1570 –?" las Francey vor. „Selbstporträt. Barrasco studierte bei Tizian in Venedig. Es heißt von ihm, er habe nur Körper abbilden, nie aber der Seele Ausdruck verleihen können. Daher erhielt er in jenem streng religiösen Zeitalter den Beinamen ‚Der Häretiker'."

„Wegen ihm wurde sie verdammt. Wegen ihm hat sie ihre unsterbliche Seele verloren", flüsterte Hilary, die ebenso fasziniert wie Francey auf das Bild starrte. „Ich finde, das war vielleicht gar kein so schlechter Tausch. Wenn er nicht so ein mieser Typ gewesen wäre, meine ich. In den würd' ich mich auch verlieben. Er sieht aus wie ein Popstar."

Francey schnaubte. „Der sieht aus wie Robert – ist dir das nicht aufgefallen? Total schmalzig."

Sie blätterte weiter bis zu der nächsten Seite, an der Gayelord einen weiteren Papierstreifen eingelegt hatte, auf dem stand: KÖNNTE DAS INÉS SEIN?

Dort war ein Mädchen mit fröhlichen, neugierigen Augen abgebildet, das vor einem Fenster mit roten Vorhängen saß. Neben ihr stand ein großer silberner Krug mit einem Strauß blutroter Blumen.

„Die durchbohrten Herzen!" rief Francey. „Das ist das Bild, das er von ihr gemalt hat – das muß es sein. Irgendwo hat man es also doch aufbewahrt und nicht verbrannt, wie sie geglaubt hat."

Das Mädchen hielt ein Buch mit Gedichten und einige der üppig roten Blumen in Händen.

„Also, so schön wie er ist sie ja nun wirklich nicht", bemerkte Hilary.

„Sie sieht überhaupt nicht gut aus", stimmte Francey zu, „aber sie ist attraktiv. Sie hat so eine gewisse Lebendigkeit. Das spürt man richtig durch die Farbe durch."

„Sie sieht aus, als würde sie sich über irgendwas ziemlich freuen“, meinte Hilary. „Möchte wissen, was sie da anschaut.“

„Sie hat *ihn* angeschaut“, seufzte Francey genervt. „Genauso sieht Cam aus, wenn sie Robert anschaut. Natürlich nur, wenn sie denkt, daß sie keiner beobachtet.“

Unter dem Gemälde stand: *Porträt eines unbekannten Mädchens mit Petrarcas ‚Canzoniere‘ und einem Strauß ‚durchbohrte Herzen‘. Wird als eines der gelungensten Werke Barrascos bezeichnet. Das Gemälde war in Spanien bis ins späte achtzehnte Jahrhundert sehr umstritten wegen seines fast aggressiv säkularen Ausdrucks.*

Hilary verzog das Gesicht zu einer Grimasse.

„Was soll das mit dem Fast-aggressiv-dings-Ausdruck denn heißen?“

„Ich glaube, das heißt, daß er beim Malen nicht sehr viel an Gott gedacht hat“, sagte Francey langsam. „In dieser Zeit sollten die Bilder von Heiligen und Engeln und solchem Kram handeln. So wie das Porträt von Inés auch geplant war. Sie sollte doch aussehen wie die heilige Agnes. Nur daß er sie ganz anders gemalt hat – so, wie sie selbst war, und nicht wie eine Heilige.“

„Na ja, aber wie Cam sieht sie eigentlich auch nicht gerade aus, oder?“ meinte Hilary zweifelnd. „Ich habe gedacht, sie müßte ihr irgendwie ähnlich sein, wenn sie ausgerechnet in Cam geschlüpft ist. Falls Cam so was ist wie ihr zweites Leben, meine ich.“

Francey überlegte. Inés’ Gesichtszüge waren gröber, und sie hatte volle Wangen; da bestand nur wenig Ähnlichkeit zu Cams kleinem, ernstem Gesicht mit seinem seidigen, dunklen Haarschopf, aber ...

„Irgendwas ist da an den Augen“, sagte sie schließlich. „Die haben bei beiden dasselbe Aussehen, bei ihr und bei Cam.“

Das Merkmal, das Inés' und Cams Augen gemein hatten, war eigentlich nur ein spezieller Ausdruck von Intelligenz, auch wenn Francey das nicht erkannte.

An die Seite, auf der Inés' Porträt abgebildet war, hatte Gayelord noch eine weitere Notiz geheftet.

PS. Als ich den Brief von Mr. Gutteridge und das Dokument gelesen hatte, ist mir gedämmert, daß er vielleicht Anspruch auf unsere Gläser erheben könnte – schließlich ist er ja ein direkter Nachfahre von Gutierrez, obwohl der gescheitere Teil von mir es eigentlich nicht einsehen konnte, weshalb ausgerechnet dessen miese Brut sie erhalten sollte. Jedoch, liebste Francey, mein Gewissen nagte an mir, und so rief ich Mr. Gutteridge an und offerierte sie ihm. Und stell dir vor, er wollte sie nicht haben! Er gestand mir, daß er selbst abergläubisch sei und daß ihm die Sache mit dem Unglück, das sie allen bringen werden, die sie besitzen wollen, gar nicht geschmeckt hat. Also gehören sie Dir, Du alte Bohne, und zwar für die nächsten zweiundsiebzig Jahre – vorausgesetzt natürlich, daß der Fluch dich nicht abschreckt!

Eine Weile saßen sie noch da und starrten die Bilder an. In der Versammlungshalle unter ihnen konnten sie die anderen Mädchen „So laßt uns nun den Herrn der Gnade loben“ singen hören. Plötzlich knallte Francey *Glanz und Schönheit der Renaissancekunst* zu und schob den Stuhl quietschend nach hinten.

„Was hast du denn jetzt vor, Francey?“ fragte Hilary in besorgtem Flüsterton.

„Erst mal werde ich Gayelord anrufen und ihm erzählen, was mit Cam passiert ist. Danach werde ich zu ihm fahren und das andere Glas holen, damit wir es begraben können.“

Hilary blieb der Mund offenstehen.

„Es begraben? Wo begraben? Und wofür soll das gut sein?“

„Wir werden sie beide begraben müssen“, sagte Francey mit fester, klarer Stimme. „In Spanien. In den jeweiligen Gräbern. Beziehungsweise jedes Glas im Grab des anderen, so, wie es der Schwur wollte. Auf den Gläsern lastet der Fluch, weil der Schwur gebrochen wurde – hier, hör zu ...“ Sie blätterte kurz in Bethune Gutteridges Bericht. „*Die Legende besagt, daß Inés' Geist keine Ruhe finden wird, bis die Gläser in Übereinstimmung mit dem Schwur begraben werden und sie selbst die Hand dessen ergreifen kann, den sie wirklich liebt.* Und das hat Inés doch durch Cam gesagt, ‚Entierra el vaso mio‘ und ‚Que me tomes la mano‘. Wenn die Gläser begraben werden, so wie Inés es gewollt hat, und ihre Hand von dem gehalten wird, den sie wirklich liebt, dann wird ihr Geist endlich Ruhe finden, und sie wird aufhören, in Cam herumzuspuken. Ich nehme an, daß Cam gerade Inés' Erfahrungen durchmacht, ihr Sterben in dem Loch in der Kerkerwand, das Verhungern und auch diese Art von Ersticken. Wenn der Schwur aber wirklich erfüllt wird, dann wird es ihr wieder bessergehen. Falls wir das alles noch rechtzeitig hinbekommen. Bethune Gutteridge meint ja, das könnte gar nicht klappen: *Es ist eher unwahrscheinlich, daß das jemals passieren wird, denn die Gläser sind nie wieder-aufgetaucht, und die Liebenden liegen an verschiedenen Orten bestattet, und niemand kann mit Gewißheit sagen, wo die Gräber sich befinden.* Aber wir haben die Gläser, und wir haben die Liebenden, und wir haben die Hand. Also können wir es machen. Wir können den Fluch durchbrechen."

Hilary blickte völlig entsetzt um sich.

„Wo ist die Hand? Wo haben wir die denn herbekommen?"

„An Robert natürlich", kläffte Francey. „Du bist vielleicht ein Klotzkopf, Hilary. Robert ist der, den sie wirklich liebt – und er sieht auch noch genauso aus wie Ramón Barrasco auf diesem Bild, oder nicht? Er ist in ihm wieder lebendig geworden. Genauso wie Inés in Cam. Kapierst du das denn nicht?"

„Und jetzt willst du Roberts Hand abhacken?" fragte Hilary fassungslos.

„Neiiin!" stöhnte Francey. „Natürlich nicht. Ich will ihn nur nach Holmeport schicken, zu Cam. Da kann er ihre Hand halten. ‚Que me tomes la mano'. Aber zuerst muß ich das andere Glas von Gayelord bekommen. Das erste Glas, das er mir geschenkt hat, habe ich hier bei mir. Es steckt in meinen Unterhosen."

Besorgt warf Hilary einen Blick auf die Stelle, wo sich Franceys Unterhose wohl befinden mußte, nämlich unter dem Rock.

„Hast du keine Angst, daß es zerbrechen könnte?"

„Doch nicht in der Unterhose, die ich anhabe. Ich meine die Unterhosen, die ich in meinem Koffer habe – ich hab' das Glas hineingewickelt. Du bist wirklich eine Dumpfbacke, Hilary. Könntest du mir gerade mal zehn Pence fürs Telefon leihen? Ich hoffe nur bei allen Göttern, daß Gayelord zu Hause ist."

Das Telefon klingelte und klingelte.

Wo kann er denn bloß stecken? dachte Francey verzweifelt. Er kann doch nicht schon wieder im Ausland auf irgend so einer Freßtour sein – er ist doch gerade erst von einer zurückgekommen.

Nach ein paar Minuten legte sie den Hörer wieder auf und wählte hastig die Nummer ihrer Eltern.

„Mammi? Hallo, ich bin's, Francey. – Ja, ja, mir geht's gut, Mammi – ja, es ist alles in Ordnung, ganz ehrlich. Hör mal, Mammi, weißt du vielleicht, wo Gayelord ist? Ich hab' versucht, ihn anzurufen – ich hab's dauernd klingeln lassen, aber er ist nicht rangegangen. Hast du eine Ahnung, wo er stecken könnte? Ich muß ganz dringend mit ihm sprechen."

Am anderen Ende der Leitung herrschte Schweigen.

„Mammi?" rief Francey. „Bist du noch dran? Warum sagst du denn nichts? Mammi? Was ist denn los?"

„Ja, Liebling, ich bin noch dran", erwiderte Mrs. Hunnisett nach einer Weile. Ihre Stimme hörte sich sehr merkwürdig an. Leise und irgendwie verschnupft. Genauso, dachte Francey immer besorgter, als ob sie geweint hätte.

„Mammi, was ist denn los mit dir?"

„Keine Sorge, Liebling", erklang die Stimme wieder, seltsam gedämpft. „Mit mir ist alles in Ordnung. Es ist nur so, daß wir gerade eine sehr schlechte Nachricht erhalten haben."

Franceys Herz setzte einen Moment lang aus.

„Cam? Mammi, ist irgendwas mit Cam?"

„Nein, Liebling, mit Cam ist nichts. Es ist ... es ist wegen Gayelord. Deshalb war ich so fassungslos, als du nach ihm gefragt hast. Francey, mein kleiner Liebling, heute morgen in aller Frühe ist er ganz plötzlich krank geworden und – er ist gestorben, Liebling."

Francey rutschte beinahe der Hörer aus der Hand. In ihrem Kopf fing alles an sich zu drehen.

„Gestorben? Gayelord ist tot? Mammi, das kann – ich glaube das einfach nicht! Wann hast du das erfahren? Ich habe doch gerade erst einen Brief von ihm bekommen."

„Es tut mir leid, mein Liebling. Wir wollten dich morgen anrufen und es dir sagen. Seine Putzfrau hat ihn gefunden, als sie heute mittag bei ihm vorbeikam. So gegen drei Uhr hat uns die Polizei informiert – gerade nachdem ich dich in die Schule gebracht hatte und hierher zurückgekommen war."

Franceys Gehirn arbeitete rasend wie ein Computer.

„Mammi! Mammi, hör jetzt auf! Ich muß etwas wissen. Hatte er – hatte er aus diesem Weinglas getrunken? Das, das zu dem gehört, das er mir geschenkt hat? Wegen dem wir die Wette abgeschlossen hatten, du weißt doch noch?"

Schweigen. Dann sagte Mrs. Hunnisetts Stimme, der es diesmal an jeglicher Überzeugungskraft mangelte: „Nun red aber keinen Unsinn, Liebling! Was in aller Welt denkst du dir da wieder aus? Was soll denn das ausgerechnet damit zu tun ..."

„Mammi, ich muß das wissen – woran ist er gestorben?"

„Gayelord ist an einem Herzinfarkt gestorben, Liebling", sagte ihre Mutter. „Auch wenn es für uns alle ein Schock ist und uns sehr aufregt, eine Überraschung ist es nicht, wenn man es sich richtig überlegt. Er hatte schließlich extremes Übergewicht – wir haben ihm doch deswegen schon seit Jahren in den Ohren gelegen, aber er hat überhaupt nichts dagegen gemacht. Das lag an seiner Lebensweise – jahrein, jahraus dieses ganze fette Essen. Und irgendwelchen Sport hat er auch nicht betrieben. Die Ärzte sagten, daß er ein klassischer Kandidat für einen Herzinfarkt gewesen sei."

„Herzinfarkt!" brüllte Francey in den Hörer. „Es war der Fluch des grünen spanischen Glases, der ihn umgebracht hat. Er hat doch aus diesem Glas getrunken, das hat er doch, oder? Und du hast zuviel Angst, um mir die Wahrheit zu sagen!"

Sie konnte spüren, wie ihre Mutter am anderen Ende der Leitung zusammenzuckte. Wenn sie es wirklich wollte, dann konnte Francey sie einfach immer einschüchtern.

„Er hat darin sein Magenpulver aufgelöst", gab Mrs. Hunnisett schließlich zu, wobei sie ihre Stimme so ausdruckslos wie nur irgend möglich klingen ließ. „Wegen seiner Verdauungsprobleme hat er doch immer diese Pülverchen geschluckt. Aber in diesem Fall war es eben leider nicht der Magen gewesen, sondern das Herz. Die Leute verwechseln die Symptome oft – die ähneln sich nämlich sehr. Das ist auch allgemein bekannt."

„Aber warum denn mit *diesem* Glas?" schrie Francey und hüpfte vor Wut und Frustration auf der Stelle. „Er hätte niemals daraus getrunken, wenn er eine andere Wahl gehabt hätte. Er hatte schreckliche Angst davor – das letzte, was er mir gesagt hat, war, daß ich niemals auch nur einen Schluck aus dem Glas trinken sollte, das er mir geschenkt hat! Er muß verhext gewesen sein – das war der

Fluch! Ich habe gerade diesen Brief von ihm bekommen, und darin geht es auch um den Fluch!“

„Oh, Schatz!“ sagte ihre Mutter schockiert. „Es wird ihm sehr schlecht gewesen sein, und da hat er eben das erste Glas genommen, das ihm in die Finger fiel.“

„In die Finger fiel!“ schnaubte Francey wütend. „Er hat es in einer Schublade in seinem Büro aufbewahrt, eingewickelt in Seidenpapier! Er muß es absichtlich geholt haben – das Glas selbst muß ihn dazu gebracht haben. Es hat ihn dazu gebracht, sich selbst umzubringen. Ein Fluch lastet darauf, und an dem ist er gestorben!“

„Also bitte, Francey“, sagte Mrs. Hunnisett streng. „Ich möchte nicht, daß du irgendwelche lächerlichen Ideen verbreitest. Verstehst du mich? Ich weiß, daß es ein schrecklicher Schock für dich ist, Liebling. Für uns alle ist es ein Schock gewesen. Wir können es noch immer nicht glauben. Aber es hat wirklich keinen Sinn, sich zu so einem Unsinn hinreißen zu lassen. Gayelord hat an dem Tag, als wir bei ihm zum Essen waren, doch nur ein Spiel mit dir gespielt, das mußt du doch wissen. Das war eben seine Art, dir etwas zu schenken. Ich werde jetzt gleich Schwester Angela anrufen, ihr sagen, daß du eine schlechte Nachricht erhalten hast und daß ich es gerne hätte, wenn sie darauf achten könnte, daß du eine heiße Milch und ein Aspirin bekommst und dann früh zu Bett gehst. Ach, hier ist dein Vater, der möchte auch mit dir sprechen. Er ist heute nachmittag gleich aus Paris zurückgekommen, nachdem er die Nachricht erhalten hatte.“

Francey hörte, wie ihre Eltern in gedämpftem Flüsterton miteinander redeten. Dann kam ihr Vater ans Telefon. Mit beruhigender, sachlicher Stimme redete er auf sie ein.

„Francey, hier ist dein Daddy. Ich weiß, das Ganze ist ein furchtbarer Schock, nicht wahr, Liebling? Aber es gibt nichts, worüber du in Panik geraten müßtest. Du gehst jetzt einfach zu Schwester Angela, und sie wird sich um dich kümmern. Du brauchst dir überhaupt keine Sorgen zu machen, Francey, hast du verstanden? Ach ja, und du kannst natürlich zu Gayelords Beerdigung nach Hause kommen, das dürfte wahrscheinlich übermorgen sein ..."

Nach fünf weiteren Minuten, in denen über derartige Dinge geredet wurde, endete das Gespräch, nachdem Francey versprochen hatte, vernünftig zu sein und gleich zu Schwester Angela zu gehen, um sich von ihr beruhigen und ein Schlafmittel verabreichen zu lassen. Sie sagte, sie würde selbst gleich hingehen und es gäbe keinen Grund, die Schwester deswegen extra anzurufen. Sie wußte genau, daß es sinnlos war, ihren Eltern etwas von Gayelords Brief und Bethune Gutteridges Informationen zu erzählen.

Langsam legte sie den Hörer auf und wischte sich die Tränen von den Wangen. Ihre Hände waren vom Schweiß ganz glitschig.

Hilarys besorgtes, rübenförmiges Gesicht tauchte außerhalb der Plastikblase des Telefonhäuschens auf. Sie mampfte ein Päckchen Chips in sich hinein, das sie irgendwo aufgetrieben hatte, während Francey telefonierte.

„Was hat er gesagt?" fragte sie undeutlich durch eine Wolke von Barbecue-Zwiebel-Aroma hindurch. „Wirst du das Glas von ihm bekommen?"

Francey wandte Hilary ihr verzerrtes, tränenverschmiertes Gesicht zu.

„Gayelord ist tot. Er hat ein Medikament gegen sein Sodbrennen genommen, gestern nacht oder heute morgen.

Er hat es aus dem grünen spanischen Glas getrunken und ist gestorben. Der Fluch hat ihn umgebracht."

„Oh!" grunzte Hilary, wobei sie sich einige Krümel von den Lippen leckte. „Also echt!"

Sie gingen zurück in die Bibliothek und starrten auf die auf dem Tisch ausgebreiteten Papiere. Franceys Blick wurde immer finsterer. Verzweifelt versuchte sie, einen klaren Gedanken zu fassen. In ihrem Kopf wirbelte alles durcheinander.

„Sie tun so, als sei das bloß ein ganz normaler Herzinfarkt gewesen. Gayelord sei zu fett gewesen und habe zu ungesund gelebt. Sie sagen, das hätte überhaupt nichts mit dem Glas zu tun. Ich habe Mammi gesagt, daß das Glas ihn irgendwie dazu gezwungen hat, sich selbst umzubringen, denn sonst hätte er doch niemals daraus getrunken. Gayelord hat an diesen Fluch geglaubt. Genauso wie dieser Mann, dem das Geschäft in Spanien gehört hat, in dem Gayelord die Gläser gekauft hatte. Den hat auch der Fluch umgebracht. *Allen, die versuchen, sie in ihren Besitz zu bringen, können sie nur Unglück verheißen.* Das ist es, was Inés gesagt hat. Und jetzt sind schon zwei tot. Aber davon wollen Mammi und Daddy natürlich nichts wissen."

„Tja", meinte Hilary vorsichtig und schluckte die letzten Chips herunter, „ist eigentlich auch kein Wunder, oder? Heutzutage sterben Leute nicht mehr an einem Fluch."

„Ja", sagte Francey grimmig, „aber zwei Leute *sind* daran gestorben. Der Ladenbesitzer und Gayelord. Und als nächste wird Cam dran sein, wenn wir nicht ganz schnell etwas unternehmen."

Sie setzte sich hin und versuchte irgendeine Art von

Ordnung in ihre Gedanken zu bekommen. Hilary fing an zu weinen.

„Das ist ein Paket von einem Toten. Dieser Brief da ist ein Brief von einem Toten. Das ist so, als hätte ihn ein Toter geschrieben. Als ob man einen Brief von einem Geist bekommt – das ist einfach gruselig!"

„Ach, halt doch die Klappe!" schnauzte Francey brutal, wobei sie sich allerdings in der immer düsterer werdenden Bibliothek umsah.

Dann schob sie plötzlich ihren Stuhl zurück und sagte: „Wieviel Uhr haben wir? Fünf vor acht. Dann werde ich mich mal besser in Bewegung setzen. Die kommen jeden Moment aus der Abendversammlung. Kannst du mir ein bißchen Geld borgen, Hilary?"

„Oh, wo willst du denn hin?" schluchzte Hilary zitternd. „Laß mich nicht allein, Francey. Was ist, wenn er als Geist zu mir kommt?"

„Meinst du Gayelord? Das wird er nicht – dazu hätte er doch gar keinen Grund –, er war doch nur ein Opfer. Es gibt nur Inés, die Cam verhext", meinte Francey knapp. „Spinn jetzt nicht rum, Hilary. Kannst du mir etwas Geld leihen? Ich glaube, ich werde mindestens dreißig Pfund brauchen. Einmal die einfache Fahrt nach Edinburgh und dann für die Fahrt nach London, damit ich das Glas aus Gayelords Haus holen kann. Hast du soviel dabei?"

Glücklicherweise bekam Hilary immer haufenweise Taschengeld mit, das ihr für das Halbjahr reichen sollte, und diesmal hatte sie es noch nicht im Tresor einschließen lassen. Wortlos, aber noch immer zitternd und schniefend, schob sie die Geldbörse, die zwei Zwanzigpfundnoten enthielt, zu Francey hinüber.

„Oh, vielen Dank!“ rief Francey beeindruckt. „Vielen Dank, Hilary, du bist einfach –“ Sie zögerte. Ihr spezieller Wortschatz enthielt zahlreiche Wörter für Beschimpfungen, aber nur wenige für ein Lob. „Du bist einfach super. Ich werde jetzt aus dem kleinen Fenster im Gartenzimmer klettern, da wo ich letztes Jahr auch raus bin, als ich mit diesem Jungen aus dem Fahrradgeschäft im Dorf zu der Halloween-Party gegangen bin. Falls sie dich fragen, ob du mich gesehen hast, dann sagst du nein, klar?“

Sie lief hinauf in ihr Schlafzimmer, schnappte sich das in die Unterhosen gewickelte Glas und legte es zusammen mit Inés' Manuskript, den beiden Briefen und dem Bildband in eine Reisetasche. Zwei Minuten später kroch sie vorsichtig durch das winzige Fenster des Gartenzimmers, hinaus in das dunstige Zwielicht des Abends. In der Ferne hörte sie schwach das Murmeln der Mädchen und Erzieherinnen, die das Abschlußgebet sprachen.

Wir flohen in aller Heimlichkeit aus Montañera durch ein kleines Eisentor, von dem ein Weg in die Wälder führt, dachte Francey in diesem Moment, *während all die guten Seelen beteten und ihre Gedanken auf die Geburt unseres Erlösers richteten.*

Dritter Teil

Robert

Elf

Es war eigentlich nur dem blanken Zufall zu verdanken gewesen, daß Francey Roberts Adresse bei sich hatte. Normalerweise hätte sie nicht die geringste Ahnung gehabt, wo in Edinburgh Robert wohnte; sie schrieben einander keine Briefe, und selbst während der Ferien sprachen sie kaum ein Wort miteinander. Aber in diesem Jahr hatte ihr irgendwer zu Weihnachten eines dieser schicken Adreßbücher aus Leder geschenkt, und während der Weihnachtsferien hatte sie geflissentlich jede Adresse darin eingetragen, derer sie nur habhaft werden konnte, darunter sogar die von Robert. Nun holte sie dieses braune Lederbüchlein mit dem in goldener Kursivschrift gehaltenen Aufdruck *Adressen* aus ihrer Reisetasche, in die sie es, einer geistigen Eingebung folgend, noch im letzten Moment vor ihrer Flucht aus der Schule gestopft hatte, und sah unter ‚R' nach. ‚Robert – (Bruder)' stand dort und: ‚42 Dean's Gate, Wallston, Edinburgh'. Sie fragte sich, ob es sich dabei um ein Haus handelte oder um eine Wohnung, die er sich mit anderen Studenten teilte, oder einfach um ein möbliertes Zimmer. Nach wie vor war Roberts Privatleben ein Buch mit sieben Siegeln für sie. Wie auch immer, bald würde sie Näheres wissen. Wenn es ihr gelang, den Nachtzug zu erwischen, konnte sie schon am frühen Morgen in Edinburgh sein.

Vom Bahnhof in der Nähe der Schule fuhren einigermaßen häufig Züge zur King's Cross Station ab, und Francey mußte sich lediglich vier oder fünf kurze Minuten in einer dunklen Ecke herumdrücken, bis ihr Zug hielt. Bis dahin versuchte sie schuldbewußt, möglichst nicht wie eine eindeutige Ausreißerin zu wirken, die sich nichts sehnlicher wünschte, als ihre Schuluniform loszuwerden.

Die Fahrt nach London dauerte eine Stunde, und in dieser Stunde, während draußen in der regnerischen Dämmerung die verschlafenen kleinen Örtchen von Hertfordshire vorbeihuschten, hatte Francey endlich Zeit, ein bißchen nachzudenken. Als erstes holte sie Gayelords Brief aus der Tasche und las ihn noch einmal sorgfältig durch. Schon allein beim Anblick des Papiers mußte sie weinen. Der witzige, großzügige, für jeden Spaß zu habende Gayelord, so fett und unerschütterlich in seiner uralten grünen Samtjacke mit den schicken Troddeln an den Revers und Ärmeln ... er war tot. Das war doch unmöglich. Sie konnte es kaum fassen. Und der Fluch, der Fluch auf diesem Glas hatte ihn umgebracht. Sie alle konnten sagen, es sei ein Herzinfarkt gewesen, sooft sie wollten. Sie selbst kannte die Wahrheit. Vielleicht hatte er ja wirklich einen Herzinfarkt gehabt. Aber dann nur deshalb, weil die Macht des Fluches so gewirkt hat, daß es so aussieht wie einer, dachte sich Francey wütend.

Als nächstes las sie dann noch einmal sorgfältig Bethune Gutteridges Brief durch sowie Inés' Manuskript mit Gutteridges Anmerkungen. Diesmal bemerkte sie viele Einzelheiten, die ihr beim ersten, schnellen Lesen einfach entgangen waren, als sie selbst so aufgeregt gewesen war und noch dazu von Hilary andauernd unterbrochen wurde. Inés' Geschichte schockierte und berührte sie erneut. *Ich weiß, daß meine Strafe der Tod sein wird*, murmelte sie, wobei sie ein kalter Schauer überlief. *Die einzige Frage, die sich meinem Geist unablässig stellt, ist die nach der Art dieses Todes.* Und was für ein Tod das gewesen war, als er schließlich zu ihr kam! Kochend vor Zorn fragte sich Francey, wie lange es wohl gedauert hatte, bis Inés in diesem finsteren Loch gestorben war. Stunden, Tage? Mit einiger Sicherheit schien es bei Cam länger zu dauern, vorausgesetzt natürlich, daß sie mittlerweile nicht schon gestorben war – ein schrecklicher Gedanke. Vermutlich durchlebte Cam also die gesamte Gefangennahme in den Bergen und die Einkerkerung im Südturm, die Inés hatte erdulden müssen, und nun wahrscheinlich auch noch das eigentliche Einmauern. Und wie war das mit der Vergewaltigung? Erlebte sie das auch? Francey hatte plötzlich einen Kloß im Hals. Sie mußte schlucken. Ich hätte ihm voll in die Eier getreten, dachte sie wütend, selbst wenn ich vor Fieber geglüht hätte.

Es irritierte sie, daß sich Inés so oft einfach hatte herumschubsen lassen. Nicht nur bei der Vergewaltigung – bei dieser Sache hätte sie selbst wohl auch nicht viel ausrichten können, das mußte Francey zugeben –, sondern auch bei allen anderen Gelegenheiten. Während ihres gesamten Lebens hatte Inés anscheinend das getan, was andere Leute von ihr verlangten, statt irgend etwas, das sie selbst wollte. Und bei dem einen und einzigen Mal, als sie ihre eigenen Wünsche hatte durchsetzen wollen, hatte es mit einer Tragödie geendet. Und Cam war ihr darin ziemlich ähnlich. Nur daß Cam es nicht einmal versucht hatte, sich wirklich durchzusetzen. Sie war bloß weggelaufen, zurück nach Holmeport. Sie sind beide viel zu passiv, dachte Francey düster. Freiwillige Opfer. Jammerlappen. Und dann die Männer, die sie sich aussuchen! Igitt!

Francey zwang sich dazu, wieder ganz nüchtern zu denken, und sie fing an, sich auf die genauen Einzelheiten des Paktes zwischen Inés und Ramón Barrasco zu konzentrieren, so daß sie Robert in aller Klarheit sagen konnte, was er zu tun hatte, um den Schwur zu erfüllen. Denn es war klar, daß nur Robert nach Spanien reisen konnte und es auch mußte. Sie selbst hatte erstens kein Geld, zweitens war sie erst vierzehn, und drittens war sie aus der Schule abgehauen. Sie konnte schon froh sein, wenn sie es bis Edinburgh schaffte, ohne erwischt zu werden. Gayelord wäre natürlich der ideale Mensch für so eine Aufgabe gewesen, liebend gerne wäre er sofort losgefahren, aber ... aber jetzt gab es eben nur noch Robert. Und die Frage war, ob er all das machen würde. Bis jetzt hatte er noch keine Ahnung von den grünen Gläsern und von dem Fluch oder von der wirklichen Ursache von Cams Krankheit. Eigentlich hatte er keine Ahnung von irgendwas. Was, wenn er nun sagte, daß Francey einen Dachschaden hätte, und ihr empfahl, sich augenblicklich zu verziehen? Wütend brütete Francey über den Papieren auf ihrem Schoß.

Was war also nötig, um den Pakt zu erfüllen? An den Händen müssen sie sich halten. *Die Legende besagt, daß Inés' Geist keine Ruhe finden wird, bis ... sie selbst die Hand dessen ergreifen kann, den sie wirklich liebt.* Nun ja, das war ja einigermaßen eindeutig. Robert konnte einfach nach Holmeport fahren, sich mit einem eleganten Anzug als Arzt verkleiden (Francey glaubte zu wissen, daß er irgendwo einen anständigen Anzug hatte, den ihre Mutter ihm einmal für irgendeine Hochzeit gekauft hatte) und sich Zugang zu Cams Schlafzimmer verschaffen und dann ihre Hand halten, während er so tat, als würde er ihr den Puls oder sonstwas messen. Das sollte er allerdings erst zum Schluß machen, denn es schien sich dabei um die abschließende Handlung bei der Erfüllung des Paktes zu handeln. So wie Francey den Schwur interpretierte, wollte Inés, daß die beiden Liebenden im Tode händchenhaltend nebeneinander liegen sollten, denn so lauteten ja auch die Bestattungsanweisungen an den jungen Felipe, nur daß dieser sich nicht daran gehalten, sondern die Gläser geklaut und sich selbst damit aus dem Staub gemacht hatte.

Noch bevor er zu Cam ging, mußte Robert die Gläser begraben. Was hatte Inés genau gesagt? *Auch der junge Felipe legte einen seltsamen Eid ab. Er sollte unsere Körper begraben, falls wir dazu gezwungen würden, unserem Leben ein so unnatürliches Ende zu setzen, das Glas des anderen in der Hand, auf ewig miteinander verbunden und in unserer Sündhaftigkeit und Gottlosigkeit auch nach unserem Tode keinem anderen Wesen Rechenschaft schuldig als uns selbst.* Das Glas des anderen in der Hand! Wie in aller Welt sollte man herausbekommen, wem welches Glas gehört hatte? Angenommen, daß Robert sich zu dieser Mission bereit erklärte und daß es ihm tatsächlich gelang, die beiden Gräber zu finden, Inés' Höhle in der Folterkammer der Festungsruine und die Gruft von Abt Varcaso im Kloster San Jeronimó irgendwo in den Bergen, woher sollte er dann wissen, welches Glas in welches Grab gehörte? Es würde schon schwierig genug für ihn werden, die Gräber zu finden, besonders das von Inés, denn Gutteridge hatte ja geschrieben, daß man Montañera im neunzehnten Jahrhundert abgerissen hatte. Doch selbst wenn ihm das gelang, hatte alles keinen Sinn, solange er nicht wußte, welches Glas zu welchem Grab gehörte. Wenn er das falsche erwischte, war der Pakt damit nicht erfüllt, und der Fluch konnte nicht gebrochen werden. Und außerdem, wie sollte er sie eigentlich in die Gräber hineinbekommen? Man konnte ja nicht einfach hingehen und ein Grab aufbuddeln. Francey glaubte irgendwo einmal gelesen zu haben, daß das illegal sei. Es würde alles zunichte machen, wenn Robert festgenommen wurde, bevor er seinen Job wirklich erledigt hatte. Und dann stellte sich auch noch die Frage, ob Inés überhaupt ein Grab hatte. Man hatte sie in einem Loch in einer der Mauern von Montañera sterben lassen – und die standen nicht mehr.

Als erstes kam aber das Trinken des Giftes. *Und dann bedrängte mich mein Liebster, einen seltsamen Schwur abzulegen. Im Falle unserer Gefangennahme würden wir uns das Leben nehmen, einander an den Händen haltend und ein jeder aus dem Glas des anderen trinkend. Denn eines dieser Gläser gab er mir, und das andere behielt er für sich selbst.* Cam und Robert, diese beiden Verkörperungen von Inés und Ramón Barrasco im zwanzigsten Jahrhundert, sollten demnach also Gift nehmen, und zwar jeder aus dem Glas des anderen, damit der Schwur angemessen eingelöst wurde. Nun ja, Gift konnten sie ganz offensichtlich nicht trinken, das würde sie schließlich umbringen. Vielleicht reichte ja auch Wasser, oder vielleicht auch ein winziges Schlückchen von irgendwas wirklich Ekligem, beinahe Giftigem, nur um den Eindruck entstehen zu lassen, mehr symbolisch, oder so. Senf oder Wasserfarbe oder Essig, irgend so was vielleicht. Aber würde Robert damit einverstanden sein? Besonders nachdem Gayelord gerade gestorben war, weil er aus einem der Gläser getrunken und der Fluch ihn dadurch getroffen hatte? Und selbst wenn Robert das machte, wie konnte man dann Cam dazu bewegen, dasselbe zu tun? Außerdem konnte Robert nicht nach Holmeport fahren, Cam aus dem Glas trinken lassen, dann in Spanien die Gläser begraben und danach gleich wieder in Holmeport den letzten Teil des Paktes erfüllen, das Händchenhalten. Das würde alles viel zu lange dauern. Mit jeder Minute, die verstrich, war Cam dem Tode näher. Nein, wirklich, er sollte sofort morgen früh nach Spanien aufbrechen, sobald ich in Edinburgh bin und ihm alles erklärt habe, überlegte Francey energisch. Keine Minute durfte verschenkt werden. Und eigentlich mußten sie sich zweimal an den Händen halten: einmal, während sie das Gift schluckten – denn es hieß *einander an den Händen haltend* –, und dann zum zweiten Mal ganz am Ende, damit sie im Tode vereint Hand in Hand im Grab liegen konnten.

Und dabei hatte sie bis jetzt noch nicht einmal das zweite Glas! Was, wenn es sich gar nicht mehr in Gayelords Wohnung befand? Bestimmt hatten die Ärzte Proben des Inhaltes zur Analyse mitgenommen. Was, wenn sie das Zeug nicht einfach in ein anderes Gefäß gekippt, sondern gleich das ganze Glas mitgenommen hatten? Und war dies das Glas von Inés oder von Ramón Barrasco? Wie in aller Welt sollten sie die beiden jemals auseinanderhalten?

Franceys Gehirn dröhnte und pulsierte vor lauter Sorgen und ungelöster Fragen. Der Zug jagte über die Gleise dahin, und er schien ihr eine dringende, rhythmische Botschaft zuzutrommeln – „BEGRAB-MEIN-GLAS ... BEGRAB-MEIN-GLAS ... BEGRAB-MEIN-GLAS ... BEGRAB-MEIN-GLAS ...“

Und dann bremste er langsam ab und traf in London ein.

Francey war vor Erschöpfung und Aufregung schon fast ohnmächtig, als sie vor der Tür von Dean's Gate Nr. 42 in Wallston, Edinburgh eintraf. Es war kurz nach sechs Uhr morgens.

Das zweite Glas befand sich in ihrer Reisetasche. Es hatte auf dem Nachttisch gestanden, wo Gayelord es abgestellt hatte. In die Wohnung zu kommen war sehr einfach gewesen. Sie hatte es nicht anders erwartet. Der Ersatzschlüssel, den Gayelord in einem alten Stiefel in dem winzigen Gartenhäuschen versteckt hielt, war wie immer dagewesen, ganz so, als sei Gayelord noch am Leben. Doch auf Zehenspitzen durch die stille, verwaiste Wohnung zu schleichen, dorthin an das Bett, in dem Gayelord erst vor so kurzer Zeit gestorben war, das war wirklich ein grauenvolles Erlebnis gewesen. Es hatte Francey einige Nerven gekostet. Aber sie riß sich zusammen, jagte zurück zur King's Cross Station und erwischte noch den Nachtzug nach Edinburgh. Dort kam der Zug um sechs Uhr morgens an, und vom Bahnhof aus nahm sie sich ein Taxi zu Roberts Wohnung.

Es fing an zu regnen. Francey ging die vier Stufen zu Roberts Eingangstür hinauf und beäugte diese erst einmal angewidert. Die Farbe blätterte ab, und hinter dem vorderen Fenster gleich neben der Tür hing ein Paar zerfledderter Vorhänge, die es nicht einmal mehr schafften, sich in der Mitte zu treffen, um den grauen, nieseligen Morgen draußen zu halten. Eine Klingel gab es auch nicht, und so hämmerte sie lautstark mit ihrer Faust gegen die Tür. Während sie darauf wartete, daß endlich jemand aufmachte, warf sie einen Blick auf die terrassenförmig angelegten, hohen, schmalen Häuser der Straße. Nur selten in ihrem

Leben hatte sie eine derart verkommene Gegend zu Gesicht bekommen. Die winzigen eingezäunten Bereiche vor den Eingängen – man traute sich kaum, sie als Vorgärten zu bezeichnen – erstickten fast unter Unkraut, und das Pflaster der Bürgersteige war aufgebrochen. Am Straßenrand türmten sich schwarze Plastikmüllsäcke auf, die man nur notdürftig zugeschnürt hatte, so daß ihr Inhalt herausquoll und überall herumlag. Selbst die Milchflaschen vor den Türen waren dreckig. Konnte Robert wirklich hier leben? Sie fragte sich, was ihre Mutter wohl sagen würde, wenn sie das gesehen hätte.

Nachdem einige Minuten vergangen waren, trommelte sie erneut gegen die Tür. Zu ihrer gewaltigen Erleichterung und Freude war es Robert höchstpersönlich, der ihr öffnete. „Francey!“ stieß er völlig verblüfft hervor. Er sah sehr erschöpft aus und irgendwie verändert – irgendwie abgemagert und seltsam geistesabwesend, als ob er sich mit seinen Gedanken in einer ganz anderen Welt befände. Francey blieb kaum ein Sekundenbruchteil, um diese Einzelheiten wahrzunehmen, denn dann stolperte sie auch schon über die Türschwelle auf ihn zu und brach in Tränen aus.

„O Robert!“ schluchzte sie hysterisch. „Ich muß dir etwas Schreckliches erzählen! Es hat mit Du-weißt-schon-was zu tun!“

Robert war völlig verwirrt und bestürzt. Zuerst dachte er, mit Du-weißt-schon-was wolle ihm Francey etwas über die intimeren Teile ihres Körpers mitteilen, deren eindeutigere Beschreibung ihr vielleicht zu peinlich gewesen wäre. Er fühlte sich einigermaßen belästigt und war verärgert. War Francey allen Ernstes den ganzen Weg von Hertfordshire nach Edinburgh gekommen, und noch dazu mitten in der Nacht, um ausgerechnet ihm irgendwas von ihrem Du-weißt-schon-was zu erzählen?

„Was in aller Welt meinst du denn damit?“ stammelte er verwirrt. „Warum zum Teufel kommst du damit zu mir? Wieso hast du das denn nicht Mutter erzählt?“

„Sie würde es mir nicht glauben!“ jammerte Francey tragisch. „Keiner würde mir glauben, aber du mußt irgendwas unternehmen! Und Cam – es ist nicht das, was sie alle denken – es ist der Fluch!“

Voller Entsetzen wich er einen Schritt zurück. Der Fluch! Noch so ein Frauenproblem! Was hatte das denn mit ihm zu tun?

Konfus stieß er die Tür zum Wohnzimmer auf. Francey warf einen Blick hinein, und für einen Moment war sie vor Bestürzung ganz ernüchtert. Da drinnen sah es aus wie nach einem Zugunglück oder einer Schiffskatastrophe. Wie niedergemäht lagen dort Körper in verdrehten Stellungen über Sesseln und ausgestreckt auf dem Boden, und die Luft roch schwer nach den Ausdünstungen von Alkohol und Zigarettenrauch. Sofort wichen Francey und Robert wieder in die kleine Diele zurück.

„Wir werden schon irgendwo ein Plätzchen finden, an dem wir reden können“, murmelte Robert, „aber ich befürchte, im Moment sieht’s hier überall so aus. Wir hatten hier letzte Nacht ’ne kleine Party. Hm, das heißt, um genau zu sein, bis vor ein paar Stunden.“

„Wie wär’s mit deinem Schlafzimmer?“ schlug Francey vor.

Müde schüttelte er den Kopf.

„Da drin liegt ein Haufen Mädchen. Ich hab’ ihnen

gesagt, daß sie da übernachten können. Mir war gestern nicht so ganz nach Party – die Geschichte mit Gayelord und so. Deshalb bin ich die ganze Nacht einfach nur rumgelaufen. Ich bin erst vor einer halben Stunde wieder zurückgekommen. Paß auf, mir fällt gerade was ein – komm mit ins Badezimmer. Da dürfte um die Zeit eigentlich noch keiner drin sein."

Er führte sie durch eine unbeschreiblich heruntergekommene Küche, die ebenfalls voller betäubter Körper war. Jede verfügbare Fläche war mit Bierdosen und leeren Weinflaschen in Jumbogröße bedeckt; außerdem lagen überall saure Silberzwiebelchen, es sah so aus, als hätte sie jemand mit einer Schrotflinte im Raum verschossen. Francey war regelrecht fasziniert von diesem Einblick in das Studentenleben. Vorsichtig stieg sie über die schlafenden Körper hinweg und sah in diesem ganzen Schmutz so frisch und unschuldig aus wie eine Schneeflocke auf einem Misthaufen. Robert öffnete die Tür des Badezimmers, einen in den Hinterhof hinausgehenden Anbau im Erdgeschoß, und schob Francey hinein.

Hier weiteten sich Franceys Augen erneut angesichts der ungeahnten Wunder. Sie konnte sich beim besten Willen nicht vorstellen, daß jemand aus diesem Badezimmer auch nur eine Spur sauberer herauskam, als er hineingegangen war. Schmierige Handtücher und zusammengeknüllte Unterhosen lagen herum, ausgequetschte Zahnpastatuben waren über dem zerfurchten Linoleumboden verstreut, und auf die Rückseite der Tür hatte jemand ein Bild aus einem Pornomagazin geheftet.

Robert verschloß die Tür hinter sich, ließ sich dann auf dem Klodeckel nieder und gab ihr mit einer Geste zu verstehen, daß sie sich auf den Rand der Badewanne setzen sollte.

„Ist Mammi eigentlich mal hier gewesen?“ Diese Frage konnte sich Francey einfach nicht verkneifen, als sie sich ganz behutsam auf den Rand der zerbeulten Wanne setzte.

„Nein, natürlich nicht. Die bekäme auch gleich einen Anfall. 'tschuldige wegen dem Bild da.“ Hastig rupfte er es von der Tür und knüllte es zusammen. Dann redete er in einem freundlichen, vorsichtigen Onkel-Doktor-Ton weiter: „Also dann, Francey, worum geht es denn nun eigentlich? Du glaubst also, daß du irgendein gesundheitliches Problem hast, stimmt's?“

Verdutzt blinzelte sie ihn an.

„Gesundheitliches Problem? Nein, natürlich nicht. Wie kommst du denn da drauf? Ach so, du meinst den Fluch! Das ist nicht diese Art von Fluch, du Blödmann – es ist ein echter Fluch. Cam ist von ihm erwischt worden, nachdem wir in den Osterferien diese Séance abgehalten hatten – du erinnerst dich doch noch an die Nacht mit den Kerzen, als alles Feuer gefangen hat und du uns zusammengebrüllt hast, oder?“

Er nickte, wobei er sie nun mit einigem Interesse betrachtete. Er selbst hatte wirklich genug Gründe, um sich an diese Nacht zu erinnern. Bei Gott, wie er sich wünschte, sie endlich vergessen zu können.

„Na ja, jedenfalls ist Cam danach doch krank geworden und nach Hause gefahren, als wir alle mit der Grippe im Bett lagen, das weißt du ja noch, und jetzt denken alle, daß sie Anorexia nervosa hat, und sie sagen, daß sie vielleicht sterben muß! Aber, Robert, das ist es überhaupt nicht! Sie kann nichts mehr essen, weil auf ihr ein Fluch lastet, der von dem verhexten Glas stammt, das wir von Gayelord bekommen haben – dieses Glas haben wir nämlich bei der Séance benutzt. Gayelord selbst hatte noch ein zweites Glas, das haargenau dazu paßte – sie waren ein Paar –, und Gayelord hat aus seinem getrunken, und jetzt ist er tot!"

Robert musterte sie scharf von oben bis unten.

„Zum Teufel noch mal, wovon sprichst du eigentlich, Francey? Gayelord ist nicht an einem Fluch gestorben – er hatte einen Herzinfarkt –, seine Herzkranzgefäße sind geplatzt. Hat man dir das nicht gesagt?"

Ungeduldig wischte Francey diesen Einwand beiseite.

„O ja, das haben sie mir auch erzählt. Und ich bin mir sicher, daß sie das auch alle selber glauben. Aber es war der Fluch, der ihm diesen Herzinfarkt beschert hat. Das Glas mit dem Fluch, beziehungsweise eines davon, denn sie sind beide verflucht, hat ihn dazu gezwungen, aus ihm zu trinken. Wenn man daraus trinkt und ist nicht einer der beiden Liebenden, denen vor vierhundert Jahren die Gläser gehört haben – dann stirbt man."

Roberts Gesicht legte sich in Falten.

„Du erzählst vielleicht einen Scheiß, Francey. Du erwartest doch wohl nicht, daß ich glaube, Gayelord habe den Löffel abgegeben, weil ihr verrückten Hühner mit dem Ouija-Brett rumgealbert habt? Du bist im Moment einfach ein bißchen überspannt, weil er gestorben ist und du die Nacht im Zug verbracht hast. Um Gottes willen, jetzt beruhig dich erst mal! Hier, steck dir 'ne Zigarette an."

Francey brach vor Wut und Enttäuschung fast in Tränen aus. Er wollte die ganze Sache offenbar als Blödsinn abtun. Und außerdem wirkte er irgendwie abwesend, so, als würde er selbst von etwas furchtbar Wichtigem bedrängt.

Er schien eigentlich überhaupt gar keine Zeit für sie zu haben ... Und dann, als Robert die Hand ausstreckte, um ihr die Zigarette anzuzünden, stieß Francey einen entsetzten Schrei aus.

„Robert! Dein Handgelenk! Was ist mit deinem Handgelenk? Warum hast du denn da einen Verband?"

Er ließ das Streichholz ins Waschbecken fallen und griff mit seiner linken Hand schützend nach seinem rechten Arm, der am Handgelenk in eine feste Gazebandage gewickelt war. Mißtrauisch, fast schuldbewußt sah er Francey an.

„Ich weiß nicht, was damit los ist", flüsterte er mit seltsamer Stimme; er hörte sich an, als schämte er sich. „Es tut bloß höllisch weh. Zuerst hab' ich gedacht, ich hätte mir was gezerrt. Ich bin damit zum Arzt gegangen, aber der konnte nichts feststellen. Er hat mich dann ins Krankenhaus geschickt. Das war vor ungefähr zweieinhalb Wochen. Da haben sie aber auch nichts finden können. Sie schickten nur meinem Arzt einen Schrieb, daß es sich wohl um was Psychosomatisches handeln müßte. Er hat mich gefragt, ob ich mir wegen meiner Examen oder irgendwas anderem Sorgen machen würde, und dann hat er mir Schlaftabletten verordnet. Seitdem ist es immer schlimmer geworden. Es fühlt sich an, als ob ich rotglühende Nägel im Gelenk stecken hätte. Das ist ziemlich scheußlich."

„Laß mich das mal ansehen!" rief Francey, packte seine Hand und zog sie zu sich hin.

„Laß los, Francey, nimm deine Finger weg!" schrie er wütend zurück und riß seinen Arm los. „Da gibt's überhaupt nichts zu sehen. Ich hab's dir doch gesagt – sie meinen, es ist psychosomatisch. Kommt alles aus meinem Kopf."

„Robert!" zischte Francey drohend. „Zeig mir sofort deine Hände!"

„Hör endlich auf!" schrie er mit schriller, überschnappender Stimme. Dann, nach ein paar Sekunden, zog er plötzlich mürrisch die Hände aus den Taschen und streckte sie ihr entgegen. Erstaunt starrte Francey auf seine dünnen, zitternden Hände. Sie waren lang und zart gebaut, wie die eines Künstlers. Und das rechte Handgelenk war bandagiert. An jedem Finger, und zwar an beiden Händen, befanden sich Ringe; S-förmige Schlangenringe, mit Steinen besetzte Ringe, ziselierte Silber- und Goldringe, und sogar ein ziemlich teuer aussehender viktorianischer Ring mit einer Kamee.

Mit erschrockenem Gesicht sah sie zu ihm hoch.

„Robert?" fragte sie mit leiser, heiserer Stimme, „Warum trägst du all diese Ringe?"

Aber eigentlich kannte sie die Antwort schon. *Sehr oft denke ich auch an meinen Liebsten, und ich frage mich, ob er tot ist, und dann sehe ich in meinem Geiste seine kunstfertigen Hände mit den vielen glitzernden Ringen an der Leinwand, wie sie an meinem Porträt arbeiten.*

„Ich weiß es nicht", antwortete er dumpf, wobei er seine Hände wieder zurückzog und sein bandagiertes Handgelenk langsam mit den Fingern seiner linken Hand massierte. „Verdammt noch mal, ich weiß es nicht. Ständig gehe ich in irgendwelche Nippesläden, auf Märkte, zu Juwelieren, überallhin – und kaufe mir Ringe. Ich kann mich einfach nicht beherrschen. Das ist wie ein Zwang oder so was – eine Obsession. Manchmal bin ich fest entschlossen, es nicht wieder zu tun, und dann streife ich alle Ringe ab und schmeiße sie weg. Aber am nächsten Tag laufe ich sofort wieder los und kaufe mir neue. Ich kann es nicht verhindern. Francey, glaubst du, daß ich den Verstand verliere?"

„Nein", sagte Francey mit Entschiedenheit. Ihr fester Blick lag glühend auf ihm. „Ich glaube, du bist Ramón Barrasco."

Verblüfft sah er sie an.

„Du glaubst was?"

„Ich glaube, du bist Ramón Barrasco. Er ist eine Person aus dem sechzehnten Jahrhundert und spielt eine wichtige Rolle in dieser Geschichte, die ich hier in meiner Reisetasche bei mir habe. Gayelord hat die Geschichte von einem Mann, der ihm wegen der Anzeige im *Spectator* geschrieben hat. Er hat auch viele Ringe getragen. Ramón Barrasco meine ich. Er war ein Künstler. Und am Ende ist er ... Robert, er ist mit einer Frau aus einer spanischen Burg durchgebrannt, es hat furchtbar geschneit, und sie haben sie mit Hunden gejagt, in den Bergen, und dann, Robert ... seine rechte Hand ist ihm am Gelenk abgehackt worden! Deshalb hast du die Schmerzen an der Stelle. Deshalb brauchst du auch die vielen Ringe. Du bist er, wieder ins Leben zurückgekehrt, Ramón Barrasco."

Robert hörte auf, sein bandagiertes Handgelenk zu massieren, und beugte sich zu Francey vor. Sein ganzer Körper war plötzlich angespannt wie eine Sprungfeder.

„Was hast du da gerade gesagt?" Sein Blick hatte alles Verschwommene und Verblüffte verloren. Durchdringend starrte er in Franceys Augen. „Was war das eben – das mit dem Schnee und daß sie von Hunden gejagt worden sind?"

In aller Eile wiederholte Francey die wichtigsten Punkte von Inés' und Ramóns Flucht und ihrer Gefangennahme in den Bergen.

„Teufel noch mal!“ murmelte Robert, wobei er seine geradezu lächerlich beringten Finger ineinanderkrallte und sich wild auf die Lippe biß.

„Aber das, was ich dir jetzt erzählt habe, ist nur die Grobfassung“, sprudelte Francey mit überschnappender Stimme weiter. „Die ganze Geschichte steht hier in diesem Brief, den mir Gayelord geschickt hat, ganz kurz bevor er gestorben ist – und dieses Kunstbuch hat er mir auch geschickt, und da ist ein Bild von dir drin – hier, schau's dir an!“

Wild stöberte sie in ihrer Tasche nach dem Bildband, blätterte eilig durch die Seiten, bis sie Ramón Barrascos Selbstporträt gefunden hatte, und dann hielt sie es Robert genau vor die Nase. Robert sah auf das Bild, ließ den Kopf in die Hände sinken und blieb, ohne ein Wort zu sagen oder sich zu bewegen, sitzen. Francey hatte schon Angst, daß er ohnmächtig würde.

„Robert?“ fragte sie sanft.

Er blickte hoch.

„Francey“, sagte er dann ganz ruhig, „du hast doch gesagt, daß Gayelord an einem Fluch gestorben ist. Wenn das nicht so absolut unglaubwürdig wäre – der reinste Steven-Spielberg-Kram –, dann würde ich sagen ...“, er schluckte, „dann würde ich sagen, daß es mich auch erwischt hat. Verstehst du, diese Geschichte, die du mir da erzählt hast – das mit den Hunden und dem Schnee und den Bergen –, na ja, also, das ist mir auch passiert. Vor ungefähr drei Wochen. Jedenfalls genau in der Nacht, in der du und die anderen im Kajütenzimmer mit den Kerzen und diesem Zeug was auch immer gemacht habt. Da hat alles angefangen. Ich habe Halluzinationen bekommen. Visionen, irgend so was. Ich gehe irgendwo lang, und plötzlich bin ich mitten im tiefsten Schnee, und dann sind da Hunde, riesige Rudel, heulende, knurrende Hunde, die mich jagen. Und manchmal, da ersticke ich, werde richtig erwürgt. Ich bin in einem engen Raum eingesperrt und kriege keine Luft mehr. Wenn diese Séance-Sache wirklich einen Fluch oder Zauber, oder wie auch immer man das nennen soll, hervorgebracht hat, dann bin ich mir ziemlich sicher, daß ich ihn auch auf mir habe. Aber warum ausgerechnet ich, um Gottes willen? Gayelord, na schön – er war ja Spinner genug, um mit solchem Kram rumzumachen – und Cam war in dieser Nacht mit euch auch ziemlich auf dem Trip, aber was zum Teufel hat das alles mit mir zu tun?"

„Cam ist in dich verliebt", erklärte ihm Francey ohne Umschweife, „genauso wie Inés, das Mädchen aus der Vergangenheit, in Ramón Barrasco verliebt war. In dir und Cam durchleben sie ihre Geschichte noch einmal. Ramón Barrasco, ihr Geliebter – nur daß er sie nicht liebte –, trug solche Ringe. Er ist du. Inés ist gestorben. Los jetzt, Robert, lies die Geschichte endlich selbst."

Sie zog das Bündel mit den ganzen Dokumenten aus ihrer Reisetasche und rutschte nervös auf dem Badewannenrand hin und her, während sie ihn beobachtete, wie er alles durchlas. Sein Gesicht war von ihr abgewandt, er sah nach unten, und so konnte sie seine Reaktionen nicht sehen. Um so schockierender war es für sie, als er nach ungefähr fünf Minuten plötzlich die Papiere zu Boden fallen ließ und in schreckliches, hemmungsloses Schluchzen ausbrach.

Entsetzt sprang sie auf die Füße. Sie und Hilary hatten natürlich auch ein bißchen geweint, als sie Inés' Geschichte gelesen hatten, aber Robert war neunzehn, ein Student, praktisch ein Erwachsener, ein Mann! Sie hatte gar nicht gewußt, daß auch Männer weinen konnten! Sie schnappte nach Luft. Dann legte sie ihm zögernd und verlegen die Hand auf die Schulter. Doch das schreckliche, schmerzerfüllte Schluchzen brach weiterhin aus ihm hervor. Das war ganz anders als das Weinen der Mädchen; es schien ihm keine Erleichterung zu bringen. Unbeholfen und langsam ebenfalls von seinem Grauen übermannt, riß sie eine Bahn Klopapier von der Rolle und stopfte sie ihm in die Hand.

„Oh, Robert!" flehte sie, und die Tränen traten nun auch ihr in die Augen. „Hör auf zu weinen, Robert! Bitte, hör doch auf zu weinen."

In diesem unglaublichen Badezimmer stand sie vor ihm im grauen Licht der Morgendämmerung, und er saß zusammengesunken auf dem Klodeckel. Sie zog seinen Kopf zu sich heran und tätschelte ihn linkisch. Nach einer Weile wurde er ruhiger. Er zog seinen Kopf von ihr zurück und räusperte sich.

„Ich kenne diese Geschichte, Francey", sagte er jämmerlich. „Ich kenne sie. Gleich von Anfang an habe ich sie gekannt. Nur über die Einzelheiten wußte ich nichts. Ich kannte ihre Namen nicht, oder Jahreszahlen, oder die Orte und all das. Dieses Mädchen, Inés, ich habe sie einfach ‚sie' genannt. Und Gutierrez war immer ‚der Entstellte'. Sein Gesicht. Tausendmal habe ich sein Gesicht schon gesehen. Es kommt jede Nacht zu mir. So eine Art

Phantom-der-Oper-Gesicht, ganz verzerrt. Seit Wochen treibt es mich zum Wahnsinn. Ich habe schon geglaubt, ich werde verrückt ... mit Volldampf in den Nervenzusammenbruch."

Francey biß sich auf die Lippen und setzte sich wieder auf den Rand der Badewanne. Sie betrachtete ihn mit einer Art Scheu. Er schneuzte sich. Erst jetzt, als sähe sie ihn zum ersten Mal, bemerkte sie, wie dünn er war. Dünn war er schon immer gewesen, aber jetzt traten seine Schlüsselbeine scharf aus dem Kragen seines T-Shirts hervor, seine Jeans hingen ihm schlabberig über die Hüften, als gehörten sie jemand anderem. Er hatte in der letzten Zeit wohl kaum richtig gegessen. Wie Cam.

„Und dann gibt es da noch ein paar andere Sachen", fuhr er mit gequälter, halb erstickter Stimme fort. „Ich konnte einfach nicht mehr schlafen. Und ich konnte auch nicht mehr –"

„Nicht mehr was?" forderte ihn Francey sanft zum Weiterreden auf. „Was konntest du nicht mehr tun, Robert?"

„Da war dieses – dieses Mädchen", weinte er völlig geknickt. „Ich war schon seit Monaten hinter ihr her. Sie war so ... schön. Ihr ... ihr Haar ... das war wie Gold ... du kennst doch den Sirup auf den Puddings, die wir immer bekommen, wenn wir bei Oma sind? Ganz golden ... und irgendwie seidig. Na ja, also, letzte Woche, da sind dann wir zu ..." (die folgenden Worte gingen in seinem Schluchzen unter) „... und danach wollten wir zurück zu ... zurück zu ..." (erneut verschluckte er einige Worte), „... und sie ist dann zur Garderobe gegangen, um ihren Mantel zu holen ... und statt daß ich auf sie gewartet hätte ... ich bin einfach weggelaufen. Ich bin rausgeschlichen und ohne sie nach Hause gelaufen, als sie noch ihren Mantel suchte. Ich hatte Angst. Also habe ich einfach die Fliege gemacht. O Gott, Francey, warum habe ich das bloß getan?"

„Oh!" bemerkte Francey verdutzt.

„Und dauernd bin ich so nervös", redete Robert unter Tränen weiter. „Ich bin ein einziges Nervenbündel. Und dann diese schwachsinnigen Ringe und jetzt auch noch dieses Handgelenk. Und die ganze Zeit fühle ich mich irgendwie verdammt schuldig."

„Weil du sie verlassen hast, Robert", stellte Francey nüchtern fest. „Nicht das Mädchen mit den Goldsiruphaaren aus der Disco oder wo auch immer sie ihren Mantel holen wollte – ich meine das andere Mädchen. Inés. Du hast sie in dieser Hütte zurückgelassen, statt mit ihr das Gift aus dem Glas zu trinken, so wie du es ihr versprochen hattest."

Robert warf ihr einen gequälten, empörten Blick zu.

„Aber ich habe doch gedacht, daß sie schon tot ist!" schrie er. Francey war überrascht. „Sie war so still, und ganz kalt – sie schien gar nicht mehr zu atmen. Und der Junge war schon Stunden zuvor abgehauen, und die Gläser hatte er mitgenommen. Ich wußte nicht, was ich tun sollte. Und da habe ich mir gedacht, ich könnte ja versuchen, zu der anderen Stadt im Süden durchzukommen – in diese große Stadt, in der El Aguileño wohnte ..."

„Wer ist denn jetzt El Aguileño?" japste Francey. „Ach, ich weiß! Ramón Barrascos Gönner, klar doch! Der, der ihn überhaupt erst nach Montañera geschickt hatte. Und die große Stadt müßte dann Córdoba sein. Mach weiter, Robert – wie ist die Geschichte ausgegangen?"

Robert ließ kaltes Wasser ins Waschbecken laufen und schaufelte es sich ins Gesicht.

„Ich hatte Angst“, erzählte er grimmig weiter. „Ich hatte Angst zu sterben. Irgendwie habe ich es geschafft, einen Brief zu El Aguileño zu schicken, in dem ich ihn bat, Gutierrez Geld zu schicken, viel Geld, damit er mich am Leben ließe. Ich wußte genau, daß El Aguileño Gutierrez das Geld schicken würde, weil er alles für mich getan hätte. Er – er hat mich geliebt. Du weißt, was ich damit meine?“

„Ja, ja“, rief Francey. „Ich bin kein Kleinkind. Du meinst damit, daß El Aguileño auf Ramón Barrasco scharf war.“

Robert nickte. Dann begann er mit größerem Selbstvertrauen zu sprechen, so wie jemand, der sich bei einer Prüfung die Informationen ins Gedächtnis rief, die er vorher auswendig gelernt hatte.

„Also, es ist folgendes passiert. El Aguileño – das heißt Adlernase – ich habe ihn so genannt, weil er eine lange, gebogene Nase wie der Schnabel eines Adlers hatte; das war so eine Art Spitzname – er schickte jedenfalls das Geld und kaufte mich bei Gutierrez frei. Erst danach fand ich heraus, daß sie – Inés – gar nicht tot gewesen war, sondern erst später von Gutierrez umgebracht worden ist, in dieser Mauer, und von da an war mir einfach alles zuwider. Deshalb beschloß ich, mein Leben Gott zu weihen. Das meine ich ganz ernst. Religion, mit Volldampf. Ich erinnere mich noch, daß ich Fresken auf Klostermauern gemalt habe – den heiligen Hieronymus und den heiligen Franziskus von Assisi und den heiligen Laurentius auf seinem Bratrost. Und das ist das Ende der Geschichte. An etwas anderes kann ich mich nicht erinnern. Ich kann mich nicht daran erinnern, daß sie mir eine Hand abgehackt hätten – aber ich weiß noch, daß ich krank gewesen bin, wochenlang, vielleicht auch monatelang – es gibt da eine große Zeitspanne, die einfach nur dunkel und irgendwie verworren ist ... Francey, was sollen wir denn jetzt machen? Gayelord ist schon tot, ich werde langsam verrückt, und deine Freundin Cam verhungert. Was sollen wir bloß machen?“

„Cam ist Inés“, erklärte Francey prompt, „und ich habe hier die beiden Gläser von eurem Schwur. Ihr beide müßt diese Szene noch einmal durchleben, den Schwur erfüllen und aus den Gläsern trinken und sie dann begraben – in Spanien, meine ich. Damit wird der Fluch gebrochen werden. Hier.“ Sie zog die Gläser aus der Tasche und hielt sie gegen das Licht. „Das einzige Problem besteht darin, daß wir nicht wissen, welches Glas welches ist. Welches gehörte Inés, und welches gehörte Ramón?“

Robert starrte zuerst die Gläser an und dann Francey.

„Aber sie tragen doch Zeichen!“ sagte er, als handele es sich dabei um etwas Selbstverständliches. „Wir haben sie markiert. Mit einem Diamantring. In das eine haben wir ein ‚R‘ geritzt, in das andere ein ‚I‘. Hier, schau genau hin.“

Und tatsächlich, auf den Stielen beider Gläser befanden sich kleine Buchstaben. Nachdem sie sie nun gesehen hatte, fragte sich Francey, wieso diese Buchstaben weder ihr selbst noch Gayelord, noch Hilary aufgefallen waren. Allerdings waren sie auch nicht in die schlichten grünen Kelche geritzt worden, sondern in die Stiele aus weißem Glasgewebe, so daß die Buchstaben einem auch nicht allzu offensichtlich ins Auge springen konnten.

„Allen anderen, die versuchen, sie in ihren Besitz zu

bringen, können sie nur Unglück verheißen", zitierte Robert finster. „Kann man wohl sagen! Anorexie, geistige Verwirrung, Herzinfarkt ... da kann man wirklich von einem Fluch sprechen!"

„Du mußt aus dem mit ‚I' trinken", sagte Francey barsch, die befürchtete, daß er wieder kurz vor einem Gefühlsausbruch stand, „weil jeder der Liebenden aus dem Glas des anderen trinken muß. Es braucht kein echtes Gift zu sein. Und Cam muß aus dem mit ‚R' trinken. Aber Cam ist leider nicht hier. Das ist das blöde bei der ganzen Sache."

„Du wirst es tun", meinte Robert unerwartet. „Du bist Cams Freundin. Du machst es – als Substitut."

Francey zuckte zurück. Diese Idee gefiel ihr überhaupt nicht. Und außerdem, was meinte er eigentlich mit Substitut? Sie nahm an, daß dies eine Art von Stellvertretung war, aber es hörte sich an wie irgendeine schreckliche medizinische Operation.

Mit zitternden Händen ließ Robert aus einem Fläschchen, das er aus dem Medizinschrank genommen hatte, jeweils einen Tropfen Zinkspatlösung in jedes der Gläser fallen und füllte sie danach mit Wasser auf. Dann nahmen sie beide ihr Glas in die linke Hand, Francey das mit dem eingeritzten ‚R' und Robert das mit dem ‚I'. Sie führten die Gläser an die Lippen. Mit ihrer rechten Hand hielten sie sich aneinander fest.

„Und danach fliege ich nach Spanien und begrabe die Gläser, stimmt's?" fragte Robert.

Francey nickte. Ihr Herz schlug wie wild. Gayelord war gestorben, weil er aus einem dieser Gläser getrunken hatte, und nun standen sie und Robert hier und sollten auch daraus trinken. Was, wenn es nicht funktionierte? Was, wenn sie beide auf der Stelle tot umfielen – hier, in diesem scheußlichen Badezimmer in Wallston, Edinburgh, Dean's Gate Nr. 42?

„Und danach muß ich nach Holmeport und Cams Hand halten?"

Francey nickte erneut.

„Ich werde dir ihre Adresse geben", krächzte sie heiser. „Und du mußt heute noch aufbrechen, sofort, wenn wir das hier getrunken haben."

Er nickte. Beide räusperten sich. Und dann, gerade bevor sie trinken wollten, legte er seinen Arm um sie, etwas grob, aber so, als ob er es wirklich ehrlich meinte.

„Ich liebe dich, Francey", sagte er ernst. „Normalerweise kümmern wir uns ja nicht besonders umeinander, ich weiß schon, aber – ich liebe dich wirklich."

Sie schluckten die Zinkspat-Wasser-Mischung in einem verzweifelten Zug hinunter, danach brachen beide in Tränen aus.

„Ich liebe dich auch, Robert!" rief Francey heftig.

Sie ließen sich auf dem Rand der Badewanne nieder, hielten einander in den Armen wie Hänsel und Gretel im Wald und weinten und schluchzten. Jede Sekunde erwarteten sie den sicheren Tod. Tage später dachte Francey wieder an diese Szene und wurde richtig wütend, als sie sich vorstellte, wie absolut bescheuert das gewesen sein mußte.

Vermutlich sind wir ein total kaputtes Paar von Perversen, dachte sie rückblickend. Dabei ist unsere latente Inzestneigung rausgekommen.

Während sie zitternd vor Angst, aber dennoch in liebevoller Umarmung auf der Badewanne hockten, knallte es plötzlich heftig an der Badezimmertür.

„He, was zum Teufel geht denn da drinnen ab?“ wollte eine wütende Stimme wissen.

„Du kannst jetzt hier nicht rein!“ brüllte Francey zurück, die wieder einmal ihre ungeheure Geistesgegenwart zu Beweis stellte, während Robert hastig sein tränenverschmiertes Gesicht unter kaltes Wasser hielt. „Wir haben gerade Geschlechtsverkehr! Und außerdem keine Kleider an!“

„Also wirklich, ist aber ’n ziemlich komischer Ort für so was!“ schrie die Stimme gequält zurück. „Mir platzt gleich die Blase!“

Sie hörten, wie sich der Typ bitterlich bei einigen anderen beklagte, die offenbar vor dem Badezimmer schon Schlange standen. „... doch, zwei Freaks, ja, zusammen im Bad. Echt beknackt!“

Robert und Francey packten eilig die Gläser und die Dokumente zusammen, trockneten sich die Gesichter ab und schlossen die Tür auf. Draußen erwartete sie eine wogende Masse empörter Leute. Die Sache wurde dadurch noch verschlimmert, daß Francey nach wie vor ihre Schuluniform anhatte, noch dazu mit weißen Söckchen. Beschimpfungen prasselten auf Robert nieder, als dieser sich mit schamrotem Gesicht einen Weg durch die Menge bahnte.

„Du widerlicher Perversling! Du verkommener Kinderschänder! Schaut euch mal sie an – die ist doch höchstens elf.“

„Ach, halt doch dein blödes Maul“, schnappte Francey zurück, die auf einer Welle der Erleichterung schwamm, weil der Fluch des Glases sie nicht umgebracht hatte. Ungeduldig zwängte sie sich zwischen den Leuten durch. „Ich bin seine Schwester."

Worauf sich die Studenten mit noch weitaus größerem Entsetzen anblickten.

Zwölf

Als er Francey in seinem verbeulten Mini während eines scheußlichen, für Edinburgh ganz typischen Regenschauers zum Bahnhof fuhr, dämmerte Robert die ganze aberwitzige Unmöglichkeit ihres Planes. Nach Spanien sollte er fliegen, dort zwei Gläser vergraben, und zwar in Gräbern, die man, soweit er wußte, seit dem sechzehnten Jahrhundert nicht mehr gesehen hatte und die er aller Wahrscheinlichkeit nach niemals aufspüren konnte ... und außerdem, welches Gewicht hatten denn die Beweise für die ganze Geschichte?

Kalte Zweifel nagten an ihm. Die Dokumente, die er gerade gelesen hatte, und auch Bethune Gutteridges Brief waren mit Sicherheit echt – derartig melodramatische, grausige Ereignisse hatten sich in Spaniens gemarterter Geschichte, wie er glaubte, vermutlich recht häufig zugetragen –, und abgesehen davon, welche Motive hätte Bethune Gutteridge haben können, Gayelord hereinzulegen? Er hatte lediglich in ziemlicher Ahnungslosigkeit auf Gayelords Anzeige im *Spectator* geantwortet und Informationen geliefert, die zu den beiden Weingläsern zu passen schienen, die Gayelord gekauft hatte. Aber handelte es sich dabei auch wirklich um dieselben Gläser, um ebenjene Gläser, die Francey gerade so verzweifelt in der Reisetasche auf ihren Knien umklammert hielt? Jetzt, da er sich wieder ein bißchen ruhiger fühlte, kam ihm alles eher wie ein zufälliges Zusammentreffen ähnlicher Umstände vor. Die Existenz des Paranormalen anzuerkennen war ein Gedanke, gegen den jeder Instinkt und jede logische Denkgewohnheit gleichermaßen rebellierten. Und dann noch Franceys ständiges Beharren auf diesem Fluch: Gayelord und Cam und er selbst, Robert, waren alle – nun ja, entweder tot, wie in Gayelords Fall, oder am Rande des Wahnsinns, wie in seinem eigenen und wahrscheinlich auch Cams Fall, nach allem, was er über sie gehört hatte. Aber mußte da wirklich irgendeine Verbindung zu diesen Gläsern bestehen oder zu dem, was dieser Inés de Figueroa y Hernandez vor vierhundert Jahren zugestoßen war? Gayelords Herzinfarkt, sein eigenes neurotisches Verhalten und Cams Anorexie, das alles konnte auch völlig rational und logisch begründet werden. Gayelord hatte keinen Sport getrieben und mehr als zwanzig Jahre lang zu üppig gegessen. Und Cam stand unter psychischem Druck, der in ihrem Alter einfach unerträglich sein konnte.

Robert erinnerte sich noch lebhaft an die Qualen und Ängste, die ihn mit vierzehn geplagt hatten – das heißt, die meiste Zeit kam er sich so vor, als hätte er sie selbst jetzt, fünf Jahre später, noch nicht so ganz überwunden. Natürlich hatte er gelernt, sie zu übertünchen und den Leuten das Schauspiel der Normalität zu bieten, manchmal sogar Selbstvertrauen zu zeigen, aber darunter hatte er nach wie vor schmerzhaftes Heimweh und war nach einem Jahr an der Universität noch immer einsam, noch immer unfähig, etwas aufzubauen, das er als echte, anhaltende Freundschaft ansehen konnte. Und noch immer war es ihm manchmal einfach nicht möglich, allein durch die überfüllte Mensa zu gehen, weil ihn dann das wilde, panische Gefühl überkam, daß ihn alle anstarrten und sich über ihn lustig machten.

Das sind bloß die Nerven. Ich bin eben ein Nervenbündel, sagte er sich wütend und trat auf die Kupplung, als sein altersschwacher Mini auf eine rote Ampel zurollte. Ich wäre ohnehin so, wie ich bin, auch ohne Ramón Barrasco mit seinen verdammten Ringen und seinem Scheißparfüm. Ich bin so neurotisch wie alle anderen auch. Da eben im Bad haben wir uns einfach hinreißen lassen. Das war bloß Franceys Schuld. Taucht zu nachtschlafender Zeit einfach so auf. Sie hat mich völlig fertiggemacht. Am liebsten würde ich ihr eine runterhauen.

Jedoch, sosehr er auch versuchte, die Dinge, die sich ereignet hatten, mit Logik und Verstand aus der Welt zu schaffen, immer wieder stellten sich Details quer, die einfach nicht ins Bild paßten. Wie konnten die Ereignisse, die in Inés' Manuskript beschrieben waren, seinen Träumen oder Visionen, oder was sie auch sonst sein mochten, dermaßen ähneln? Er hatte sie ja schon gehabt, bevor er die Papiere gelesen hatte.

Wie war es möglich gewesen, daß er Francey das Ende der Geschichte erzählen konnte, und zwar mit den Details, die Inés selbst gar nicht hatte kennen können? Hatte er vielleicht etwas in einem Film gesehen oder in einem Buch gelesen, das sich, ohne daß er es bewußt merkte, in seinem Kopf eingenistet hatte und nun wieder auftauchte und ihm wie echte, eigene Erinnerungen vorkam? Woher sollten denn sonst diese geistigen Bilder stammen – das anscheinend tote, auf dem Boden der Hütte zusammengekrümmte Mädchen, die Hunde, der Schnee, die Fresken, die er auf die Wände dieser Kapelle gemalt hatte? Aber es waren nicht nur diese Eindrücke, die auf irgendein seltsames, übernatürliches Vorauswissen hindeuteten. Viel überzeugender waren die kleinen, eher nebensächlichen Details. Er hatte den Namen von Barrascos Gönner in Córdoba gekannt, El Aguileño. Natürlich hätte er sich den auch einfach so ausdenken können, aber woher hatte er dann gewußt, daß ‚El Auguileño' spanisch für ‚Adlernase' war, und das, obwohl er niemals Spanisch gelernt hatte? Vielleicht stimmte es ja auch gar nicht. Ein Spanischwörterbuch war leider nicht zur Hand. Aber woher hatte er *gewußt*, daß er – beziehungsweise Ramón Barrasco – Inés in der Hütte zurückließ, weil er sie für tot gehalten hatte? Auch das konnte natürlich ein reines Hirngespinst sein; vielleicht machte seine Phantasie gerade Überstunden. Aber die Sache mit den Zeichen auf den Gläsern, die Buchstaben ‚I' und ‚R', eingeritzt in die weißen, verschnörkelten Stiele genau an der Stelle, an der er sie zu sehen erwartete – diese Sache ließ sich einfach nicht rational erklären. Er hatte ja nicht einmal gewußt – jedenfalls nicht als der Robert Hunnisett des zwanzigsten Jahrhunderts –, daß es diese Gläser überhaupt gab, bis zu dem Moment, in dem Francey sie im Badezimmer aus ihrer Reisetasche gezogen hatte. Und selbst die Form der Buchstaben war so, wie er es schon im voraus gewußt hatte, ein altes, verspieltes ‚I', das mehr wie ein groß geschriebenes ‚J' aussah. In Inés' Manuskript gab es keinen Hinweis auf diese Zeichen. Zumindest war er sich ziemlich sicher, daß er nichts darüber gelesen hatte. Er wollte die Sache aber noch mal überprüfen, sobald sie am Bahnhof angekommen waren. Dennoch war er sich fast absolut sicher, daß er von diesen Buchstaben nichts gewußt haben konnte. Es sei denn, er hatte sie als Ramón Barrasco gekannt. Mittlerweile fühlte er sich völlig verwirrt.

Von seinen Zweifeln und Ängsten erzählte er Francey nichts. Sie glaubte fest und unbeirrbar an den Fluch. Für sie bestand die Aufgabe nur noch darin, den Pakt endlich zu erfüllen und den vor langer Zeit gebrochenen Schwur jetzt einzulösen, so, wie er selbst es ihr ja gerade eben noch im Badezimmer versprochen hatte. Im Eifer des Gefechts war es ihm ja auch ganz natürlich erschienen, ihr anzubieten, nach Spanien zu reisen und dort die Gläser zu begraben. Wenn er ihr nun plötzlich mitgeteilt hätte, daß er gar nicht beabsichtigte, dorthin zu fahren, wäre sie sofort in die Luft gegangen. Wahrscheinlich hätte sie einen hysterischen Anfall bekommen, wäre vor einen Zug gesprungen oder hätte sonstwas Idiotisches angestellt. Franceys Temperament kannte er nur zu gut. Dabei war ihm eine ganz andere Idee gekommen, wie er Cam helfen konnte, was er Francey allerdings sehr schonend und vorsichtig beibringen mußte.

Als er am Bahnhof den Motor abstellte und aussteigen wollte, um einen Parkschein zu holen, sagte Francey hastig zu ihm: „Du kannst mich einfach hier absetzen, Robert. Du brauchst mich nicht zum Zug zu bringen. Die Rückfahrkarte nach London habe ich schon – Hilary hat mir vierzig Pfund geliehen. Du kannst schon verschwinden. Fahr sofort zum Flughafen. Sonst verpaßt du vielleicht noch die Maschine nach Covarreiros. Nun mach schon!“

„Ich hab’ mir gedacht, daß wir vielleicht noch zusammen frühstücken sollten“, meinte er störrisch. „Das heißt, falls du noch Zeit hast, bevor dein Zug fährt. Ich kann jedenfalls nicht zum Flughafen, ohne vorher noch einen Happen zu essen. Ich fall’ gleich um vor Hunger.“

Francey, in deren Eingeweiden ebenfalls ein wilder

Hunger nagte, nachdem sie am vorhergehenden Tag praktisch nichts gegessen hatte, nickte zustimmend.

„O. k., also los. Aber nur ganz schnell. Du gehst schon mal in die Cafeteria und besorgst uns Eier mit Speck, und ich schau mal auf dem Fahrplan nach, wann mein Zug geht. Aber du mußt dich wirklich beeilen, Robert. Mit Cam kann jetzt schon alles mögliche passieren."

Es stellte sich heraus, daß sie bis zur Abfahrt von Franceys Zug noch mehr als eine Stunde Zeit hatten. Als er sie beobachtete, wie sie gierig Eier und Speck in sich hineinschlang, war Robert einigermaßen irritiert und auch neidisch. Seine eigene Portion konnte er nicht einmal anrühren; die Einladung zum Frühstück war allerdings auch nur ein Vorwand gewesen, um mit Francey noch mal sprechen zu können. Da es ihr offenbar gelungen war, einen erheblichen Teil der Last, die der Fluch für sie dargestellt hatte, von sich auf ihn abzuwälzen – wenn es denn ein Fluch war, der Cam erwischt hatte –, brach nun ihre natürliche Lebhaftigkeit wieder durch. Außerdem war sie auch die einzige, die augenscheinlich von der ganzen Sache nicht persönlich betroffen war – kein Spuk, kein Fluch oder wie man es auch immer nennen wollte. Sie hatte nicht abgenommen und war von keinerlei Visionen heimgesucht worden. Na ja, den Fluch, der sich traut, sich mit Francey anzulegen, möchte ich auch erst mal sehen, dachte er wehmütig. In knapp fünf Minuten würde der vor Angst selbst aus den Latschen kippen.

„Francey?" begann er vorsichtig und setzte die Kaffeetasse auf den Tisch.

Sie schluckte einen riesigen Bissen Würstchen herunter.

„Mnja?"

„Ach, ehm, hör mal – ich bin mir nicht ganz sicher, ob das so funktionieren wird, wie wir uns das ausgedacht haben."

Sie funkelte ihn mißtrauisch an; Messer und Gabel in ihren Händen zeigten wie Waffen auf ihn.

„Ich meine – ich bin mir nicht sicher, ob der Pakt nach allen Regeln erfüllt wird, wenn ich die Gläser begrabe, bevor ich Cams Hand gehalten habe. Ich hab' mir vorhin noch mal das Manuskript durchgelesen, und da heißt es ziemlich eindeutig, daß vorher das Gift geschluckt werden muß und daß sie sich dann an den Händen halten müssen. Ich weiß, wir haben das im Badezimmer auch gemacht, mit dir als Stellvertreterin, aber du warst eben nur die Stellvertreterin. Ich denke, daß die echte Verkörperung von Inés – also Cam – das auch tun sollte, damit wir auf Nummer Sicher gehen können."

Francey schluckte erneut; sie wirkte feindselig, fing aber an nachzudenken.

„Du meinst, du willst nach Holmeport fahren und in Cams Zimmer hineinspazieren, bevor du nach Spanien fliegst?"

Er nickte.

„Ja. Dann könnte ich – ich könnte mit Cam reden. Ich könnte versuchen, bis zu ihr vorzudringen, und nachschauen, wie es ihr geht, ihr helfen. Es wäre dann ja auch möglich ...", Robert versuchte, es ganz beiläufig klingen zu lassen, „... daß ich gar nicht nach Spanien fliegen muß, falls ich sie dazu bewegen kann, mit mir zu sprechen. Falls sie wirklich – also, wenn sie wirklich das für mich empfindet, was du gesagt hast, dann kriege ich sie vielleicht sogar dazu, irgendwas zu essen. Ich meine, verstehst du, wahrscheinlich braucht sie echten, lebendigen Kontakt viel mehr als die Erfüllung des Pakts. Oder wenigstens genauso dringend.“ Den letzten Satz schob er mit Höchstgeschwindigkeit nach, denn Francey sah schon unerfreulich widerwillig aus.

„Reden? Aha, und was würdest du ihr denn so alles sagen?“ fragte sie argwöhnisch, wobei sie die Gabel griffbereit auf den Tisch legte.

„Ich könnte ihr ja sagen, daß es mir leid tut“, meinte er schlicht.

„Verstehe“, sagte Francey nachdenklich. „Du meinst, daß du sie verlassen hast, damals in der Hütte, als Ramón Barrasco.“

Er verzog das Gesicht.

„Nein, also das habe ich eigentlich nicht so ganz gemeint. Ich wußte ja nicht, daß ich das getan habe. Ich bin schließlich nicht dafür verantwortlich, was ein in Rosenblüten getunkter Künstler vor vierhundert Jahren getan oder gelassen hat. Ich meinte eher das, was du getan hast. Ich möchte mich für dich entschuldigen. Schließlich hast du sie so durcheinandergebracht.“

Francey starrte ihn finster an.

„Genauso wie du selbst!“ schrie sie ihn wütend an. „Und zwar in der Gegenwart, meine ich. Du höchstpersönlich. Robert Hunnisett.“

Er war völlig verblüfft.

„Ich? Was hab’ ich denn getan?“

„Du hast sie nicht wahrgenommen. Sie war in dich verliebt. Sie hat jedes Fleckchen Boden angebetet, über das du gewandelt bist. Sie hat sogar die Haare unter deinen Armen geliebt. Und du hast sie einfach nicht wahrgenommen. Das ist der Grund, weshalb sie krank ist. Und der Fluch auf den Gläsern. Das ist die Ramón-hat-mich-verlassen-Geschichte in Neuauflage.“

„Aber ich hab’ gar nicht gemerkt, daß es da überhaupt irgendwas wahrzunehmen gab!“ protestierte er bestürzt. „Da konnte ich doch gar nichts dagegen machen.“

„Jeder Mensch hat etwas an sich, das wert ist, wahrgenommen zu werden“, stellte Francey großspurig fest. Aber, und das mußte selbst Robert eingestehen, sie hatte recht. „Ich weiß selbst, daß ich mich ihr gegenüber wie ein Schwein verhalten habe. Ich hab’ ihre Hand auf das Glas gepreßt. Hab’ die große Show abgezogen. Hab’ so getan, als würde ich an dieses Ouija-Zeug glauben. Und das tut mir verdammt leid. Aber du hast sie genauso enttäuscht.“

Robert fummelte an seinen lächerlichen, glitzernden Ringen herum und versuchte klar zu denken.

„Na schön, dann werde ich mich auch dafür entschuldigen. Wie ist sie denn eigentlich so – Cam, meine ich? Und woher weißt du überhaupt, daß sie die Haare unter meinen Armen liebt? Wann, um Gottes willen, hat sie die eigentlich gesehen?“

Francey hatte schon wieder zu essen begonnen.

„Sie hat dich einmal gesehen, wie du aus dem Bad gekommen bist. Im Kajütenzimmer. Das war übrigens in der Du-weißt-schon-was-Nacht. Der Tag, an dem wir bei Gayelord waren. Steht alles in ihrem Tagebuch. Der letzte Eintrag. Hier, du kannst es selbst lesen, wenn du willst. Ich hab’s unter der Matratze im Kajütenzimmer gefunden und mit hierhergebracht, damit wir es mit Inés’ Geschichte vergleichen können. Wenn man das liest, merkt man gleich, wie sehr sich Cam und Inés ähneln, besonders wenn's um Verliebtheit geht. Cams Zeug hab' ich schon vor Ewigkeiten gelesen, noch zu Hause, bevor ich das von Inés wußte. Ich wollte bloß wissen, wie sauer Cam eigentlich auf mich war. Ich bin nicht besonders nett zu ihr gewesen. Während der ganzen Zeit, als sie bei uns war. Und als sie krank wurde – ich wollte nur mal nachsehen, für wie schlecht sie mich wirklich hielt. Ich habe mich schuldig gefühlt."

„Das war wirklich ein ganz mieser Trick, Francey", protestierte Robert schockiert. „Liest einfach ihr Tagebuch. Als ob du dich ihr gegenüber nicht schon mies genug verhalten hättest."

Francey schaffte es doch immer wieder, ihn in Angst und Schrecken zu versetzen. Sie schien einfach nicht dieselben Bedenken zu kennen wie andere Menschen, dieselben – moralischen Werte, wollte er es schon nennen, doch dann kamen ihm diese Begriffe doch etwas zu spießig vor. Zugegeben, die Sache mit Cam hatte auch sie schwer mitgenommen. Als sie an seiner Tür aufgetaucht war, hatte sie schrecklich ausgesehen; wie eine ersoffene Ratte hatte sie vor ihm im Nieselregen gestanden. Aber mit jedem Bissen Frühstück, den sie schluckte, wurde sie mehr und mehr zur alten Francey, zumal sie wohl begriffen hatte, daß der Fluch sie nicht umbrachte.

„Ich hab' dir ja gesagt", meinte sie trotzig, „ich mußte wissen, was sie fühlte, was sie über uns gedacht hat, ob sie nur wegen Du-weißt-schon-was nach Hause geflohen war oder ob sie schon vorher so unglücklich war. Na ja, egal", sie löffelte Zucker in ihren Kaffee, „so bin ich nun mal. Das solltest du eigentlich wissen, Robert. Und ich habe es wiedergutgemacht. Schließlich hab' ich meinen Kopf riskiert, als ich aus diesem Glas getrunken habe. Ich könnte selbst jetzt noch tot vom Stuhl kippen."

„Na ja, den Eindruck machst du im Moment eher nicht", sagte Robert giftig. „Wenn du noch mehr frißt, wirst du einfach platzen. Was hast du eigentlich bei deiner Schnüffelei herausgefunden? War es für sie schon vor der Nacht mit den Kerzen bei uns schrecklich gewesen?"

„Nicht besonders, würde ich sagen. Das Tagebuch ist voll von ihren Sorgen. Sie macht sich eine Menge Sorgen, und meistens über sich selbst."

„Wer nicht?" meinte Robert leidenschaftlich.

Francey schnalzte mit der Zunge.

„Ich nicht. Jedenfalls bis jetzt nicht. Bis all das passiert ist, meine ich. Jetzt hab' ich allerdings auch damit angefangen, und zwar nicht zu knapp."

„Wird dir guttun", war die Antwort, die Robert sofort in den Sinn kam, aber er war nicht bösartig genug, um sie herauszulassen. Nicht angesichts dieser Situation.

Behutsam nahm er das Tagebuch, das die Aufschrift *Barbies schönstes Tagebuch für Mädchen* trug, in die Hand. Es widerstrebte ihm, darin zu lesen: die sentimentalen, schwärmerischen Ergüsse eines liebeskranken Teenagers. Alles sträubte sich in ihm vor dieser Peinlichkeit.

„Ich werde es im Zug nach Holmeport lesen", murmelte er. „Im Moment kann ich das nicht so ganz verdauen. Jedenfalls noch nicht, solange wir nicht wissen, was wir machen sollen."

„Na, was werden wir schon machen?" meinte Francey und öffnete ein Miniaturmarmeladentöpfchen. „Wie willst du die Gläser denn begraben, wenn du nicht nach Spanien fliegst? Sie müssen in den Gräbern der beiden Liebenden vergraben werden. So steht es geschrieben. Wenn du nicht hinfliegst, dann ist das so, als würdest du Cam umbringen."

„Ich kann nicht nach Spanien, Francey!" Roberts Stimme hatte einen Klang von absoluter Endgültigkeit. „Es würde Tage dauern, um die Gräber zu finden. Vielleicht sogar Wochen. Genausogut könnte ich nach einer Stecknadel im Heuhaufen suchen. Wahrscheinlich würde ich sie überhaupt nicht finden. Und Cam würde es nicht die Spur helfen, wenn ich wie ein Irrer durch Spanien tappe."

„Also, was dann?" Herausfordernd sah sie ihn an, doch nun glitzerten Tränen in ihren Augen.

„Wir könnten sie zusammen mit diesen Bildern begraben", fuhr er eifrig fort. Er war ziemlich stolz auf seinen Plan. „Symbolisch, sozusagen. Die ganze Sache, so wie sie ihren Tod geplant hatten, mit Händchenhalten und so, das war ohnehin symbolisch gemeint. Das mußt du doch auch einsehen. Wenn wir es dann so machen, wie ich mir das vorstelle, dann führen wir das Symbolische nur ein bißchen weiter. Paß auf, angenommen, es gelingt mir, als Arzt verkleidet in Cams Zimmer zu kommen – hast du ja selbst vorgeschlagen –, und ich bringe sie dazu, mit mir zu reden und vielleicht sogar etwas zu essen. Wenn ich dann glaube, daß alles glattgeht, also, wenn ich mir hundertprozentig sicher bin, dann kann ich doch diese Bilder von Ramón und Inés aus Gayelords Buch reißen und jedes im Glas des anderen Geliebten begraben. Das wäre dann genausogut, als wenn man sie in ihre echten Gräber legte. Und eigentlich sogar noch viel sicherer, weil wir ja nicht mit Gewißheit sagen können, ob die beiden wirklich da begraben liegen, wo wir uns das gedacht haben – besonders bei Inés, die hat ja ohnehin kein richtiges Grab bekommen. Und außerdem ließe sich alles viel schneller erledigen, der Pakt wäre im Handumdrehn erfüllt. Und die beiden wären wirklich zusammen, so wie das in Spanien gar nicht möglich gewesen wäre." Nervös beobachtete er Francey. Er konnte sehen, wie sie in aller Stille Argumente abwog, Einwände ausbrütete und wieder verwarf.

Plötzlich und zu seiner riesigen Erleichterung sagte sie: „Na schön, das könnte funktionieren. Es ist immerhin eine Idee, Robert. Ich werde mich vor dem Haus unter dem Schlafzimmerfenster verstecken. Wenn ihr das Gift getrunken habt, oder was auch immer ihr schlucken wollt, dann wirst du das Fenster aufmachen und mir die Gläser runterwerfen. Und ich sause damit in den Park oder an den Strand oder sonstwohin und vergrabe sie richtig tief. Da muß ich aber erst noch eine Schaufel oder so was kaufen, wenn wir in Holmeport sind. Und du mußt dir einen Anzug und ein schwarzes Köfferchen besorgen, damit du wie ein richtiger Arzt aussiehst. Hast du Geld dabei?"

„Nur meine Kreditkarte. Die ist schon überzogen, aber wenn ich mir den billigsten Anzug aussuche, prüfen sie's vielleicht nicht nach. Es wäre ja billiger, wenn wir mit dem Wagen fahren, aber ich trau' mich nicht. Die Kupplung rutscht immer weg."

„He, Moment mal, wo willst du denn hin?" rief Francey. „Ich bin noch nicht mit dem Frühstück fertig."

„Mam und Dad anrufen. Die dürften schon total aus dem Häuschen sein. Du giltst seit letzter Nacht als vermißt, falls du dich noch daran erinnerst. Ich werde ihnen erzählen, du seist wegen Gayelord so schockiert gewesen, daß du deshalb sofort zu mir gekommen bist, um zu reden. Ich werde sagen, daß du auf dem Weg nach Hause bist. Das bist du ja in gewisser Weise auch. Dir ist doch klar, daß man mittlerweile schon beschlossen haben dürfte, dich aus dieser scheußlichen Schule rauszuschmeißen? Es gibt sowieso keine Schule in England, die es mit dir aushalten könnte, Francey. Man wird dich wohl oder übel nach Alcatraz schicken müssen."

Francey, die immer noch ihre kostbare Reisetasche schützend vor sich auf dem Schoß hatte, zog Roberts unberührten Toast zu sich herüber und fing an, auch diesen in sich hineinzuschlingen. Dieser Anblick hatte für Roberts empfindsames Gemüt etwas ungemein Herzloses an sich.

Dreizehn

Um die Fahrkarten nach Holmeport zu kaufen, benutzte Robert seine Kreditkarte, wodurch noch viel von Hilarys Geld übrigblieb, das nun für andere notwendige Dinge verwendet werden konnte: zwei Zahnbürsten für sich selbst und Francey, eine Tube Zahnpasta, ein Strauß rote Nelken als Geschenk für Cam, der in der Tasche versteckt wurde, eine Schachtel Pralinen, die als Eßköder dienen sollten, und eine Halbliterflasche Schnaps, den er als Giftersatz verwenden wollte – alles natürlich unter der Voraussetzung, daß er überhaupt so weit kam.

Er fühlte sich gleich besser, als er sich in der winzigen Zugtoilette die Zähne geputzt hatte, und auch sein Verstand arbeitete wesentlich klarer, nachdem sie alles genau geplant hatten. Zugegeben, auch dieser Plan war noch abenteuerlich genug, besonders der Teil, bei dem er die Gläser aus dem Fenster zu Francey werfen sollte, aber es war immer noch besser, als irgendwo in der Wildnis Spaniens herumzulaufen, darauf zu hoffen, daß man auf zwei praktisch unbekannte, vierhundert Jahre alte Gräber stieß, und diese dann auch noch aufzubuddeln.

Als der Zug aus dem Bahnhof rollte, ließen sich er und Francey auf ihre Sitze sinken, und beide nahmen einen kräftigen Schluck aus der Schnapsflasche. Francey schlief sofort mit offenem Mund und schnarchend ein. Robert, der wußte, daß er es nicht länger vor sich herschieben konnte, fing an, Cams Tagebuch zu lesen.

Er haßte es, das tun zu müssen, und fühlte sich schuldig,

weil er damit rücksichtslos in die Privatsphäre eines anderen Menschen eindrang. Gleichzeitig fürchtete er auch das Gefühl der Peinlichkeit, das ihn angesichts des Inhalts mit Sicherheit überkommen mußte. Doch wenn sein Zusammentreffen mit Cam überhaupt zu irgend etwas gut sein sollte, mußte er etwas über sie wissen, und im Moment wußte er eigentlich nur sehr wenig über sie, abgesehen von den paar seltsamen Bemerkungen, die Francey gemacht hatte.

Es stellte sich jedoch heraus, daß das Lesen des Tagebuchs gar nicht so schlimm war. Zu seiner großen Überraschung fühlte er sich sogar gleich vom ersten Abschnitt an regelrecht in Cams Aufzeichnungen hineingezogen. Seine Aufmerksamkeit war augenblicklich gefangengenommen; manchmal amüsierten ihn die Dinge, die sie sagte, manchmal berührten sie ihn. Ihr Stil war ganz und gar nicht die sentimentale Soße, die er erwartet hatte, sondern oft sehr treffend und lebhaft, und sie besaß eine gewisse Begabung, Ereignisse und ganz besonders Menschen zum Leben zu erwecken. Ihm gefiel auch ihre anspruchsvolle Wortwahl. Wie jeder Schriftsteller präsentierte sie die Dinge aus ihrer eigenen Sicht, eine Sicht, die ihn oft verblüffte.

In dem ersten Eintrag, den sie kurz nach Weihnachten gemacht hatte – das Tagebuch war offenbar ein Weihnachtsgeschenk gewesen –, hielt Cam ihren ersten Eindruck von Francey fest.

Heute habe ich bei Smith's *ein ungewöhnliches und exotisches Mädchen gesehen, als ich zum Winterschlußverkauf in der Stadt war. Obwohl ich sie nicht angesprochen* habe (ich kann wirklich interessante Leute einfach nicht ansprechen – wegen meines Problems), so spürte ich doch, daß mein Leben von einer Art Magie berührt worden war. Alles an Holmeport war so wie immer, graue Leute schoben sich an einem vorbei und sahen so aus, als schämten sie sich irgendwie, wie Menschen auf einem Gemälde von Lowery, und das Wetter war grau, und auf dem Boden lag eine Menge Schneematsch an den Stellen, an denen die riesigen Glasblasen der Dächer des neuen Einkaufszentrums schon Löcher haben, durch die die wirkliche Welt hereinkommt und durch die man den echten Himmel sieht.

Ich fühlte mich ALLEIN. Sie waren alle bei McDonald's, die anderen aus der Schule, die genau wissen, wer sie sind, und auch haargenau in ihre Kästchen passen, die Grufties mit ihren schwarzlackierten Fingernägeln und die Trendies mit ihren riesigen Nike-Schuhen und Wayne Martin mit seiner Drachentätowierung. Der einzige Mensch, den ich getroffen habe, war Margaret Turner, die ihren Regenmantel bis zum Kinn zugeknöpft hatte. Man kann bei ihr nicht erkennen, wo die Hüften aufhören und wo die Brust anfängt; sie sieht einfach aus wie eine zermatschte Kartoffel. Ich kann nur hoffen, daß ich nicht auch so ein Monster bin.

Dann ging ich zu Smith's, und da war dieses Mädchen, das sich die ausgestellten Bücher ansah. Aber sie sah selbst aus wie ein Ausstellungsstück. Sie schien den ganzen Laden zu erleuchten. Da war erst mal ihr Anorak: Einen Anorak wie diesen bekommt man hier einfach nicht. Er war aus einem seltsamen, glänzenden, irgendwie gelblich-

seidigen Material, über und über mit chinesischen Vögeln und glitzernden Stückchen aus irgendeinem merkwürdigen Zeug verziert. Dabei wirkte sie aber auch in gewisser Weise schlampig, so, als ob sie sich über sich selbst keine besonderen Gedanken machen würde, sondern einfach nur irgend etwas anzog, aber das war eine ziemlich teure Art von Schlampigkeit. Unter ihrer Jacke trug sie ein altmodisches schwarzes Oberteil mit einem wirklich tiefen Ausschnitt – meine Mam würde mich mit so was niemals im Januar rausgehen lassen. „Zieh dir was Warmes um den Hals, meine liebe Cam!" würde sie dann sagen. „Willst du dir eine Lungenentzündung holen, damit du im Frühjahr nicht in die Schule mußt?" Und außerdem trug sie weiße Baseballschuhe, weiß, mitten im Winter, was man mir auch nie erlaubt hätte, und die sahen aus, als hätten sie ein paar hundert Pfund gekostet. Die Haare waren an dieser verwirrenden Persönlichkeit aber das Faszinierendste. Sie waren gleichzeitig grob und seidig, und sie erinnerten mich an die Schlangen auf dem Kopf der gorgonischen Medusa – sie sahen lebendig aus und irgendwie wild. Sie waren praktisch rot, was ich ja eigentlich hasse, aber doch noch einige Nuancen von wirklich schreiendem Rot entfernt. Es war eher eine Art von Zimtfarbe oder Muskat.

Ich beschreibe sie so genau, weil sie ein bißchen so ist, wie ich gerne aussehen würde, so außergewöhnlich und exotisch. Aber da stand ich nun, langweilige, alte Cam, in meinem schlichten Armeeanorak und mit diesen platten, kurzen Haaren. Ich hatte mich nämlich gerade in den Spiegelfenstern von Marks & Sparks *gesehen, der Stempel absoluter Gewöhnlichkeit klebte auf mir. Um dieses lebhafte Mädchen herum schien die ganze Luft mit Goldstaub zu flirren, kein Wunder bei ihrem brillanten Haar und ihrem glitzernden Anorak. Das war so, als würde man ein schwebendes Wesen betrachten und keinen Menschen. Ein strahlendes Geschöpf, das aber auch einen Stachel hatte, denn es ging etwas Gefährliches von ihr aus. Ich fand schließlich, daß ich sie am besten mit einer Libelle vergleichen konnte. Einmal hat sie mich angesehen, und ihre Augen waren grün, und es schien aus ihnen eine verzaubernde Magie zu strahlen.*

Robert war verblüfft: Hier hatte er nun wirklich eine völlig verklärte Ausgabe von Francey vor sich! Keine Erwähnung ihrer Stupsnase, ihrer Sommersprossen, ihrer häßlichen, angeknabberten Nägel ... Konnte das Francey sein? Vage konnte er den Anorak und die Schuhe wiedererkennen, aber er glaubte sich schwach darin erinnern zu können, daß er gehört hatte, Cam und Francey hätten sich bei einer Reitstunde kennengelernt. Er überblätterte einige Seiten mit langweiligen Einträgen über Schulangelegenheiten, Prüfungen, Cams Tante Marion ... Die meisten dieser Einträge gingen, so bemerkte er, über den eigentlich für den jeweiligen Tag vorgesehenen Raum hinaus, so daß zusätzliche Blätter zwischen die Seiten gesteckt worden waren. Nach einigen weiteren Seiten tauchte Francey wieder auf.

Ein unfaßbarer Fingerzeig des Schicksals hat mein Leben berührt. Das Libellen-Mädchen, das ich bei Smith's *gesehen hatte, ist unserer Reitschule beigetreten. Ich habe kein Wort mit ihr gesprochen, bis die Stunde schon fast zu Ende war. Ich war so aufgeregt, und dann habe ich mir auch*

Sorgen wegen meines Problems *gemacht (obwohl es im Freien eigentlich gar nicht so schlimm ist). Aber dann ist sie vom Pferd gestiegen, auf mich zugegangen und hat gesagt: „Gott, wenn ich nicht gleich 'ne Fluppe kriege, fall' ich um.“ So etwas von ihr zu hören hatte ich nicht erwartet, und deshalb war ich zuerst auch enttäuscht. Sie zog dann ein Päckchen Silk Cut aus der Tasche und zündete sich eine Zigarette an. (Diesmal trug sie eine richtige Reitjacke, nicht den chinesischen Anorak.) Ihre nächste Bemerkung war dann schon etwas vielversprechender, sie sagte: „Glaubst du an Geister? Weil ich nämlich glaube, daß ich einen kenne.“ Danach war alles ganz einfach, es plätscherte problemlos weiter. Wir redeten über M. R. James und* Die Frau in Schwarz *oder* Die Affenklaue, *und sie hatte beide noch nicht gelesen, so daß ich sie ihr ausgeliehen habe.*

Lange Zeit habe ich mir Sorgen gemacht, daß sie sich irgendwann als abgedrehte Kitschsuse entpuppt, die sich das Gesicht mit Rosenwasser wäscht, diese Art von Kotz-Würg-Typen. Das kann man schon am Äußeren erkennen, solche Leute haben nämlich ein schwabbeliges Kinn, aber ihres war o. k. Sie erzählte mir, daß sie den Weihnachtsmann gebissen hatte, als sie drei Jahre alt war. Irgendwie ist sie dauernd in Schwierigkeiten. Zum Reiten hat man sie geschickt, damit sie ihre überschüssige Energie los wird, und zu Hause hat sie ihr eigenes Pferd. (In London lebt sie an einem Ort namens Cresswell Wood. Ich frage mich, ob das so ein Wald wie Sherwood Forest ist.) Sie geht auf eine Internatsschule, es geht nicht anders, weil sie bei der normalen Schule immer die Fliege gemacht hat. (Ich nehme an, das heißt soviel wie schwänzen, oder was wir immer

‚verduften' nennen.) Sie sagt, daß sie grüne Uniformen tragen müssen, die genau die Farbe von Hundekotze haben, und daß die anderen Mädchen alle hirnlose Idioten seien. Sie neigt dazu, ziemlich oft zu fluchen, und sie raucht in aller Öffentlichkeit, ich nehme an, weil sie dann denkt, daß sie erwachsen wirkt. Ihre BH-Größe ist 78. Wenn sie nach den Weihnachtsferien wieder zurück in die Schule muß (im Moment wohnt sie bei ihrer Großmutter, die sie aber immer Omi nennt), dann will sie mir schreiben. Ihr Name ist Frances Hunnisett, aber sie läßt sich nur Francey rufen. Hunnisett ist ein guter Name für sie, er klingt niedlich und gleichzeitig irgendwie nach Größe und Reichtum, und reich sind sie mit Sicherheit.

Robert kicherte. Das war genau die Francey, die er kannte – „Gott, wenn ich nicht gleich 'ne Fluppe kriege, fall' ich um." Von wegen ‚exotisch'.

Die Beschreibungen seiner eigenen Person rührten Robert fast zu Tränen. Die erste war recht kurz und bezog sich anscheinend auf die Weihnachtsferien, kurz nachdem sich Cam und Francey kennengelernt hatten. Bei ihm selbst hatte dieses Ereignis so wenig Eindruck hinterlassen, daß er sich nicht einmal daran erinnern konnte.

Heute habe ich ihren Bruder kennengelernt. Falls ‚kennengelernt' das richtige Wort ist, denn wir wurden einander nicht vorgestellt. Ich habe nur einen kurzen Blick von ihm erhaschen können; das war wie eine Vision, bei der man später nicht mehr weiß, ob sie überhaupt wahr sein konnte. Ich glaube nicht, daß ich jemals die passenden Worte finden werde, um diese glanzvolle Person beschreiben zu können. Wir sind zum Tee zu Franceys Omi gegangen, und da war er. Er saß auf einem Sofa und sah sich im Fernsehen Trickfilme an. Er aß gerade kandierte Früchte aus einer Schachtel. Seine Füße waren nackt. Er hatte schmale, schöne Füße, wie die eines Heiligen auf einem alten Bild im Museum, und er war sehr schlank. Ich konnte seine scharf hervortretenden Schlüsselbeine sehen. Der Ausdruck in seinen Augen war so, als sei er gerade aus einer anderen Welt gekommen, und schien eine Traurigkeit auszustrahlen, als ob er sich an tragische Dinge erinnerte, die ihm in einem längst vergangenen Leben zugestoßen waren. Er kam mir nicht wie ein Junge vor, der sich für Fußball oder Squash oder Kneipen interessiert, sondern eher – (hier war eine Lücke; Cam hatte einige Worte ausprobiert und wieder durchgestrichen: ‚angespannt', ‚spirituell' und ‚gequält', die ihr offensichtlich nicht gefallen hatten) – *wie der Dichter Keats. Nur daß Keats nicht so groß war. Zum Tee ist er nicht zu uns gekommen. Francey sagte, daß er ein Blödmann ist, und schlug die Tür zu. Er heißt Robert.*

Robert scharrte nervös mit den Füßen unter seinem Sitz. Anfänglich kam er sich ausgesprochen dämlich vor, weil man ihn in einer derartig unmännlichen Situation erwischt hatte, barfuß, Trickfilme glotzend, Süßigkeiten fressend. Dann jedoch war er immer beeindruckter von Cams scharfer Auffassungsgabe, auch wenn die Schilderung seiner selbst sehr subjektiv und ziemlich verklärend ausgefallen war, denn Cam hatte notwendigerweise nur das gesehen, was sie sehen wollte, und nicht das, was wirklich vor ihren Augen gewesen war. Dennoch war es ihr gelungen, einige Wahrheiten oder zumindest Halbwahrheiten aufzuschnappen. Sport haßte er wirklich, dieses rauhe Männergebolze beim Rugby, wenn sich gewaltige Schultern gegen ihn warfen, und dieses grobe, verschwitzte Kumpelgetue danach im Duschraum ... Er war ziemlich faul, nahm er jedenfalls an, denn das war es, was er von etwas kritischer eingestellten Leuten öfters zu hören bekam. Die Haltung, in der ihn Cam erwischt hatte, war für ihn in vielerlei Hinsicht charakteristisch. Und der traurige Ausdruck, den sie angeblich in seinem Blick bemerkt hatte, entsprach wohl auch der Wahrheit; oft fühlte er sich bedrückt oder verwirrt, wobei er selbst das niemals so romantisch beschrieben hätte wie Cam. Und wegen seiner Süßigkeitenfresserei ging man ihm auch alle naselang auf die Nerven, vor allem seine Mutter. Süßigkeiten hatte er schon immer gemocht, sie ließen sich leicht wegfuttern und machten nicht soviel Mühe wie das Kauen riesiger Fleischstücke und Kartoffeln. Während dieser Ferien hatte er selbst in der Tat die meisten der kandierten Früchte aus der Schachtel verdrückt, die eigentlich seine Großmutter zu Weihnachten geschenkt bekommen hatte.

Plötzlich zuckte er auf seinem Sitz kerzengerade hoch. Verschwommen erinnerte er sich an etwas, das Inés geschrieben hatte. Vorsichtig zog er das Manuskript aus der Tasche, die Francey selbst im Schlaf noch umklammert hielt, und suchte nach der Stelle. Ja, da war es: *Mein Liebster hatte eine große Vorliebe für kandierte Kirschen, von welchen er einen ganzen Vorrat aus Córdoba mitgebracht hatte. Sie schienen so gar nicht zu seinen Reden von den Irrlehren zu passen.*

Kandierte Kirschen – kandierte Früchte ... er hatte wirklich eine Schwäche für so was. Das war praktisch auch alles gewesen, was er in der letzten Zeit gegessen hatte, seit dieser scheußliche Halluzinationskram angefangen hatte. Und die kitschige Silberpapierschachtel mit der roten Schleife und den Süßigkeiten, die er für Cam gekauft hatte – auch sie enthielt kandierte Früchte. Das war das, wonach er gleich im ersten Moment ganz instinktiv gegriffen hatte. Wollten die Parallelen zwischen diesem Ramón Barrasco und ihm selbst denn gar kein Ende nehmen? Ärgerlich blätterte er Inés' Dokument durch und las die Beschreibungen Barrascos. Er hatte ein schwarzes Wams aus Samt getragen. Und Cam schrieb an einer anderen Stelle über ihn, Robert: *und trug ein schwarzes Oberteil aus Velours.* Na schön, er würde dieses verdammte Ding wegschmeißen, sobald er wieder in Edinburgh war. Das gleiche galt auch für sein Rasierwasser und den Ohrring, und natürlich auch für diese verdammten Ringe ... Er und Francey hatten in Newcastle den Edinburgh-London-Intercityzug verlassen und in einen der alten dieselgetriebenen Züge umsteigen müssen, die auf den Nebenstrecken entlang der Nordostküste verkehrten. Hier gab es breite Schiebefenster, von denen Robert nun eines aufriß. In einem Anfall von Selbstekel streifte er sich die Ringe von den Fingern und warf sie im hohen Bogen hinaus.

Was ihm jedoch die meisten Sorgen bereitete, mehr noch als der Gedanke, besessen zu sein, war die Verweichlichung, die bei allen Beschreibungen Barrascos erwähnt wurde und die er selbst mit ihm zu teilen schien. Eine Weile versuchte er, einige aggressive, brutal männliche Züge in sein Gesicht zu zwingen. Dann las er in Cams Tagebuch weiter.

Er ist hier. In London. Bei uns. Unter demselben Dach! Na ja, ich schreibe zwar, daß er bei uns ist, aber man sieht ihn kaum. Meistens bleibt er oben in seinem Zimmer wie ein geheimnisvolles Wesen. Er hat noch kein Wort mit mir geredet, und darüber bin ich auch froh, denn ich würde doch bloß rot anlaufen und tot umfallen. Das Problem *habe ich noch immer, dabei bin ich im Dezember vierzehn geworden. Francey sagt, daß er hinter dem Au-pair-Mädchen der Chesneys her sei, aber die finde ich gar nicht attraktiv, sie hat so ein mürrisches, verschrumpeltes Gesicht, sieht immer aus wie ein verärgerter Affe. Wahrscheinlich will Francey nur wieder andere Leute ärgern – ich habe schon gemerkt, daß sie so was ziemlich oft macht ...*

... Heute morgen ist etwas Schreckliches, aber auch Wunderbares passiert. Jedenfalls wäre es wunderbar gewesen, wenn es nicht mich betroffen hätte, so wie ich bin. Wir haben in der Küche gegessen und Kaffee getrunken, und da ist er hereingekommen, und Mrs. Hunnisett hat ihm auch Kaffee gemacht und ihm gesagt, daß er sich mal fünf Minuten zu uns setzen sollte, statt Tag und Nacht wie ein Gespenst durchs Haus zu schweben. Der einzige freie Platz am Tisch war neben mir, und so mußte er sich dorthin setzen. Er war nur zehn Zentimeter weit von mir entfernt, er hockte schon fast auf meinem Stuhl. Und ich habe nur in meine Tasse gestarrt und hatte richtige Angst, daß ich irgendwas sagen müßte – richtige Angst hatte ich. Sie alle redeten über einen Film, Mrs. Hunnisett, eine Dame von nebenan, Francey und er. Ich hatte so ein Gefühl wie von Infrarotstrahlen, die aus seiner Seite herausbrannten. Und dann wurde mir an meiner Seite ganz heiß; es fühlte sich

an, als würde mir jemand mit einem Schweißbrenner die Haut absengen. Ich hätte kein Wort rausbringen können, nicht für tausend Pfund. Ich habe nur gedacht: Wenn mich jetzt jemand anschaut, sterbe ich, *aber keiner schaute zu mir, alle wirkten ganz entspannt, und keiner merkte, daß mit mir etwas nicht stimmte. Dabei war mir ganz schlecht, und in meinen Ohren rauschte das Blut. Das* Problem *war wirklich unglaublich diesmal, meine Wangen kochten richtig, und am Ende sind mir auch noch Tränen in die Augen gestiegen, wo sie aber hängengeblieben und nicht runtergefallen sind. Sie blieben einfach stecken, festgefroren in den Augenwinkeln. Als ich nachher wieder in meinem Zimmer war, habe ich mich ausgezogen und nachgesehen, ob meine Körperseite, es war die rechte, wo er gesessen hatte, irgendwie verbrannt aussah, aber sie sah ganz normal aus ...*

... Heute morgen habe ich ihn beobachtet, wie er die Straße hinunterging. Sogar von hinten kann man ihm ansehen, daß er sehr tief und ernst über Dinge nachdenkt, während er läuft. Wenn er sich bewegt, dann ist das so anmutig; er latscht nicht so plump durch die Gegend wie die Jungen aus der Schule. Sein Körper ist so schön und angenehm gebaut, als ob ein Gott ihn nach künstlerischen Proportionen geschaffen hätte ...

... Ich habe die Haare unter seinen Armen gesehen! Sie waren brillant und sublim ...

... Ich habe seinen Dampf eingeatmet, den echten Dampf von seinem Badewasser, in dem sein Körper gewesen war ...

... Ich sah ihn in der Küche, wie er ein Paket Corn-flakes aus dem Schrank holte. Wo immer er gewesen ist, es bleibt

der erregende, exotische Duft eines Rasierwassers in der Luft, wie der Hauch einer subtilen Magie ...

Robert las weiter. Manchmal mußte er sich vor Peinlichkeit fast krümmen, dann wieder erstarrte er in Ehrfurcht vor der puren Intensität der Gefühle, die er und Francey bei Cam hervorgerufen hatten. Denn sie war nicht nur in ihn, sondern auch halb in Francey verliebt gewesen, das zeigte sich ganz deutlich. Oft mußte er aber auch einfach lächeln: das Au-pair-Mädchen der Chesneys – mit dem hatte er nicht ein einziges Mal gesprochen! Andere Abschnitte beeindruckten ihn wegen ihrer Würde und der Fähigkeit zur scharfsinnigen Selbsteinschätzung, die sich darin widerspiegelte.

Heute morgen im Bett, bevor Francey hereinkam (vor der Tür ruft sie immer mit ihrer Vampirbutlerstimme „Sie haben geläutet, Mylady?", bevor sie den Tee reinbringt), habe ich über das Gefühl nachgedacht, das ich für Robert empfinde. Es erinnert mich an das eine Mal, als mich Dad in ein Konzert mitgenommen hat. Ich war damals elf. Urplötzlich sagte er zu mir, daß er mich mit nach Newcastle nehmen wollte, damit wir das Northern Symphonia Orchestra hören könnten. Warum, weiß ich auch nicht. Er macht manchmal solche Sachen. Er hat auch meinen Namen ausgewählt. Camilla. Die Musik war gleichzeitig traurig und aufregend, sie war von Bach. Viele hohe Trompeten spielten. Zu Hause haben wir solche Platten nicht, nur Schlager und „Die großen Musicals". Ich weiß also wirklich nicht, warum er mich dahin gebracht hat. Am Eingang habe ich mich ein bißchen gefürchtet, denn das war das königliche Theater. Ich habe gedacht, daß sie uns vielleicht gar nicht reinlassen würden. Die anderen Leute waren alle schrecklich schick, und sie redeten mit hohen, schrillen Stimmen, ein bißchen so wie die Leute hier (ich meine nicht die Hunnisetts, sondern ihre Freunde). Und danach sind wir einfach mit dem Zug nach Hause gefahren und haben uns überhaupt nicht mehr über die Musik unterhalten, weil wir nicht die richtigen Worte dafür kannten. Wir haben uns nicht getraut, darüber zu reden. Also sind wir einfach still gewesen. Meine Mam meinte, sie wisse sowieso nicht, warum wir uns in dieser Jahreszeit ausgerechnet in eiskalten Zügen rumtreiben müßten – es war Dezember. Aber diese Musik gab mir ein merkwürdiges, intensives Gefühl, wie das, das ich bei Robert habe. Das ist so, als hätte ich wegen irgendwas geweint, das ich einmal kannte und das mir gehört hatte, das ich aber vergessen habe. Aber ich wußte, daß ich trotzdem das Recht hatte, es zu wissen, nur daß ich mich nicht daran erinnern konnte, was es war.

Diesen Abschnitt las Robert mehrere Male. Dann saß er eine Weile da und sah aus dem Fenster hinaus. Plötzlich verstand er etwas, das ihn bis dahin verwirrt hatte. Es betraf den Fluch. Inés war ein sanfter, unaufdringlicher Mensch. So wie Cam. Wieso hatte ausgerechnet sie einen Fluch ausgesandt – etwas durch und durch Böses, das absichtlich Schaden anrichten sollte? Jetzt, nachdem er Cams Tagebuch gelesen hatte, verstand er Inés besser, weil er Cam besser verstand. Er erkannte, daß es sich gar nicht um einen Fluch, sondern um eine Sehnsucht, um ein Verlangen handelte. Das war es auch, woran Cam litt –

woran sie vielleicht sogar sterben mußte. Sehnsucht und Verlangen.

Nun, in dieser Sache mußte er etwas unternehmen. Jetzt konnte er auch wirklich etwas ausrichten. Jetzt erst, weil er sie jetzt erst richtig kennengelernt hatte. Was hatte Francey noch zu ihm gesagt? „Du hast sie überhaupt nicht wahrgenommen." Aber das ließ sich jetzt nachholen, vorausgesetzt, daß es nicht schon zu spät war. Das Ritual, an das Francey so fest glaubte, mußte er auch durchführen, das Trinken des Gifts, das Halten der Hände. Aber Francey hatte trotz ihrer verzweifelten Anteilnahme nur die Hälfte verstanden. Er war sich sicher, daß er nun wußte, wonach sich Cam sehnte; sie wollte von den Menschen, die ihr etwas bedeuteten, ermutigt und unterstützt und anerkannt werden, und sie wollte die Gewißheit erhalten, daß sie eines Tages ihren Platz finden würde und mit diesen Menschen entspannt und vertraut umgehen konnte. „So wie du selbst?" sagte eine brutale, zynische Stimme in seinem Hinterkopf. „Ja", antwortete er gereizt, „na ja, vielleicht muß ich ja auch noch ein bißchen darauf warten. So ist das eben."

Aufgeregt fing er an, Pläne zu schmieden. Er konnte sie doch von Edinburgh aus besuchen. Mit ihr ausgehen. Sie konnten nach Holy Island und in die Hochmoore von Yorkshire fahren, oder auch nach Newcastle, ins Kino, ins Theater und in Konzerte gehen, falls ihr so was Spaß machte. Und jetzt konnten sie danach auch über die Musik miteinander sprechen. Und schreiben konnte er ihr auch. Sie war einsam. Tja, und er war auch einsam. Sie würden eine ganz besondere Art von Freundschaft aufbauen. Er konnte für sie eine Art großer Bruder sein. Aber er wollte ihr auch Geschenke und Fotos und Karten zum Geburtstag und zum Valentinstag schicken, damit sie damit vor den Mädchen in der Schule angeben konnte. Sie brauchte nicht länger das einzige Mädchen in der vierten (oder war sie in der fünften?) Klasse zu sein, das keinen Freund hatte. Und sie würden Spaß miteinander haben; einen Klub der einsamen Herzen oder eine Gesellschaft der lahmen Enten würden sie jedenfalls nicht gründen. Zum Beispiel würden sie essen gehen. Er kannte da ein paar gute Lokale auf dem Land, in der Nähe von Holmeport, schöne alte Pubs und Hotels mit Apfelbäumen im Garten und bleiverglasten Fenstern – dorthin wollte er mit ihr in seinem Wagen fahren und dann gemeinsam mit ihr wieder Fleisch auf die Rippen futtern ...

Aber mit einem Schlag überkam ihn Panik, als er versuchte, sich ihr Gesicht vorzustellen, und dabei merkte, daß er es nicht konnte. Sie hatte kein Gesicht. Er konnte sich nur an ihren materielosen, mottenähnlichen Körper erinnern, der damals die ganze Zeit nur Warnsignale auszusenden schien: „Sprich mich nicht an. Schau mich nicht an. Zeig bloß kein Interesse an mir. Laß mich in Ruhe, mir geht's gut.“ Kein Gesicht. Ihr Gesicht war irgendwo hinter Schatten verborgen. Aber ihre Stimme kannte er, ihre geschriebene Stimme. Diese Stimme redete ganz unmittelbar aus dem Tagebuch zu ihm. Als er darin las und immer wieder las, war er davon überzeugt, daß sie irgend etwas miteinander teilen konnten.

Plötzlich stand er auf und warf die kandierten Früchte aus dem Abteilfenster. Danach die Nelken. Warum hatte er gerade diese Blumen ausgesucht? Schwere, rote, aufgeplusterte Dinger, die überhaupt nicht zu einem vierzehnjährigen Mädchen paßten. Hatte er nicht eigentlich mit ihnen Barrascos Blumen gemeint, die scharlachroten durchbohrten Herzen? Nun, in Holmeport konnte er immer noch etwas Passenderes kaufen, und außerdem gesunde, moderne Milchriegel statt dieser eklig süßen kandierten Früchte. Zuversicht kam in ihm auf. Und seine Hand, seine bandagierte Hand, schien auch nicht mehr so zu schmerzen. Es war kein Fluch. Es war nur Sehnsucht. Am liebsten hätte er seine Entdeckung laut hinausgeschrien. Am liebsten hätte er laut gelacht.

Halb ohnmächtig vor Erschöpfung, aber zufriedener mit sich selbst als seit Wochen, kuschelte er seinen Kopf in die Ecke seines Sitzes und schlief ein. Natürlich kamen sie wieder zu ihm. Zuerst fühlte er sie als dunkle, drängende Formen, die gegen seinen Verstand trommelten und das Licht des feuchten Aprilmorgens verdrängten. Sie füllten den ganzen Wagen mit ihrer schwarzen, gefährlichen Masse. Sie drängten sich gegen ihn. Sie nahmen an Gewicht und Dichte zu und schoben sich über ihn, ihre rauhen Wollmäntel rochen nach menschlichem Leben und Wetter, in ihren Gesichtern glänzte im Schein der Fackeln häßlich der verdorbene, jahrtausendealte Ausdruck des zeitlosen, immer gleichen Mörders. Die anderen Menschen, die sich außer ihnen in dem fast leeren Waggon befanden, waren zu Phantomen geworden, eingefrorene graue Schatten, die Zeitungen lasen oder Sandwichs aßen. Er sah hinüber zu Francey, die nach wie vor auf dem gegenüberliegenden Fensterplatz zusammengerollt schlief – sie war nur kurz aufgewacht, als sie die Züge gewechselt hatten, und war danach sofort wieder in Tiefschlaf gesunken. Er konnte sie nur schwach sehen, wie durch eine dicke, graue Glasscheibe. Sie schlief fest, in der Sicherheit ihrer eigenen Gewißheiten, völlig unerreichbar. Dann lastete also alles auf ihm selbst?

Eine große Traurigkeit überfiel ihn. Denn er wußte, daß alles nichts nützen würde. Er mußte kämpfen – das war die Voraussetzung –, irgendeine Art Schlacht, eine psychologische Schlacht stand bevor. Und er wußte mit absoluter und endgültiger Gewißheit, daß er sich dieser Schlacht nicht stellen konnte. In seinem ganzen Leben hatte er noch nie um etwas kämpfen müssen. Er war ein Schwanzeinzieher, ein unterwürfiger, blöde lächelnder Jasager. Und er konnte es niemals bis zu ihr schaffen, bis zu dem Mädchen, das irgendwo mit diesem ausradierten, vergessenen Gesicht auf ihn wartete. Sie würde warten, und er würde nicht kommen, und dann würde sie völlig verblassen, nicht nur ihr Gesicht, sondern alles von ihr. Es würde alles wieder so geschehen wie damals. Vor Trauer darüber hätte er weinen können.

Sie waren so beständig, so fest, und auch die anderen Dinge, die ihre Anwesenheit mit sich brachte, waren echt. Die dünne Gebirgsluft, gewürzt mit dem Duft der Pinien, die unter ihrer Last zitterten; der tiefe Schnee unter seinen Füßen; das Hecheln und Schnüffeln der gierigen, zurückgehaltenen Tiere, Hunde und Pferde, die vor Leben bebten in der mitternächtlichen Dunkelheit und der brutalen, das Blut gefrieren lassenden Kälte. Was wollten sie denn von ihm? Aber er wußte es natürlich. Sie wollten, daß er zurückwich, daß er seine Entdeckung vergaß, daß er die Ringe wieder einsammelte und die Blumen und die kandierten Früchte; sie wollten ihn wieder als den Künstler haben. Er spürte, wie er nachgab. Im Fackelschein sah er hinunter auf seine nackten, ungeschützten Finger, Angst hatte er wegen der fehlenden Ringe, er sehnte sich nach ihnen so sehr, daß er fast schon in Tränen ausgebrochen wäre. Um ihn herum hallte ein Gewirr fremder Stimmen, die raunten und murrten; dunkle Formen preßten sich gegen ihn, bis er spürte, wie er unter dem Druck ihrer Lebenskraft zerbrach, die soviel stärker war als seine. Er wurde vorwärts gezerrt in einen Wirbel chaotischer Ereignisse, die keinen logischen Gesetzen gehorchten. Einen Moment lang stand der Anführer mit dem grauenvollen Maskengesicht über ihm, eine Grimasse, die wie schmelzendes Wachs zu tropfen schien; in der nächsten Sekunde saß er selbst schon im Sattel eines Pferdes und ritt durch die Finsternis, ausgehöhlt von Furcht und Schuld und Scham. Und dann war er bei ihr (welchen Namen trug sie?), und sie lag ausgestreckt auf einem großen weißen Tuch über einer Steinplatte wie auf einem Altar: Er erkannte ihr schwarzes Haar, das eckig ausgeschnitten war wie bei einer japanischen Puppe, aber er konnte ihr Gesicht nicht sehen. Er dachte, sie befänden sich irgendwo drinnen, aber dennoch fing es an zu schneien, und die Flocken verwandelten sich in schwebende weiße Lilien, gewaltig groß, mit dicken, cremeweißen Blütenblättern, die wie feste Röhren aus Wachs wirkten. Dann war er wieder draußen, kauerte im Schnee vor dem Mann mit dem geschmolzenen Gesicht, der ihn nun mit einer Keule oder Eisenstange quer über die Wangenknochen schlug. Er krümmte sich und fiel zur Seite, sah, wie sein Blut den Schnee besprenkelte.

„Kämpfe! Kämpfe!“ sagte er sich, als er sich in den Schnee krallte und sein Gesicht vor Schmerzen, Kälte und

Schmach glühte. Für was sollte er kämpfen? Er konnte sich kaum noch erinnern. Ganz schwach spürte er, daß sie von ihm wollten, daß er die Gläser wegwerfen sollte – die Gläser des Mädchens –, so wie er alles andere auch weggeworfen hatte. Sie wollten nicht, daß sich etwas änderte. Sie wollten ihn daran hindern, daß er zu dem wartenden, gesichtslosen Mädchen gelangte. Wenn er nun auch die Gläser wegwarf, dann brach er damit das Versprechen, das er ihr gegeben hatte.

Aber er selbst wäre damit frei gewesen; er würde nicht mehr auf die Probe gestellt werden. Er konnte sich wieder neue Ringe kaufen und das Mädchen vergessen ... sie war jetzt ohnehin schon so weit entfernt; wahrscheinlich war sie schon tot ... wenn er nur seine Ringe bei sich gehabt hätte ... er hätte sich wieder viel sicherer gefühlt ...

Steif und von Schmerzen geplagt, bewegte er seine Finger. Aber er griff nicht nach den Gläsern, er griff nach der winzigen, goldenen Sicherheitsnadel, die seinen Verband am Handgelenk zusammenhielt, und er begann den Verband zu lösen. Der Gedanke daran, was er finden würde, wenn die Bandagen erst einmal weg waren, erschreckte ihn. Er war sich fast sicher, daß die ganze Hand zusammen mit dem Verband von ihm abfallen würde. Eingeschlossen in einer Kapsel aus fast unerträglicher Angst und entsetzlichem Grauen, wickelte er langsam die Bandagen ab, seine letzte Verbindung zu Barrasco. Und unter der Stoffbinde, da war sein Handgelenk, sein vollständiges, rosiges, normales, unverletztes Handgelenk. So, wie es immer gewesen war. Natürlich so, wie es immer gewesen war. Lächelnd und mit einer fast beiläufigen Geste streckte Robert den Arm aus und schubste den

Verband über den Rand des Fensters hinaus. Der Wind erfaßte den Stoff und ließ ihn wie ein weißes Band davonflattern, hoch hinaus über die riesigen Industriegebiete und Chemiefabriken, die Holmeport umgaben. Frühlingssonne flutete in das Zugabteil.

„Wir sind da, Robert!“ sagte Francey in ihrem üblichen, drängenden Ton. „Holmeport! Nun mach schon. Hast du dir eigentlich schon mal überlegt, was du Cam sagen willst?“

Als er zwei Stunden später auf den blitzsauberen Stufen von Lemonfield Drive Nr. 23 stand, fühlte er sich in schon fast absurder Weise unbeschwert. Er warf noch rasch einen Blick über die Schulter auf die Stelle, wo Francey auf der anderen Straßenseite hinter den Büschen lauerte wie eine Gestalt aus einem Spionagethriller. Er grinste und drückte auf die Klingel. Es erklangen die ersten Takte von Harry Secombes berühmtem Lied *If I Ruled the World*. Außerdem hockten auf dem Rasen Zwerge, die friedlich in einem Lobelienbeet angelten. Robert war entzückt. In einem Haus mit angelnden Zwergen und einer Harry-Secombe-Türklingel konnte es keine Gespenster geben. Da war er sich ganz sicher.

Eine zu stark geschminkte Frau mit einer Dauerwelle, die so hart und straff war, daß sie schon wie Metall aussah, öffnete die Tür. Tante Marion, dachte Robert, Friseuse und Avon-Beraterin.

Sie sah ihn mißtrauisch an, was er ihr zu seinem eigenen Unbehagen nicht verdenken konnte. Schließlich stand er in einem lächerlichen, schlecht sitzenden Anzug mit zu kurzen Ärmeln und Hosenbeinen vor ihr, den er gerade noch in einem Billigmarkt an der Hauptstraße gekauft hatte. Er sah darin eher aus wie Charlie Chaplin und nicht wie ein Arzt. Vielleicht würde sie ihn ja für einen brillanten, wenn auch etwas exzentrischen Psychiater halten, der zu sehr mit seiner Arbeit beschäftigt war, als daß er sich auch noch um Kleidung kümmern konnte ...

„Ich komme von der psychiatrischen Abteilung", sagte er, wobei er versuchte, seiner Stimme einen besonders reifen und vertrauenerweckenden Klang zu verleihen. „Ich würde sehr gerne mit Cam sprechen."

„Doch nicht schon wieder einer von euch?" seufzte Tante Marion resignierend. „Na ja, dann gehen Sie am besten gleich die Treppe rauf. Ich bin Cams Tante. Meine Schwester ist gerade mal zum Einkaufen gegangen. Also, wenn Sie mich fragen, das nützt doch alles gar nichts, dieses endlose Gerede und Gerede und Gerede. Das bringt überhaupt nichts. Ich bin sowieso überrascht, daß man Sie jetzt noch hergeschickt hat – sie soll doch ins Krankenhaus gebracht werden."

Sie führte ihn die Treppe hinauf durch ein klinisch sauberes Haus, bei dem jeder Zentimeter die zahllosen Stunden bezeugte, die hier jemand damit verbrachte, Tapeten zu säubern und mit dem Staubsauger in die entferntesten Winkel vorzudringen. Es gab hier kein Durcheinander, kein angenehmes Moos aus langsam angesammelten, heißgeliebten Dingen. Es hätte ihn wahnsinnig gemacht, in diesem Haus zu leben. Doch irgendwie hatte sich Cam hier ins Leben hineingedacht, hatte ihr Tagebuch geschrieben, hatte sich selbst mit ihren Worten erschaffen und wollte mehr sehen und mehr empfinden, wollte ‚exotisch' sein.

„Hier ist ihr Zimmer“, sagte Tante Marion, als sie die Tür aufstieß. „Ich werd' Sie mal ein Weilchen mit ihr allein lassen, damit Sie mit ihr reden können.“ Das „falls Sie wirklich glauben, daß es was nützt“ sprach sie nicht aus, aber es hing dennoch deutlich hörbar in der Luft.

Und in Cams Zimmer, da war etwas anders. Zuerst fiel Roberts Blick auf das Bild, van Goghs Gemälde eines Holzstuhls. Dann wanderte sein Blick weiter zu den Regalen voller Puppen und Stofftiere, die nicht so adrett und sauber aussahen wie die in Franceys Sammlung, sondern schon etwas ramponiert, und irgendwie wirkten sie so, als würde jemand manchmal heimlich noch mit ihnen spielen; das konnte er ganz instinktiv spüren. Und Bücher gab es hier, die, wie er bemerkte, dicht gedrängt und übereinandergeschichtet auf den weißen Regalbrettern standen und lagen – offensichtlich wollte sie mehr Bücher haben, als der dafür vorgesehene schmale Platz erlaubte. Und die Bücher handelten von Sehnsucht. Da waren die Narnia-Bände, die Romane der Brontë-Schwestern und *Toms Mitternachtsgarten* ...

Und dann endlich sah er ihr Gesicht an. Zuerst bewertete er es wie bei allen Frauen, die er betrachtete, aus dem Blickwinkel sexueller Attraktivität und fand es, das mußte er zugeben, in dieser Hinsicht nur sehr durchschnittlich. Aber das war *sie*. Hier war sie. Das war *ihr* Gesicht. Aber sicher, natürlich, genau. Wie hatte er Cams Gesicht nur vergessen können?

Er starrte sie weiter an. Sie starrte zurück, verwirrt, aber sie schien ihn zu kennen.

„Du bist es!“ flüsterte sie nach ein, zwei Minuten. „Ich hab' von dir geträumt. Viele Male. Aber ich hab' ganz vergessen, wie du aussiehst. Ich hatte dein Gesicht vergessen. Aber jetzt erinnere ich mich."

Ein wenig schwankend ging er auf ihr Bett zu. Die Tasche mit den grünen spanischen Gläsern ließ er auf den Boden fallen. Es kümmerte ihn jetzt nicht mehr sehr, ob sie zerbrachen. Lächelnd nahm er ihre Hand in seine.

„Hallo, Cam", sagte er.

Ann Halam

Schattenträume

Die Ausflüge mit Jean-Luc sind wie Träume. Sie beginnen zu Hause in London, und schon im nächsten Augenblick schlendern Jessica und ihr Begleiter durch die Gänge der alten südfranzösischen Burg und erleben Geschichten aus Jean-Lucs Kindheit. Wer sind die unheimlichen Kinder mit den zerlumpten Kleidern? Warum verfolgen sie Jean Luc? Und vor allem: was hat das alles mit Jessicas schwerkrankem Bruder Adam zu tun?

Lesekiste Eichen
M-00001531